SEULE FACE AUX GÉANTS

Martine Donnette
en collaboration avec Colette Auger

Seule face aux géants

Max Milo
TÉMOIGNAGE

www.maxmilo.com
ISBN : 978-2-315-00648-9

Ce livre est dédié aux centaines de milliers de petits commerçants qui depuis les années 1960 ont disparu du paysage français. Les boulangers, bouchers, épiciers et stations-service de nos villages ; les poissonniers, les couteliers et les fromagers, les photographes, disquaires et libraires de nos villes moyennes, les supérettes et les coiffeurs de nos quartiers en difficulté.

Il est dédié à tous ceux qui aujourd'hui se battent pour survivre dans l'enfer doré des galeries marchandes, accablés par l'énormité de leurs loyers et la concurrence des enseignes à succursales, avant de disparaître dans la plus grande indifférence, le plus total anonymat.

Aux 1 200 franchisés du réseau Phildar avec lesquels j'ai fait cause commune pendant de longues années. Aux quelque 1 500 adhérents de l'association En Toute Franchise qui osent se dresser contre la toute-puissance de la grande distribution française.

Je dédie également ce livre à ceux que ce système écrase dans sa quête effrénée du « toujours nouveau » et du « toujours moins cher ». Les paysans, les patrons et les salariés des petites et moyennes entreprises, mais aussi les salariés des grandes surfaces, aux horaires si difficiles à vivre.

À tous ceux, commerçants, entrepreneurs, producteurs, consommateurs, citoyens, qui cherchent une nouvelle façon de produire, vendre et consommer.

Ensemble, nous trouverons.

Liste des sigles le plus souvent utilisés dans cet ouvrage

ACTPE : Loi pour l'artisanat, le commerce et les très petites entreprises.

AEC : Autorisation d'exploitation commerciale.

CDCA : Comité de défense des artisans et commerçants.

CDUC : Commission départementale d'urbanisme commercial, devient CDEC (équipement commercial) avec la loi Raffarin en 1996 et CDAC (aménagement commercial) avec la loi LME en 2008.

CIDUNATI : Confédération intersyndicale de défense et Union nationale des travailleurs indépendants.

CNUC : Commission nationale d'urbanisme commercial devient CNEC (Commission nationale d'équipement commercial) en 1996 puis CNAC (Commission nationale d'aménagement commercial) en 2008.

DDCCRF : Direction départementale de la répression, de la concurrence et de la répression des fraudes.

DDE : Direction départementale de l'équipement.

DDTM : Direction départementale des territoires et de la mer.

DGCCRF : Direction générale de la répression, de la concurrence et de la répression des fraudes.

DIP : Document d'information précontractuel.

ETF : En Toute Franchise.

FISAC : Fonds d'intervention pour la sauvegarde des artisans et commerçants.

LME : Loi de modernisation de l'économie.

ODUC : Observatoire départemental d'urbanisme commercial, devient ODEC (observatoire d'équipement commercial en 1996) puis ODAC (observatoire départemental d'aménagement commercial) avec la loi LME en 2008.

POS : Plan d'occupation des sols.

PLU : Plan local d'urbanisme.

PPRI : Plan de prévention des risques d'inondation.

PUCE : Périmètre d'usage et de consommation exceptionnel.

RSI : Régime social des indépendants.

SCOT : Schéma de cohérence territoriale.

SHON : Surface hors œuvre net ;

SRU : Loi solidarité et renouvellement urbain.

UDCA : Union de défense des commerçants et artisans.

ZAC : Zone d'aménagement concerté puis zone d'aménagement commercial.

Un rêve de jeunesse

12 mai 2015, 12 h 15 au tribunal de grande instance d'Aix-en-Provence. Je quitte le bureau de la juge chargée d'instruire la plainte que notre association En Toute Franchise (ETF) a déposée contre l'hypermarché Leclerc de Marignane pour « production de faux dans le but de se faire délivrer une autorisation par l'État ». Pendant plus de deux heures, j'ai tout expliqué : les folies des cours d'eau méditerranéens et la fragilité de leur écosystème ; la décision de l'hypermarché de construire en zone inondable en dépit des préconisations du plan de prévention des risques d'inondation (PPRI) ; les bizarreries dans les déclarations des surfaces au sol ; l'état dramatique du petit commerce à Marignane et dans les villages alentour, Saint-Victoret et Gignac.

L'effort de concentration m'a laissée pantelante, en proie à de violents maux de tête. J'espère avoir été nette, claire, précise, à la hauteur de la situation et de la complexité de ce dossier que nous suivons depuis 2007. Tandis que mes pas machinaux me conduisent jusqu'au parking Carnot où j'ai laissé ma voiture, je me remémore les questions de la juge et mes réponses. Soudain je réalise qu'il y a quasiment trente ans, le 13 mai 1985, je quittais Paris pour aller vivre dans le Sud. La sonnerie du portable interrompt mes réflexions. C'est une journaliste qui veut tout savoir de l'audition. Je lui demande vingt-quatre heures, le temps de rassembler mes idées et rédiger un communiqué de presse que j'adresserai à l'ensemble des rédactions locales. Je lui promets une interview et m'étonne une fois de plus, une fois encore, de ce rôle de héraut sinon d'héroïne, de défenseure sinon d'avocate des centaines de milliers de commerçants indépendants que l'évolution libérale de notre société a mis à mal quand elle ne les a pas condamnés à mort.

Rien dans mon enfance ni dans ma jeunesse ne m'a préparée à ce destin. Je suis née en 1948 à Puteaux, à deux pas de Paris. Puteaux, pendant les « trente glorieuses », c'est la banlieue ouvrière. Les usines des constructeurs automobiles se succèdent sur les quais de la Seine. Mon grand-père était mineur – communiste – dans le Nord, mon père est ouvrier chez Saurer France, un constructeur de camions bientôt racheté par Simca. Mécanicien hors pair, il a ensuite été recruté par la mairie de Puteaux et a fini sa carrière comme chauffeur de divers élus dont le maire, le célèbre Charles Ceccaldi-Raynaud.

Je suis la deuxième d'une fratrie de six. Jusqu'à la naissance de son troisième enfant ma mère a travaillé comme femme de ménage « chez les riches et les nobles » – c'était son expression – de l'autre côté de la Seine, à Neuilly. Elle aurait eu suffisamment à faire avec sa tribu – la cuisine, les vêtements à coudre, laver et raccommoder –, mais la famille avait besoin de son salaire pour assurer le quotidien.

Nous vivions à huit dans un deux pièces. Mes parents dormaient dans la salle à manger-salon, ils descendaient leur lit le soir et le remontaient au matin avant que les six enfants entassés dans l'unique chambre envahissent leur territoire. Le jeudi était jour de grand ménage. Tandis que mon frère allait promener les quatre petits, je lessivais les sols, essuyais les murs et les plafonds.

Les distractions étaient rares : le cinéma, un samedi sur deux ; la télévision, à partir de 1961. La grande sortie chaque année d'août à octobre, c'était la « fête à Neuneu », c'est-à-dire à Neuilly. Nos parents nous y conduisaient mon frère aîné et moi, et, chaque fois, nous avions droit à cette exhortation que ma mère martelait en détachant bien les syllabes : « et-on-ne-de-man-de-rien »... Et nous ne de-man-dions-rien, car les enfants étaient dociles en ce temps-là ! Les bons jours, nous avions droit à une barbe à papa, c'était le bonheur !

Car oui, nous étions heureux. Nos parents, catholiques, profondément croyants, étaient unis, aimants et protecteurs, peut-être trop. Leurs six petits Donnette vivaient dans un cocon, ignorant tout du monde extérieur et de ses âpres difficultés ; il n'y avait ni journaux ni magazines à la maison, et les enfants étaient couchés avant que commence le journal télévisé de 20 heures. Nous dînions à 19 heures et je me souviens des repas comme de moments joyeux. Les plats étaient abondants et ma mère bonne cuisinière. Petite fille, j'étais déjà bien en chair pour ne pas dire « corpulente ». Les choses ne se sont pas améliorées avec le temps.

J'aimais l'école, j'adorais l'algèbre et la géométrie, mais j'avais les pires difficultés à faire mes devoirs au milieu des petits frères et sœurs qui barbouillaient ou déchiraient les cahiers d'exercices que je venais de remplir avec application. Je me revois pleurer de désespoir devant le bureau de l'institutrice. Dans ces conditions, pas question de rêver à des études longues. Après l'école primaire je suis entrée au collège pour y suivre des cours de comptabilité. En 1966, CAP d'aide comptable en poche, je suis embauchée chez Gentiane Salers, fabricant d'apéritif à base de gentiane d'Auvergne, installé à Puteaux. L'entreprise comptait une trentaine de salariés, le patron travaillait au milieu de ses employés. Dans le parfum de la gentiane, du marc, du vieux bois, j'ai acquis le goût du travail bien fait et le respect des produits de qualité.

Cette année-là, dans un bal du samedi soir à Paris, je rencontre Florent D. Il est ouvrier cordonnier. L'année suivante, j'ai tout juste 18 ans, il en a 20, nous nous marions. Mes parents, qui viennent enfin de se voir attribuer un grand appartement HLM où loger leur nichée, nous laissent leur deux pièces. Je crois être heureuse, amoureuse. En réalité, comme toutes les jeunes filles de ma génération, je ne fais que suivre la voie que l'on m'a tracée : trouver un mari qui soit un bon travailleur, être une bonne épouse, une bonne mère.

Ma fille Muriel naît deux ans plus tard en juillet 1969. Tandis que la planète s'émeut des premiers pas de l'homme sur la Lune, moi je fais des plans sur la comète. J'explique à mon jeune mari que je « veux bouger » et qu'il nous faut acheter une petite maison qui un jour nous servira de capital pour monter notre affaire. Un magasin pour moi ou une cordonnerie pour lui : qu'importe pourvu qu'on ait un projet, une envie, une vie. Il se laisse convaincre. En 1970, nous quittons Puteaux pour Nanterre. Nous sommes les heureux propriétaires d'un petit pavillon jumelé comme il y en a tant dans la banlieue parisienne.

En 1978, le patron de Gentiane Salers meurt. Son fils lui succède. Le mode de management qu'il pratique est inconciliable avec le respect que j'ai de mon travail. Je lui flanque ma démission. L'auto-école où j'apprends à conduire cherche justement une secrétaire. Ce sera moi. Absorbé par ses tâches de moniteur, le directeur est ravi de me confier la boutique. En quelques mois j'apprends à piloter sa petite entreprise.

Je suis fin prête lorsqu'en 1982 Florent décide de se lancer dans l'aventure : une cordonnerie est à vendre à Saint-Mandé, banlieue chic et calme à l'ouest de Paris. Nous vendons le pavillon de Nanterre pour acheter le commerce et un petit trois pièces situé à deux pas. Pendant trois ans, nous allons travailler comme des perdus pour payer les traites de la cordonnerie et de l'appartement. Avec mon frère, menuisier plein de talent, nous refaisons sur mesure le mobilier du magasin. C'est beaucoup, trop peut-être pour Florent qui subitement est victime des suites d'un accident de jeunesse : une fracture ouverte au bras. La broche posée pour consolider l'os n'a pas été retirée en temps utile et, avec les années, elle s'est détériorée, entraînant au final une invalidité totale du bras. J'aide tant bien que mal mon mari, mais la cordonnerie est un métier difficile. Aussi, lorsque trois ans plus tard les médecins le déclarent inapte au travail, nous décidons de vendre. Fin de l'épisode. Je veux tourner la page, quitter Paris, le froid et la pluie, partir vivre dans ce Midi où nous passons chaque été nos vacances. Avoir enfin mon magasin à moi.

Je rêve d'une boutique de laine. Nous sommes au milieu des années 1980 et le rendez-vous politique de la semaine est celui d'Anne Sinclair, *7 sur 7* sur TF1. Chaque dimanche soir la journaliste arbore un pull de laine vaporeuse au dessin sophistiqué que les Françaises s'efforcent de copier. C'est pour moi un jeu d'enfant. Car le tricot, c'est mon bonheur. Un passe-temps qui m'apaise, me fait oublier le stress et les angoisses du quotidien. Je suis capable de tricoter en bavardant, en regardant la télévision et même en lisant. J'avais à peine 6 ans lorsque ma grand-mère maternelle m'a appris à manier les aiguilles. J'en ai 12 lorsque je commence à fabriquer, pour la plus grande joie de ma mère, des pulls et des vestes pour mes jeunes frères. Le contact de la laine me plaît, mais plus encore les couleurs vives ou pastel, les dégradés et les camaïeux. C'est cette symphonie de couleurs qui m'a donné envie d'avoir une boutique de laine, le seul commerce dont j'ai jamais rêvé.

En mars 1985, je me rends au Salon de la franchise qui se tient chaque année au parc des expositions, Porte de Versailles à Paris. La franchise, système que les Français plébiscitent lorsqu'ils se lancent pour la première fois dans l'aventure de la création d'entreprise, est un accord commercial et juridique entre une entreprise détentrice d'une marque, d'un savoir-faire, d'une expertise, et une autre entreprise qui investira dans ce concept pour se développer. Le franchisé est un commerçant indépendant juridiquement et financièrement. Il s'engage par contrat à se fournir exclusivement auprès du franchiseur tandis que celui-ci lui doit aide et assistance juridique. En France, le système a été lancé par la Lainière de Roubaix dans les années 1930.

Je file tout droit au stand Phildar. Cette marque, qui a aujourd'hui un petit côté désuet, vintage, est alors leader du marché français de la laine à tricoter. En 1956, alors que les Françaises cousent et tricotent encore l'essentiel des vêtements de leur famille, la société crée un réseau de franchise qui va compter jusqu'à 2 000 boutiques vendant pelotes et aiguilles, chaussettes et gants et, plus tard, des machines à tricoter. Créée en 1943 par la famille Mulliez afin d'écouler les laines de sa filature roubaisienne, Phildar est à l'origine du vaste groupe d'enseignes que le clan a ensuite développées en France et dans le monde entier, telles que Décathlon, Norauto, Cultura, Leroy-Merlin, Pimkie, Kiloutou et tant d'autres dont la chaîne d'hypermarchés Auchan ainsi baptisée parce que le premier magasin a été ouvert dans le quartier des Hauts-Champs à Roubaix.

Sur son stand du palais des expositions, Phildar a reconstitué le format standard des tout nouveaux magasins proposés ou plutôt imposés aux franchisés qui constituent son réseau. Du sol au plafond, des moquettes aux luminaires, tout a été agencé par un groupe d'architectes d'intérieur et de décorateurs formés par et pour la firme. Les travaux de mise aux normes de leur magasin sont facturés entre 100 000 et 150 000 francs aux franchisés.

Moi qui depuis cinq ou six ans passe toutes mes vacances d'été dans l'arrière-pays provençal, je rêve d'une boutique de village, de rues ombreuses et de placettes inondées de soleil. Je demande une franchise entre Verdon et haut Var. Mais une seule boutique est disponible dans le Sud-Est, celle du centre commercial Carrefour à Vitrolles, ville nouvelle de l'étang de Berre, située à une vingtaine de kilomètres à l'ouest de Marseille. Je n'ai jamais voulu travailler en galerie marchande, je n'ai jamais mis les pieds dans un centre commercial. Je ne connais rien des Bouches-du-Rhône, j'ignore tout de la cité phocéenne et de sa grande banlieue, mais qu'importe, j'ai 37 ans et j'ai confiance dans la vie. Et de toute façon Phildar m'assure que je ne serai là que pour quatre ou cinq ans, tout au plus, le temps que la boutique de mes rêves se libère dans un village provençal. Je donne mon accord.

En avril, Florent et moi vendons pour 250 000 francs la cordonnerie de Saint-Mandé. Le 6 mai, je signe le contrat de franchise avec la société Les Fils de Louis Mulliez, société détentrice de la marque Phildar, et, le 13, je « descends » dans le Sud m'initier au fonctionnement d'une boutique franchisée. Curieusement, ce n'est pas au magasin de Vitrolles que je suis envoyée faire mon stage, mais à celui de Marignane, tout récemment rénové. J'y reste quatre semaines, le temps d'apprendre à connaître les produits et à les mettre en place, à gérer le stock, à passer commande au bon moment. Le temps également de trouver un logement pour Florent et Muriel qui me rejoindront à la fin de l'année scolaire. À Saint-Victoret, village situé sous le ventre des avions lorsqu'ils atterrissent à Marignane, je déniche un trois pièces, hélas proche de la voie ferrée.

Chaque jour, je presse le représentant de Phildar de me conduire à Vitrolles et de me faire découvrir mon magasin. Chaque jour, il me le déconseille. « Vous ne devez pas rencontrer votre prédécesseure », déclare-t-il avec cette explication : « Elle est négative, elle va vous ôter toute la confiance que vous avez en vous ! » Mais j'en fais tant et tant qu'il finit par y consentir.

Vitrolles n'est encore qu'un village de 5 000 habitants, blotti autour de son rocher d'ocre rose, quand en 1969 s'ouvrent deux immenses chantiers qui vont précipiter son urbanisation. Celui de l'autoroute A7 dont le dernier tronçon, Sénas-Vitrolles, sera inauguré l'année suivante, et celui du futur centre commercial Carrefour. À son ouverture, en septembre 1970, c'est le plus grand d'Europe, et on vient de loin, en famille, découvrir ses 21 500 m² de surface de vente.

Le bâtiment que je découvre au printemps 1985 est très différent de celui que connaissent les consommateurs de 2015. L'entrée principale donne directement sur l'hypermarché. La galerie marchande est située à l'est de l'hyper, on y accède par des portes battantes en verre qui ne battent plus. Les signes de vieillissement me sautent aux yeux. Peintures ternies, vitres éraflées, néons en panne qui font des zones d'ombre, carrelage troué, la galerie présente un aspect délabré peu rassurant. Pour me donner du courage, je me redis que je ne resterai là que quelques années seulement, que je dois gagner de l'argent pour compenser la paie que mon mari ne rapporte plus et qu'il me faut contre mauvaise fortune faire bon cœur. Tandis que le représentant de Phildar me vante le rôle moteur de l'hypermarché Carrefour – véritable « aspirateur à consommateurs » – dans la prospérité du centre commercial, je détaille ce qui sera bientôt mon royaume, je scrute avidement ma boutique, elle m'apparaît immense, blanche et vide.

C'est seulement le 25 juin, après un ultime séjour à Paris consacré à boucler tous les dossiers de mon ancienne vie, que je découvre enfin mon magasin. Ce jour-là le représentant de Phildar, venu me chercher à la gare Saint-Charles, me conduit d'abord à une étude notariale perchée sur les hauteurs de Marseille, non loin de la

« Bonne-Mère », où je rédige un chèque de 380 000 francs pour l'achat du fonds de commerce.

Nous prenons ensuite la route de Vitrolles, celle qui passe par l'Estaque et la colline de la Nerthe. Je contemple avec émerveillement les ports, les bateaux et la mer qui moutonne. Ma nouvelle vie va commencer. J'en sais assez pour deviner qu'elle ne sera pas tous les jours semée de roses mais je suis loin de pouvoir imaginer les dix années d'épreuves qui m'attendent. La Martine Donnette d'aujourd'hui s'effare de l'inconscience de la jeune femme que j'étais et s'attendrit devant son incroyable candeur. Mais pouvait-il en être autrement ? Chez Gentiane Salers, je faisais les factures, les comptes des clients, ceux des représentants, la comptabilité, la régie. Tout tombait d'équerre, les comptes étaient exacts à la virgule près. Idem à l'auto-école et à la cordonnerie où je faisais moi-même la comptabilité. Jamais je n'aurais imaginé que l'on puisse, que l'on ose tricher avec les chiffres !

Ce 25 juin, il est 17 heures lorsque je lève le rideau de fer de ma boutique. C'est le choc. Rien à voir avec le magasin modèle du Salon de la franchise ! Il est effectivement vide. La moquette est sale et gondolée, les affiches au mur sont hors d'âge. Un coin de rayonnage est recouvert de napperons défraîchis, et dans un bac en carton s'entassent des paires de chaussettes d'un blanc jauni. Seule note positive, la boutique est grande, 83 m^2, et elle est bien située, au cœur de la galerie, avec une porte donnant directement sur le parking, ce qui facilite les livraisons.

Comme le magasin n'offre aucune commodité, ni kitchenette ni toilettes, je suis bientôt obligée d'emprunter celles de la boutique voisine. C'est ainsi que j'ai rencontré celui qui allait devenir mon compagnon de route, Claude Diot. Je n'ai gardé aucun souvenir de cette rencontre si ce n'est, probablement, la gêne furtive liée à ces triviales circonstances. Nous faisons plus ample connaissance le lendemain lorsqu'il vient me souhaiter la bienvenue au nom de l'association des commerçants de la galerie marchande dont il est administrateur. Il m'explique que la signature du bail avec les propriétaires du centre commercial entraîne l'adhésion à cette association chargée d'impliquer les commerçants dans l'animation de la galerie et sa promotion commerciale.

Claude est un homme volubile, animé, chaleureux sous son aspect bougon, et surtout, enthousiaste. Il lui faut peu de temps, même après un coup bas, un coup dur, un sale coup, pour remonter la pente et repartir à l'assaut. Les psys appellent cela la résilience, une qualité qui lui a été bien utile car autant mon enfance et ma jeunesse ont été protégées par une famille aimante et unie, autant la sienne a été exposée aux vents mauvais. Fils aîné d'un manœuvre en chaudronnerie qui s'est tué à la tâche, foudroyé par un arrêt cardiaque à la veille de son quarantième anniversaire – Claude est né le 7 juillet 1944 à Mûrs-Érigné, village de la campagne angevine. Ce jour-là, l'aviation anglaise bombarde des installations ferroviaires proches de la ferme où il vient de naître. Un éclat d'obus se fiche dans le mur derrière son berceau.

Il a 3 ans lorsque les médecins diagnostiquent chez cet enfant à la santé fragile un début de tuberculose. Ballotté toute son enfance entre les sanatoriums et les hôpitaux, Claude n'a jamais trouvé sa place dans une famille où il ne faisait que quelques séjours par an. Quant à l'école où il allait « en pointillé », il lui a fallu attendre l'âge de 12 ans pour rencontrer, dans un pensionnat catholique, l'enseignant qui lui a permis d'apprendre à lire et écrire et de rattraper tous les retards accumulés. Il s'appelait M. Onillon. À lui comme à son maître d'apprentissage, M. Leblanc, patron d'une boutique de prêt-à-porter à Angers, Claude voue une reconnaissance éternelle et une véritable dévotion. Ces deux hommes, pédagogues et généreux, lui ont donné confiance en lui, en ses capacités à se faire une place dans la société et vivre sa vie.

Sa vie, c'est le commerce. À Angers et Beauvais, puis à Paris et Vitrolles où il s'est installé en 1972, Claude a successivement été vendeur, premier vendeur, puis directeur de magasins de prêt-à-porter. Lorsque je fais sa connaissance, il se partage entre son magasin et l'association de commerçants dans laquelle il me presse de prendre des responsabilités.

J'ai bien d'autres chats à fouetter. Il me faut commander la nouvelle collection et préparer sa mise en place. Le 1er juillet, je prends officiellement possession de ma boutique. Et le 2 juillet, j'ai ma première livraison. Des cartons de pelotes de laine de toutes couleurs, d'aiguilles, de chaussettes et de collants, s'entassent dans ma boutique. J'ai commandé des présentoirs à catalogues et des « jambes » sur lesquelles j'enfilerai les collants ajourés à la mode.

Le 26 août, je signe avec Carrefour un bail de neuf ans. Je vais aussitôt au centre des formalités de la chambre de commerce et d'industrie (CCI) de Marseille pour me faire inscrire (on dit « immatriculer ») sur le registre du commerce et des sociétés (RCS). En effet, l'immatriculation est conditionnée par la présentation d'un document prouvant « l'occupation régulière du local du siège de l'entreprise » comme me l'a expliqué une greffière du tribunal du commerce. Je reçois un numéro à neuf chiffres sur le système informatique répertoire des entreprises. Mis en place et géré par l'INSEE, le SIREN permet d'identifier et répertorier l'ensemble des entreprises françaises. L'immatriculation au SIREN consacre et officialise mon statut de commerçante. Je ne prends pas le temps de fêter cet événement, je rentre à Vitrolles retrouver ma boutique.

À la rentrée scolaire, ma fille intègre le lycée Genevoix de Marignane. Après trois mois de chamboulement, notre petite famille se fait à sa nouvelle vie. J'ai réalisé mes rêves : quitter Paris et avoir mon magasin de laine.

En décembre, Phildar me presse de faire réaliser – c'est prévu dans mon contrat de franchise – les travaux de mise aux normes new-look de mon magasin ; j'en fais part à Claude Diot qui me conseille « d'attendre que les travaux prévus par Carrefour soient réalisés ». Je tombe des nues. Des travaux ? Quels travaux ? Cela fait bientôt six mois que je travaille ici à Vitrolles et jamais personne n'a évoqué devant moi le moindre projet. Ni les panneaux d'information de l'entreprise ni les portes du centre commercial n'ont affiché de permis de construire. Claude m'explique qu'il s'agit de doubler le nombre de boutiques en créant une nouvelle galerie marchande le long des caisses de l'hypermarché. Il ajoute que ce projet a déjà été présenté à plusieurs reprises, en 1983 et 1984, aux commerçants du centre.

Je suis tellement sidérée que je ne le crois pas. Je décide de vérifier l'information auprès de la direction parisienne de Carrefour. Le 12 décembre 1985, une lettre m'annonce que des travaux sont bel et bien programmés et qu'ils débuteront en 1987. J'avertis mon franchiseur que dans ces conditions je repousse à leur achèvement la mise aux normes de mon magasin. J'ajoute que ces deux ans de délai seront les bienvenus, ils me permettront de consolider ma situation financière, d'assurer mon chiffre d'affaires, de développer mon magasin et fidéliser ma clientèle.

Le mois suivant, en janvier 1986, je trouve à Marignane une maisonnette adaptée à nos moyens. Il était temps. Entre le bruit des avions à l'atterrissage et celui des trains de marchandises, nous avions perdu le sommeil. Nous achetons la petite villa avec ce qui me reste de la vente de l'appartement de Saint-Mandé et un crédit sur dix ans. Pendant deux ans, je travaille sans relâche. Du lundi au samedi, j'arrive au magasin à 9 heures et n'en repars qu'à 21 heures. Le dimanche est consacré à la lessive et au ménage, ainsi qu'à la comptabilité.

Mes efforts ne sont pas inutiles car la boutique marche bien. Elle est devenue le rendez-vous de toutes les tricoteuses de l'étang de Berre. Il y a les acheteuses de machines à tricoter, celles qui tricotent pour vêtir leurs familles. Elles viennent au magasin pour discuter, se montrer leurs ouvrages, échanger des conseils. Chez les clientes aux aiguilles, il y a surtout les « mamies » et les futures mamans. Une nouvelle catégorie vient d'apparaître, celle des femmes de condition aisée qui tricotent pour le plaisir et surtout pour porter des pulls haut de gamme qui n'existent pas dans le commerce.

En novembre 1986, Claude est élu président de l'association des commerçants. Il arrive à ses fins : m'intéresser à ses activités et m'amener à m'y investir. Il travaille sur deux fronts : d'une part, l'animation et la promotion au quotidien de la galerie marchande ; d'autre part, le projet d'extension préparé par Carrefour. L'association veut que la galerie existante soit rénovée de façon à se battre à armes égales avec la nouvelle galerie. Une délégation d'une dizaine de commerçants est envoyée à la découverte des galeries françaises les plus réputées, La Part-Dieu à Lyon, Belle Épine et La Défense à Paris. Mon univers s'élargit. J'apprends à penser et agir en collectif. J'apprends à comprendre le monde qui m'entoure, ses lois et ses règles. Avec Claude nous formons un binôme actif et efficace. Les commerçants de la galerie apprécient et participent avec enthousiasme aux réunions de travail et aux animations.

En mars 1987, je propose à l'association une animation qui va rencontrer un succès fou : la confection au point mousse (le plus facile) de l'écharpe tricotée la plus longue du monde. L'aventure débute le 27 mars 1987, elle va durer deux mois. Ma boutique devient le centre d'attraction de la galerie. Autour de la machine à café qui marche vingt-quatre heures sur vingt-quatre, 15 tricoteuses se relaient jour et nuit. Les clients s'arrêtent pour les regarder et chaque samedi, l'animateur du centre commercial vient mesurer les progrès accomplis. La presse locale suit les coulisses du futur record, c'est mon premier contact avec les médias, ce ne sera pas le dernier !

Le 27 mai, l'écharpe est déroulée dans la galerie marchande et mesurée par Jean-Jacques Anglade, le jeune maire socialiste de Vitrolles, également avocat de Claude Diot. Avons-nous ou pas battu le record mondial ? Le *Guiness des records* doit mener l'enquête. Le suspense va durer huit jours. Le 3 juin, enfin, nous apprenons que notre écharpe a été homologuée. Elle mesure 247 mètres de long (la longueur de la galerie) sur 40 centimètres de large, elle a été réalisée en 1 918 heures, elle a requis 985 pelotes soit 50 kilos de laine. Les pontes de Carrefour et de Phildar trinquent à notre succès, c'est la seule et unique fois où nous trinquerons ensemble... Plus tard, nous découperons notre immense écharpe pour en faire une trentaine de couvertures qui seront offertes au Secours catholique. À la même époque, mon magasin bat le record du nombre de machines à tricoter (elles valent 6 000 francs pièce !) vendues par une boutique Phildar. Ce record me vaut d'être nommée monitrice du club des franchisé-es de Marseille et grande banlieue. En gros, je deviens formatrice.

Cette même année 1987, Carrefour présente aux commerçants son projet d'extension. Le responsable national des galeries marchandes vient rencontrer les commerçants vitrollais concernés par les futurs travaux. J'en fais partie. Il me propose de transférer mon activité au futur box 41 qui donnera à la fois sur les caisses de l'hyper et sur une nouvelle allée. Le nirvana pour moi qui n'ai pas de vitrine, le box 41 en aura cinq ! Je suis ravie et j'avoue qu'à ce moment-là je n'ai aucunement prêté attention au petit plan simpliste, intitulé « plan synoptique », qu'il m'a montré pour étayer sa démonstration. Je n'ai pas regardé s'il provenait d'un dossier de permis de construire ou simplement d'une plaquette de présentation à destination des acquéreurs de boutiques de la future galerie.

Le responsable national des galeries marchandes a tout bonnement « oublié » de me parler des travaux de rénovation de la galerie existante. Il s'agit de respecter les nouvelles normes imposées par un arrêté de janvier 1985 sur la sécurité des établissements recevant du public et d'ouvrir une issue de secours tous les 50 mètres. Carrefour en profitera pour créer deux nouvelles entrées principales. La conséquence en est que sept locaux commerciaux, dont ma boutique Phildar, doivent être supprimés en remplacement desquels sept boxes seront construits sur la nouvelle allée créée le long des caisses.

Tout ceci a été expliqué aux commerçants de la galerie marchande en 1984. Je suis donc la seule à ignorer ces dispositions. Quatre questions s'imposent.

– Pourquoi Phildar, mon franchiseur, qui est supposé me conseiller, me guider et me soutenir, ne m'a-t-il rien dit ?

– Pourquoi les autres commerçants ne m'ont-ils pas alertée ? Pourquoi ne suis-je pas allée leur poser la question ?

– Pourquoi la direction de Carrefour n'a-t-elle jamais annoncé ces travaux, alors que la loi l'y oblige, par voie d'affichage à l'entrée du centre commercial ? Et surtout pourquoi a-t-elle signé un bail pour un local destiné à être supprimé ?

– Pourquoi le notaire rédacteur de l'acte de vente du fonds de commerce n'a-t-il pas vérifié si des travaux étaient ou non projetés qui affecteraient les locaux où était situé le fonds de commerce vendu ? Cela fait partie de ce qu'on appelle « le devoir de conseil ». Ici, il y eut un manquement certain à ce devoir de conseil.

Pour ce qui est de Phildar, j'apprendrai bientôt, à mes dépens, que la vente du fonds permettait de régler les dettes de ma prédécesseure, le réseau se souciant peu des difficultés de ses franchisés.

En ce qui concerne le manque de communication entre les commerçants de la galerie, je dois dire que ce n'est pas une spécificité vitrollaise. Les commerçants, et tout particulièrement ceux qui travaillent en réseau, ont tendance à s'appuyer sur leurs dirigeants pour toute prise de décision et donc de ne pas en discuter les termes avec leurs voisins. En outre, on peut dire que l'individualisme outrancier est une caractéristique de notre milieu professionnel, personne n'est plus étranger à l'action collective qu'un commerçant.

Enfin, pour ce qui est de Carrefour, son mutisme est aisément explicable. J'apprendrai lors d'une action en justice que la société voulait ainsi échapper aux obligations instaurées par le décret du 30 septembre 1953 sur les baux commerciaux. Ce texte organise la protection du locataire lorsque le propriétaire veut reprendre son local commercial pour y exécuter des travaux : le locataire doit être prévenu un an à l'avance, il a droit à une « indemnité de dépossession » et au remboursement de ses frais de déménagement et réinstallation en cas de transfert de son commerce. Cela, je le découvrirai beaucoup plus tard, trop tard.

Pour l'instant, je suis tout à la perspective heureuse de mon transfert aux caisses de l'hypermarché. J'annonce à mon franchiseur qu'il peut programmer la mise aux normes du magasin. Ces travaux me seront facturés 350 000 francs et non 150 000 comme annoncé lors de la signature du contrat. C'est que je passe d'une boutique déjà aménagée à un box entièrement vide où tout est à faire : électricité, miroiterie, peintures, etc. Je me résous à demander un crédit. Chez Phildar on m'assure que ce sera une simple formalité. Qu'ayant réalisé un chiffre d'affaires de 1,6 million de francs en 1986, nul doute qu'en 1988, avec une boutique située face aux caisses de l'hyper, je monterai à 1,8 million. Le représentant régional me rédige aussitôt un bilan prévisionnel propre à séduire le plus méfiant des banquiers. Effectivement, ça marche, j'obtiens sans difficulté un prêt de 220 000 francs et un autre de 80 000 francs. J'apprendrai quelques mois plus tard que les chiffres annoncés par Phildar n'étaient que billevesées. Loin des 12 % de hausse prévus par le bilan prévisionnel, l'activité de la laine est alors à la baisse.

Le 29 juillet, je signe le protocole de transfert de ma boutique. Carrefour veut faire passer mon loyer de 830 francs par mètre carré et par an à 2 000 francs, tarif annoncé par la société aux nouveaux venus de la nouvelle galerie. Après les négociations menées par le représentant de Phildar, mon nouveau loyer est ramené à 1 600 francs. Je calcule qu'avec les charges, j'aurai quand même chaque mois plus de 10 000 francs à débourser. C'est beaucoup, mais j'ai confiance dans mon magasin et dans mon franchiseur. Je n'ai aucune raison de croire que les conditions de transfert n'ont pas été négociées au mieux.

La réalisation des sept boxes débute au mois d'août. Un jeu de plans du centre commercial m'est donné par la direction le 24 août 1987. Il me permet de comprendre l'ampleur des travaux à réaliser. Ce jeu de plans va jouer un rôle déterminant dans mon histoire.

Les locaux vides nous sont livrés fin septembre. Phildar entame aussitôt la réalisation des aménagements, et, le 1er novembre, le centre commercial fête notre ouverture.

La deuxième phase des travaux débute après les fêtes de fin d'année, en janvier 1988. Il s'agit de créer une galerie de 40 nouvelles boutiques, délimitée par une moyenne surface de bricolage BHV (Bazar de l'Hôtel de Ville) au nord et une salle de fitness avec piscine en sous-sol au sud. Cet équipement ne verra jamais le jour, et, bien plus tard, c'est un HyperMedia qui occupera les lieux.

Notre association de commerçants décide de profiter de ce vaste chantier pour lancer une grande opération de promotion de la galerie marchande. Nous travaillons avec l'agence de communication RSCG du célèbre Jacques Séguéla. Nous lui proposons de rebaptiser « Grand Vitrolles » le centre commercial. Le maire fait savoir qu'il préférerait « Vitrolles Espace » et qu'il souhaite regrouper sous cette appellation les zones commerciales voisines du Liourat, de la Bastide Blanche et du Griffon. Mais nous tenons bon, et nous gagnons. Le 15 septembre 1988, sans attendre ses moyennes surfaces encore en travaux, la nouvelle galerie Grand Vitrolles ouvre ses portes. C'est une grande et belle réussite, Claude et moi sommes fiers d'avoir porté ce bébé.

Cet automne-là, la relation de compagnonnage qui me lie à Claude Diot change et se transforme en une histoire d'amour passionnée, aussi étonnante pour l'un que pour l'autre. Au mois de novembre, je fête mes 40 ans. Je décide de prendre un nouveau départ, d'assumer la nouvelle femme que je suis devenue. Je quitte mon mari pour aller m'installer dans un petit appartement à Marignane.

La descente aux enfers

Dans les années 1950, nous n'étions pas les seuls, nous, les petits Donnette, à vivre à huit dans un deux pièces. Les familles nombreuses étaient effectivement nombreuses et dans les classes de maternelle et de primaire, on comptait jusqu'à 55 ou 60 bambins. C'est pour répondre à cette poussée des baby-boomers que, vers la fin des années 1950, se construisent en périphérie des villes, loin de tout, les premiers « grands ensembles ». Au pied des HLM, l'État plante des lycées, des stades, des routes et des autoroutes, les départements et les villes font pousser des écoles et des collèges, mais tous oublient de s'intéresser aux commerces. Pour répondre aux besoins quotidiens des habitants, des commerçants indépendants se regroupent pour fonder de petits centres commerciaux de proximité.

Les premiers grands centres commerciaux, avec un hypermarché longé par une galerie marchande, tels que nous les connaissons aujourd'hui, apparaissent dix ans plus tard. Cap 3000 à Saint-Laurent-du-Var, près de Nice, est le premier à sortir de terre en 1969, suivi de Parly II au Chesnay, près de Versailles, puis de Vitrolles l'année suivante. Un peloton de tête dans lequel Grand Vitrolles a pu se maintenir grâce au doublement de sa galerie marchande qui l'a fait entrer dans le cercle restreint des pôles régionaux regroupant plus de 80 boutiques sur au moins 40 000 m².

Mais ni cette expansion ni l'installation de mon magasin devant les caisses de l'hypermarché, site le plus recherché d'un centre commercial, pas plus que la mise aux normes de ma boutique ne vont m'apporter les félicités professionnelles promises par mon franchiseur Phildar et par la société Carrefour. Loin de là. Un an après le déménagement, mes affaires battent de l'aile. À l'hiver 1988, j'ai des dettes : 50 000 francs de factures de laine impayées à mon franchiseur.

Comme tous mes voisins, j'ai d'abord accusé les travaux d'extension d'être à l'origine de mes difficultés. Les entreprises travaillent la nuit afin de ne pas perturber les activités commerciales. Chaque soir, nous devons recouvrir nos magasins d'épaisses bâches censées les protéger de la poussière. Mais c'est une vue de l'esprit. Chaque matin, ma boutique toute neuve est entièrement à épousseter et les produits à la vente ont un air tristounet, pas net, qui a pu décourager des clients. Toutefois, force m'est de reconnaître qu'une fois la nouvelle galerie inaugurée, et alors que la clientèle afflue à Grand Vitrolles, mes comptes poursuivent inexorablement leur descente vers le rouge.

Certes, les pulls fantaisie, avec perles, strass et paillettes, sont toujours à la mode. Mais c'est l'arbre qui cache la forêt, dissimulant le profond marasme dans lequel s'enfonce chaque jour un peu plus le marché de la laine.

Les principales raisons ? Les femmes de la génération baby-boom sont entrées en masse sur le marché du travail, et, parallèlement, la délocalisation des sites de production dans les pays à bas coût salarial a rendu le prêt-à-porter accessible à tous. Tricoter et coudre ses vêtements ne sont plus une nécessité pour les mères de famille mais un hobby. Les travaux d'aiguilles sont devenus des « loisirs créatifs » auxquels on va s'initier dans les associations de quartier. Les ventes de fil et de machines à tricoter s'écroulent. Certes, des franchisés de Marseille et sa banlieue m'avaient alertée mais je n'y avais pas prêté l'attention nécessaire. Il est vrai que ma boutique jusqu'alors marchait bien, j'avais fracassé les records de vente de machines à tricoter et, depuis l'entrée de l'écharpe au *Guiness des records*, ma machine à café était restée le quartier général des tricoteuses de la rive est de l'étang de Berre.

Pendant toutes ces années, tandis que je voguais sur mon petit nuage, le chiffre d'affaires net de Phildar dégringolait. De 1 595 millions de francs en 1986, il est passé à 1 406 millions en 1987, et à 1 133 millions en 1989. 25 % de chute. La société fait face en se réorganisant. Une partie de la production est délocalisée à Helmstedt, à la frontière des deux Allemagne qui vont peu après se réunifier, une autre partie sera ensuite produite en Turquie. Parallèlement, le fil à tricoter qui constituait 76 % du chiffre d'affaires du réseau Phildar en 1986 va progressivement diminuer jusqu'à 61 % en 1990 pour atteindre 36 % en 1993. Ce qui amène la marque à décider, en 1989, de développer les secteurs de la maille et de la lingerie.

Cette restructuration des activités a des conséquences sur l'approvisionnement des magasins et le fonctionnement des franchisés. Les anicroches se multiplient. En voici le scénario. À chaque nouvelle collection, les modèles vedettes de l'année nous sont envoyés avec la quantité de laine nécessaire à leur confection. À charge pour les franchisés de les tricoter (ou les faire tricoter) et de les mettre en vitrine. Les clientes attirées par ces modèles passent commande des pelotes indiquées sur le catalogue. Premier cas : la laine arrive, mais elle n'est pas à la hauteur de la qualité annoncée. Deuxième cas (le plus fréquent) : les colis arrivent en retard… ou n'arrivent pas. Les clientes repassent une fois, deux fois, puis vont à la concurrence ou achètent leur pull en prêt-à-porter. Sentant le vent tourner, le groupe familial Mulliez, qui a entamé dans les années 1970 sa diversification vers la grande distribution, a d'ailleurs créé sa propre marque de prêt-à-porter, Pimkie. Une boutique à cette enseigne viendra s'installer à deux pas de mon magasin quelques années plus tard.

Au mois de février 1989, rien ne va plus. Je décide d'emprunter 100 000 francs pour les réinjecter dans la trésorerie. J'ai eu beaucoup de mal à prendre cette décision car étant donné ma situation, plus question de frapper à la porte d'une banque. Il me reste une seule solution : faire appel à la générosité de mes parents. Ce que j'ai fait. Je ne me le suis jamais pardonné. Depuis, je déconseille systématiquement aux adhérents d'En Toute Franchise, primo, de remettre de l'argent dans une entreprise en difficulté – quand le bateau coule, rien ne peut l'empêcher de couler, mieux vaut rapidement se chercher un emploi salarié – et, secundo, je déconseille de faire appel à la solidarité familiale : l'éventuel échec ultérieur n'en est que plus lourd à supporter.

En avril, la situation de ma boutique s'est encore détériorée. Je donne la priorité aux salaires et aux cotisations sociales de mon employée et de la jeune apprentie engagée à l'ouverture de la nouvelle boutique, aux traites des emprunts ainsi qu'aux loyers et charges, dans le but bien sûr d'éviter l'expulsion. Le montant de mes dettes à Phildar grimpe alors à 400 000 francs.

Je ne suis pas la seule dans ce cas, plusieurs boutiques de la région rencontrent les mêmes difficultés. Des franchisé-es des Bouches-du-Rhône ont adhéré à une association d'entraide qui s'est créée en 1989 à Strasbourg. À cette époque-là, je ne suis guère l'actualité et ne connais rien aux lois et aux grands textes qui régissent le commerce. Mes amies marchandes de laine, ont, elles, fait l'effort de suivre les débats qui ont entouré la présentation par le ministre François Doubin d'une loi qui veut moraliser le système de la franchise. Elles me pressent de réagir sans attendre et me conseillent de demander l'évolution des chiffres d'affaires sur les quatre derniers exercices à la direction nationale de Phildar. Ces données font en effet partie des informations obligatoirement fournies aux franchisés depuis l'adoption de cette loi. Phildar n'a jamais répondu à ces courriers.

Que puis-je, que dois-je faire pour sortir de la nasse ? Après bien des nuits blanches, dans la colère, la confusion, l'angoisse, j'élabore une solution : séparer mon magasin en deux lots. Dans l'un, je pourrais poursuivre ma franchise Phildar en la recentrant sur les articles qui marchent le mieux, les collants et les chaussettes. Dans l'autre, je pourrais créer une nouvelle activité dans un secteur porteur. J'ai trois projets en tête : un bureau de tabac, une chocolaterie-confiserie ou une boutique d'articles provençaux, alors très « tendance ».

Le 20 juillet, je présente mon projet au responsable de la galerie marchande. L'éventualité d'une « carotte »[1] pour Carrefour séduit la direction, et cinq jours plus tard je reçois l'autorisation de scinder mon magasin de 70 m² en deux locaux de 35 m², avec deux nouveaux baux commerciaux. Au passage, Carrefour augmente de 25 % le loyer annuel du mètre carré qui passe de 1 600 à 2 000 francs. C'est le prix à payer pour toute modification de l'activité.

Chez Phildar, en revanche, c'est non. Le représentant marseillais du franchiseur me demande de signer une reconnaissance de dettes et me conseille de vendre immédiatement la maison que j'ai achetée en 1986 à Marignane où vivent encore mon ex-mari et ma fille, pour réinvestir le montant de la vente dans le magasin. Je refuse tout en bloc.

Il me propose alors de me racheter une moitié de ma boutique. Cet espace de vente dont il me confierait la direction serait dédié à la gamme 1989 de la marque, la maille et la lingerie que le réseau promeut à tout-va. Dans l'autre moitié, la mienne, seraient proposés le commerce du fil à tricoter, la vente des chaussettes et des machines à tricoter. Pour en avoir le cœur net, je demande à la CCI d'Arles une étude de faisabilité sur ce projet de boutiques ainsi que sur mon magasin en l'état. En septembre,

1. L'enseigne qui signale en France l'existence d'un bureau de tabac s'appelle une « carotte » parce qu'elle reprend la forme des carottes de tabac, ces rouleaux de feuilles de tabac à fumer ou à mâcher que l'on devait raper aux extrémités.

le verdict est sans appel : « Dans les trois cas de figure, chère Madame, vous ne pouvez pas vous relever ! »

La « chère Madame » est sonnée. Dois-je accepter les exigences de mon réseau ou poursuivre contre vents et marée mon projet personnel ? Suivre sagement le conseil du franchiseur ou faire confiance à mon intuition ?

Je choisis cette dernière solution et décide d'ouvrir une chocolaterie dans la seconde moitié de ma boutique. Je créerais pour cela une nouvelle société à laquelle je vendrais la moitié de mon local, ce qui me permettrait de rembourser les emprunts contractés ces dernières années. Soulagée du poids de ces remboursements et d'un demi-loyer, mon activité Phildar, j'en suis certaine, devrait redevenir rentable.

Ce projet séduit une habituée de ma boutique qui se propose comme partenaire. Ensemble nous prenons la route d'Arles pour consulter l'expert de la chambre de commerce et d'industrie. Il nous donne son feu vert.

Lundi 6 novembre naît la société Les Deux M, ainsi baptisée parce que le « M » est l'initiale de nos deux prénoms. Après un dimanche passé à élever le mur de séparation entre les deux commerces, faire la déco et installer le mobilier, la chocolaterie que nous nommons Les Délices de Marie Martine peut ouvrir ses portes. Nous y vendons des chocolats et un bar propose des boissons chaudes et des jus de fruits. Cette formule originale va attirer et retenir les clients.

Mais le pire, contrairement à mes espoirs, n'est pas derrière moi. Il arrive dès le lendemain lorsque le représentant du franchiseur passe le seuil de ma boutique et réalise que non seulement j'ai fait fi de ses préconisations mais également réduit de moitié la surface de vente de Phildar. Cela constitue, m'assène-t-il, un double cas de rupture du contrat de franchise.

Le 30 novembre, par voie d'huissier, la société Les Fils de Louis Mulliez demande le règlement immédiat de toutes ses créances. Parallèlement, auprès d'un notaire de Marignane, Phildar tente une manœuvre pour faire avorter la vente de mon demi-magasin à la société Les Deux M. Heureusement, en vain !

Je viens d'entamer la descente aux enfers que, depuis les années 1960, tant de petits commerçants ont vécue avant de baisser définitivement le rideau de fer.

Le 11 décembre, un huissier me met entre les mains une sommation de « descendre » l'enseigne Phildar. Immédiatement. Le courrier est signé des avocats Bernard et Hugues, des noms qui me sont familiers. Ces jeunes avocats ont fait leurs débuts au cabinet de mon avocat, Me Anglade, avant de passer avec armes et bagages dans le camp du franchiseur.

Cette sommation sonne le tocsin de ma boutique Phildar. Il me faut liquider toute la marchandise. L'autorisation m'en est donnée par la municipalité le 18 décembre. Aussitôt, dans le magasin, puis sur les marchés vitrollais, je vends, le plus souvent à perte, tout mon stock d'aiguilles, chaussettes et collants, pelotes et bonnets. Des collègues compatissants reprennent les meubles et les présentoirs.

Pour préserver mon magasin de la faillite, le 19 janvier, je me résous, la mort dans l'âme à entamer auprès du tribunal de commerce de Salon-de-Provence, dont dépend Vitrolles, une procédure de sauvegarde des entreprises. Je déclare mon commerce en cessation de paiement – en français courant on dit dépôt de bilan –, ce qui le protège des créanciers qui voudraient récupérer leur avoir. Toutes mes dettes sont désormais bloquées. Je fais le trajet aller en empruntant l'autoroute A7 mais je reviens par la route nationale 113 et fais halte au col du télégraphe Chappe, un éperon rocheux qui culmine à 166 mètres d'altitude. La vue est magnifique. À mes pieds s'étend l'étang de Berre, avec Vitrolles où nous travaillons, Marignane où nous vivons Claude et moi, et le cordon lagunaire du Jaï. Au loin, Martigues et la chaîne de l'Estaque, la Côte Bleue où Claude installera bientôt sa caravane. Toute ma nouvelle vie est là. Pas simple !

Ce même jour, le tribunal ouvre une « procédure simplifiée de redressement judiciaire ». Cela signifie que mon magasin est autorisé à poursuivre son activité pour une période de quatre mois durant lesquels il sera sous observation. Les juges consulaires motivent leur décision par « l'existence de possibilités sérieuses de règlement du passif ». En clair, ils estiment que je peux rembourser les dettes accumulées soit par une nouvelle activité, soit par la vente du fonds.

Le tribunal nomme un administrateur judiciaire pour m'aider à venir à bout de mes difficultés. Elles sont de taille. La société Phildar me demande le remboursement de 451 942 francs auxquels elle ajoute 15,80 % d'intérêts et 50 000 francs de dommages et intérêts. En février, le montant des sommes réclamées passe même à 600 000 francs.

L'audience a lieu le 20 avril. Face aux juges consulaires, les avocats de Phildar détaillent et justifient les prétentions de leur client. Ils ont beau jeu car en face il n'y a personne. Me Anglade, mon avocat, auquel j'avais pourtant confié les études de marché réalisées par la CCI d'Arles, n'est même pas venu ! Pire encore, il n'a prévenu de son absence ni moi ni mon administrateur judiciaire. Il n'y a donc personne à Salon pour expliquer comment et pourquoi j'en suis arrivée là et faire valoir la responsabilité du franchiseur dans l'accumulation de mes difficultés. Et pourtant, malgré l'absence de mon avocat – et du mandataire judiciaire qu'ils avaient eux-mêmes nommé –, les juges de Salon vont accepter de siéger et de statuer sur mon sort. Ils vont valider toutes les prétentions de Phildar et inscrire dans la colonne du « passif » l'ensemble des sommes réclamées. Vingt-cinq ans plus tard, alors qu'il est question d'installer des cellules psychologiques dans les tribunaux de commerce pour aider les commerçants en difficulté à surmonter leurs épreuves, je m'interroge sur l'attitude de mes juges, sur leur incroyable indifférence à la détresse qui était la mienne.

Tandis que je me débats, ma situation financière se dégrade à toute vitesse. Les frais d'avocat atteignent des sommes astronomiques, mais je fais en sorte de les régler rubis sur l'ongle car je veux faire appel de la décision du tribunal de commerce, et, pour cela, il me faut un avocat.

En attendant la réponse de l'administration fiscale à ma demande d'autorisation pour un bureau de tabac, Carrefour me laisse tenir un commerce de bonbons à l'intérieur de l'ex-local Phildar. Une activité provisoire qui ne suffit pas à payer le loyer. En juin 1990, la réponse des services fiscaux arrive, elle est négative, l'administration estime qu'il y a suffisamment de débits de tabac dans les quartiers voisins.

Dès lors, Carrefour durcit le ton, et lorsque je demande l'autorisation en bonne et due forme de créer une pistacherie dans mon local, je suis priée de respecter les règles, c'est-à-dire de suivre la procédure de déspécialisation de mon bail. Explication et traduction de ce terme : les baux commerciaux précisent l'activité exercée dans le local concerné ; si le locataire veut en changer, il doit obtenir l'accord préalable du bailleur de procéder à une déspécialisation. Étant en redressement judiciaire, la demande doit prendre la forme d'un acte officiel, rédigé par mon avocat et facturé 5 000 francs.

Je suis donc la procédure imposée, mais, pour toute réponse, m'arrive un « commandement 819 » que les commerçants et leurs proches savent être annonciateur de drames. Cela signifie que le bailleur a demandé au tribunal d'instance de prononcer la résiliation du bail commercial pour non-paiement des loyers.

Le 12 octobre 1990, le tribunal de Salon prononce la liquidation judiciaire de mon magasin. Auparavant, il a permis à mes deux jeunes employées, une vendeuse et une apprentie, de bénéficier du fonds national de garantie des salaires. Le mandataire, devenu à cette occasion mandataire-liquidateur, entérine le fait que n'ayant pas trouvé de solution pour poursuivre mon activité, il me faut vendre mon fonds de commerce et régler les sommes dues à Phildar.

Les candidats à la reprise sont nombreux. Une lingerie se propose, puis un pizzaïolo, mais chaque fois Carrefour me refuse la déspécialisation. Puis vient le gérant de la croissanterie voisine qui aimerait agrandir ses locaux. Il me fait une offre qui me permettrait d'apurer toutes mes dettes. Je suis ravie, soulagée, mais ce bonheur est de courte durée. Car lorsque Carrefour lui annonce qu'en cas d'achat ses loyers seraient alignés sur les miens, il abandonne son projet. C'est ainsi que je découvre que, lors du transfert des sept boutiques le long des caisses, toutes n'ont pas été logées à la même enseigne. Par exemple, le loyer de la croissanterie n'a pas été augmenté malgré le transfert de la boutique.

En juin 1991, Carrefour oppose un quatrième refus à un fabricant de pâtes fraîches, puis un cinquième à une bijouterie. Le dénouement est proche. Le 26 juin, au cours d'une audience repoussée à six reprises depuis décembre 1990, le tribunal d'instance de Martigues prononce la résiliation du bail demandée six mois plus tôt par Carrefour. Pourquoi avoir attendu si longtemps ? Pourquoi tant de reports ? J'apprendrai des années plus tard que pendant ces six mois la ville de Vitrolles procédait à une modification du plan d'occupation des sols (POS) qui allait permettre l'extension de la galerie marchande à l'origine de tous mes ennuis.

Le tribunal d'instance est situé dans un des plus beaux quartiers de la Venise martégale, à deux pas du canal de Caronte qui relie l'étang de Berre à la Méditerranée. Mais, ce 26 juin, je n'ai pas le cœur à profiter du paysage. Aujourd'hui encore je revois, j'entends toujours l'avocate de Carrefour me cracher son mépris : « Vous ne payez rien, vous ne payez pas vos loyers, vous ne payez pas votre avocat. » Ce jour-là, j'ai tout simplement cru mourir. D'humiliation, de désespoir, d'angoisse. Mon médecin, une jeune femme attentionnée, me dira que j'ai frôlé l'accident vasculaire cérébral, ma tension était montée à 23 ! Les jours suivants, elle est passée chaque matin au magasin prendre ma tension. Depuis ce jour de juin 1991, il me faut chaque matin prendre une petite pilule contre l'hypertension.

Le 22 juillet 1991 au tribunal de grande instance d'Aix-en-Provence mon mandataire-liquidateur attaque Carrefour « en responsabilité », c'est-à-dire qu'il entend démontrer aux juges que le centre commercial est responsable de mes difficultés. Non seulement en raison des refus de déspécialisation en série qu'il m'a opposés, mais aussi pour ne pas avoir respecté le décret de 1953 sur les baux commerciaux. Ce décret, comme je l'ai déjà expliqué, confère au commerçant locataire un véritable droit au maintien dans les lieux. Il prévoit que le propriétaire qui refuse de renouveler un bail doit à son locataire une indemnité égale à la valeur marchande du fonds à laquelle s'ajoutent les frais de déménagement et de réinstallation ainsi que les éventuels frais fiscaux ! De quoi voir venir pour le locataire.

Or, ce décret est également valable lorsque le bailleur reprend son bien pour le rénover ou le reconstruire. Ce qui était mon cas ! Par conséquent, Me Féraud Prax demande une indemnité de 350 000 francs pour la moins-value du fonds de commerce et 200 000 francs pour les frais de déménagement.

Deux semaines plus tard, je suis à ma boutique lorsque l'huissier m'apporte la lettre du tribunal. Les juges n'ont pas voulu entendre les arguments du mandataire-liquidateur, ils ont donné raison à Carrefour. Mon ancienne boutique Phildar va être saisie, je vais être expulsée.

Révolte, désespoir, je tombe dans un trou noir. Ce jour-là, j'ai pris l'habitude, mauvaise habitude, d'aller chercher dans l'alcool l'oubli fugace de mes misères. Quelques verres de rosé et la vie est moins noire. Car elle est noire l'existence du commerçant failli ou liquidé, surtout lorsqu'il s'agit d'une faillite personnelle, ce qui était mon cas. Pendant une période pouvant aller jusqu'à quinze ans maximum (loi du 25 juillet 2005), les commerçants en faillite personnelle sont privés de leurs droits commerciaux, ils n'ont plus le droit d'acheter ni de gérer une entreprise, pas même d'emprunter de l'argent. Pendant la durée de la procédure, toutes leurs décisions, pour être effectives, doivent avoir été validées par leur mandataire-liquidateur et par le tribunal de commerce.

J'en ai fait l'expérience lorsque j'ai voulu interjeter appel de la décision du tribunal d'instance de Martigues concernant la résiliation de mon bail. Il m'a effectivement fallu convaincre d'abord mon mandataire-liquidateur. J'ai obtenu son autorisation un matin d'août 1991. L'audience a finalement eu lieu quatre ans plus tard, j'avais quitté la galerie depuis longtemps.

Car le 17 décembre 1991, je reçois un commandement de quitter les lieux, avis préalable à l'expulsion qui aura lieu deux jours plus tard. Le 19 décembre, quatre huissiers et une dizaine de déménageurs envahissent ma boutique. Ils sont accompagnés d'agents de la force publique au cas où je me serais rebellée. Je ne me suis pas rebellée, je n'ai pas crié, mais j'ai pleuré sans pouvoir m'arrêter.

Une expulsion est un acte d'une grande violence, c'est une terrible souffrance psychologique et morale. Chaque jour, je me revois, plantée au milieu de mon local, statufiée, muette, incapable d'exprimer ma douleur, ma révolte. Et je m'en souviendrai jusqu'à mon dernier jour. Les commerçants du centre se sont cotisés pour acheter à la fleuriste une couronne mortuaire sur laquelle ils avaient fait inscrire : « Ce magasin est mort par arrêté de justice ». Mort ? Pas pour tout le monde, car Carrefour m'a repris les locaux pour zéro franc et zéro centime...

Scandalisés, horrifiés, compatissants, des clients me demandaient d'ouvrir un cahier pour y inscrire leurs témoignages de soutien. Je ne l'ai pas fait, je le regrette.

Seule note heureuse de cette triste fin d'année 1991, Claude quitte le domicile conjugal, laissant l'usage de sa maison de Marignane à son ex-épouse. Comme il est lui aussi dans de grandes difficultés financières et qu'il n'a pas les moyens de louer un appartement, il décide de se réfugier dans une caravane de treize ans d'âge qu'il a récemment rachetée à sa mère et qu'il installe au camping de Carry-le-Rouet, petite station de la Côte Bleue où Fernandel possédait une maison.

Je décide de l'y rejoindre. Je croule sous les condamnations, les frais d'avocat, je n'arrive plus à payer le loyer de mon appartement marignanais. Je me dis que la caravane de Carry sera notre refuge. Je m'imagine y rester quelque six mois, le temps d'acquitter les condamnations et de nous refaire une santé financière.

Nous allons en réalité y rester quatorze ans...

Lorsque nous emménageons le 1er janvier 1992, il fait très froid. De ma vie d'avant il me reste 13 cartons – de linge de maison, de vêtements et de chaussures – que j'entasse sous l'auvent de la caravane. À l'intérieur, au sec, nous installons les ordinateurs, les imprimantes et les dossiers les plus précieux. Au matin, je découvre ce que signifie l'expression « avoir froid ». Il fait moins 5 °C dehors, et à peine zéro dans le bloc sanitaire où je dois aller pour prendre ma douche ! En ce mardi 2 janvier, je découvre aussi la difficulté à vivre à deux dans une caravane de dix mètres carrés qui sert à la fois de chambre, de bureau et de salle à manger. Les imprimantes sont glissées sous le lit. Les ordinateurs occupent la moitié de la table, nous prenons nos repas sur l'autre moitié. Le photocopieur est posé sur la partie cuisine. J'installe un réchaud sous l'auvent, c'est là que je vais faire la cuisine pendant de nombreuses années. Autant vous dire que c'est spartiate : soupes en sachet et fromage salade.

Pendant la journée je suis au magasin, le soir, dans la caravane, je rédige et tape mes courriers. En pleurant. Pendant des mois et des mois, chaque soir, en écrivant aux préfets, aux parlementaires, je pleure, encore et encore. La nuit, dans le lit trop étroit, blottis l'un contre l'autre, nous nous racontons nos journées.

Mon petit local de la galerie marchande n'est pas resté vide longtemps. Aux premiers jours de janvier 1992, une boutique de l'OM s'y installe. Vitrolles est alors en pleine période « ohémienne ». Jean-Claude Tapie, frère de Bernard, vient de fonder le club de handball OM Vitrolles (OMVH), en partenariat avec l'Olympique de Marseille, la ville de Vitrolles et le conseil général. Avec un budget de 12 millions de francs, Jean-Claude Tapie a recruté des stars comme Jackson Richardson et Bruno Martini, et, en 1993, les Vitrollais remportent la Coupe d'Europe des vainqueurs de coupe de handball, quelques jours seulement après la victoire en Ligue des champions des footballeurs de l'OM.

En septembre 1994, on est alors en pleine affaire OM-Valenciennes, la boutique du club phocéen ferme ses portes. Elle est remplacée par un commerce de produits régionaux à l'enseigne des Comtes de Provence, dont certains figurent sur les rayonnages des Délices de Marie Martine. Je suis alors en procès avec le centre commercial, et la direction n'entend pas me faire de cadeaux. À mots à peine couverts, on me prévient que Carrefour favorisera l'installation de concurrents directs qui pourraient bien me mettre sur la paille. Trois mois plus tard, je craque. En janvier 1995, je vends ma deuxième boutique à un vendeur de montres marseillais. Cette vente me permet de rembourser les dettes des Délices de Marie Martine.

Fin de l'épisode Grand Vitrolles. Je suis arrivée en juin 1985 avec des rêves, des économies et des illusions. Dix ans plus tard, j'en repars une main devant, une main derrière, avec 600 000 francs de dettes et un cœur en capilotade.

L'histoire de Claude Diot ressemble fort à la mienne, en plus violent. Lorsqu'il arrive à Vitrolles en 1972, Claude est encore un salarié, il vient diriger la boutique de prêt-à-porter masculin Jean de Vernay. Ce métier lui plaît, il aime entrer en contact avec les clients, deviner leur mode de vie, en déduire le style de costume qui leur conviendrait, accorder les costumes aux chemises et aux cravates qui leur siéront le mieux.

En 1975, il saisit l'occasion de devenir patron, le rêve pour tout commerçant qui se respecte. En effet, un grand magasin de linge de maison situé au cœur de la galerie marchande ferme ses portes. Il est divisé en deux locaux. Dans l'un va se créer le magasin Phildar que je rachèterai plus tard. Le directeur de Carrefour (l'hypermarché et la galerie marchande sont alors gérés par une seule et même personne) invite Claude à saisir cette occasion pour se mettre à son compte. Il ouvre alors une boutique de puériculture qu'il baptise Laure et Willy (les noms de ses premiers enfants) et dont il prend la direction.

Les débuts sont difficiles car Claude traverse alors un premier divorce conflictuel qui met son commerce en grande difficulté financière et l'oblige à aller chercher ailleurs – dans un magasin de la région parisienne – un complément de ressources. Il fait l'aller-retour en voiture deux fois par semaine, frôlant l'épuisement et l'accident à maintes reprises. En 1982, la boutique retrouve une activité normale, Claude reprend en main son magasin et peut alors s'intéresser au monde alentour, c'est-à-dire à la galerie marchande.

En novembre 1986, il prend la présidence de l'association des commerçants qu'il engage dans la promotion de la future galerie Grand Vitrolles. Claude est à son affaire dans cette association qui lui permet de donner libre cours à son goût des relations publiques, à son inventivité. Il s'investit sans compter ses heures.

Il estime que les campagnes de promotion et d'animation que lance l'association sont l'affaire de tous et il s'oppose donc avec la dernière vigueur aux 13 commerçants qui, à partir de 1988, refusent de s'y associer. Ceux-ci estiment illégale une clause figurant dans le bail commercial selon laquelle l'adhésion à l'association des commerçants et, en conséquence, la cotisation sont obligatoires. Or, parmi les frondeurs figurent plusieurs moyennes surfaces, récemment installées dans la nouvelle galerie, dont la participation financière pèse lourd dans le budget de l'association.

Dans un premier temps, l'enseigne soutient Claude contre les frondeurs et les menace de résilier leur bail s'ils persistent dans le refus de payer leur dû. En 1992, changement de tactique. Carrefour se prononce soudainement pour la suppression de la clause d'adhésion obligatoire et propose même de dédommager l'association des dettes accumulées par les frondeurs, une jolie somme qui frise le million de francs. Après quatre ans de tumulte, l'affaire se termine en eau de boudin. Entre-temps, Claude Diot a été expulsé de son magasin et obligé de démissionner.

Que lui est-il arrivé ? Pour le comprendre, retournons à l'année 1987, lorsque Carrefour lance la première phase de ses travaux d'extension. Claude apprend qu'une partie de sa boutique doit être démolie pour permettre la création d'une issue de secours. Il négocie avec Carrefour pour obtenir deux locaux. L'un de 63 m² dans la nouvelle galerie où il créera le magasin Bottines, l'autre de 100 m² auquel s'ajoutera la partie non détruite de ma boutique Phildar et qui deviendra New Baby.

Alors qu'il a déjà investi beaucoup d'argent dans les aménagements du magasin, le crédit nécessaire à la création de Bottines lui est refusé, et c'est à Marseille, dans une galerie marchande de Saint-Loup, qu'il va ouvrir un deuxième magasin New Baby confié à sa fille. Lancé en 1989, celui-ci n'a jamais trouvé sa clientèle.

Les années 1988 à 1990 sont celles de la réussite pour le New Baby de Vitrolles qui se classe en troisième position – en termes de chiffre d'affaires – des magasins de cette chaîne de puériculture. Mais, en 1991, les difficultés de la boutique de Saint-Loup portent ombrage à celle de Vitrolles. S'y ajoute la forte concurrence apportée par une moyenne surface de puériculture, dénommée Autour de bébé, ouverte en 1989 dans le centre commercial voisin de Liourat par le groupe auquel appartient la chaîne New Baby. Claude ne peut plus faire face. Il décide de vendre son droit au bail à un magasin de jeans. Carrefour assujettit la déspécialisation à des conditions inacceptables, comme le versement d'un tiers du produit de la vente du fonds ! Ce qui resterait n'aurait pas permis à Claude de rembourser son emprunt et payer ses fournisseurs.

En octobre 1991, Carrefour demande au tribunal de Martigues la résiliation du bail en invoquant trois mois de loyers en retard et une somme de 20 000 francs (correspondant aux aménagements réalisés dans Bottines) que Claude devrait. Faux, s'insurge celui-ci, pour qui il s'agit au mieux d'erreurs d'écriture si ce n'est de faux en écriture. Ce sera d'ailleurs le sens de la plainte qu'il déposera ultérieurement contre Carrefour.

Le tribunal martégal donne raison au centre commercial et valide la demande de résiliation du bail de Claude. Le 3 décembre, mon compagnon reçoit « le commandement 819 ». Mais, le magasin étant nanti, c'est-à-dire donné en garantie à un organisme prêteur, Claude étant lui-même caution solidaire, Carrefour n'a pas le droit de l'expulser. Le centre commercial entre alors en négociation avec l'organisme prêteur de façon à racheter toutes les dettes de Claude. L'organisme prêteur accepte, sans même prévenir Claude ! Celui-ci l'apprend le 4 mars, la veille de son expulsion. Il alerte son avocat, Jean-Jacques Anglade, qui lui conseille d'aller immédiatement déposer le bilan de son entreprise au tribunal de commerce de Salon. Il s'agit bien sûr de stopper toutes les manœuvres en cours et de protéger le magasin New Baby.

Le 5 mars, Claude est expulsé. Tandis que son avocat, à Salon, tente d'obtenir la mise en place d'un plan de redressement judiciaire, les déménageurs envahissent New Baby, s'emparent du stock de marchandises et des meubles du magasin pour les mettre sous séquestre. Ils en font autant avec la comptabilité, ce qui est illégal. Privé de son stock et de sa « compta », Claude n'a plus la possibilité de proposer des pistes viables pour le plan de redressement.

Carrefour a fait badigeonner les vitrines de la boutique, fermer les portes avec de grosses chaînes et changer la serrure des portes. Désespéré, aux abois, Claude décide d'occuper son magasin, il fait appel à un serrurier et installe son paquetage dans sa boutique. Ses enfants le rejoignent. Avec son ex-femme, Claude assure à ses clients la livraison des commandes passées avant la saisie. La journée, il s'active, mais la nuit les idées noires prennent le dessus. Pendant trois semaines, il tient le coup, mais, fin mars, il me confie qu'il a décidé de mettre fin à ses jours et que ses enfants veulent l'accompagner dans la mort. Il a acheté des cordes qu'il a pendues à l'entrée de son magasin. Heureusement, ni lui ni ses enfants ne sont passés à l'acte.

Je comprends, j'en ai fait autant. Après des nuits à retourner le problème dans tous les sens, des nuits d'angoisse qui vous broient la poitrine, il y a toujours un matin où l'on se dit qu'il faut en finir. J'ai pris un escabeau pour attraper les fils électriques de ma salle de bains, je voulais m'électrocuter. J'étais dans un état second. Puis brutalement, dans un flash, j'ai vu ma mère, j'ai vu ma fille, je me suis dit « je ne peux pas leur faire ça ». J'ai rangé l'escabeau. Je n'ai jamais recommencé.

Faute de plan de redressement, la liquidation judiciaire de New Baby est prononcée le 17 avril. C'est alors que la restitution de la comptabilité et des stocks est autorisée, trop tard pour Claude et son magasin. La marchandise, récupérée dans un état catastrophique, est mise en saisie-vente. Les huissiers l'estiment à 900 000 francs mais la vente aux enchères ne rapportera que 59 300 francs. Insuffisant pour rembourser les 23 fournisseurs du magasin et payer les salaires. Claude fait appel à la générosité de sa mère, il lui emprunte de quoi payer l'employée et les deux apprentis de New Baby. Cinq jours plus tard, il récupère sa comptabilité. Il peut dès lors prouver sa bonne foi, et c'est la raison pour laquelle il attaque Carrefour pour faux en écriture de commerce, usage de faux et escroquerie, plainte qui aboutira à un non-lieu le 12 décembre 1996.

En 1995, la cour d'appel d'Aix a jugé illégal le rachat par Carrefour de l'ensemble des crédits engagés par Claude. Ce jugement aurait pu, aurait dû lui éviter le drame de la liquidation et de l'expulsion. Mais il est arrivé trois ans trop tard.

Au final, il a donné vingt ans de sa vie à la galerie marchande vitrollaise et à son développement. Comme moi, il a quitté le centre commercial après avoir tout perdu, deux magasins, beaucoup d'argent, et, surtout, sa santé. Carrefour a récupéré les locaux de Claude pour zéro franc et zéro centime et les a reloués dans la foulée à une grande enseigne de chaussures.

Drôle de disparition à la cour d'appel

Au printemps 1990, avec quatre commerçantes de Marseille et des Bouches-du-Rhône dans la même situation que moi, j'adhère à l'association des franchisés et anciens franchisés Phildar. Il y a là L. C.[2] qui annonce 115 000 francs de dettes, G. P. qui va bientôt abandonner son magasin, J. R. qui n'a jamais réussi à se rémunérer au-delà du SMIC, et aussi B. C. qui s'est vue contrainte de vendre son fonds de commerce pour cause de chute rapide du chiffre d'affaires « tout à fait contraire à ce qui m'avait été promis », me glisse-t-elle un soir de désespoir. Ces quatre marchandes de laine ont fait leur stage Phildar dans mon magasin, elles ont pris l'habitude de se retrouver chez moi pour parler de leur vie professionnelle et pleurer en chœur. En ce mois d'avril 1990, je me bats pour obtenir de Carrefour l'autorisation de vendre mon magasin et j'espère obtenir la « carotte » d'un bureau de tabac ; ma situation est pire que la leur et j'ai bien du mal à les réconforter. Un coup de téléphone

2. Elles n'ont pas souhaité que leurs patronymes soient publiés.

va tout changer. Au bout du fil, une marchande de laine bretonne, Marie-José Pustoch, qui a entendu parler de mon écharpe Guiness. Elle cherche des informations sur l'association des franchisés Phildar. Je n'en sais pas plus qu'elle, mais son calme, sa détermination et son énergie me séduisent et me donnent envie d'aller comme elle au combat. Au cours de ce coup de fil une amitié est née, qui ne s'est arrêtée qu'au décès de Marie-Jo en 2003.

Curieusement, c'est Phildar qui va nous donner les coordonnées de l'association. Dans un courrier adressé à l'ensemble des franchisés, la direction du réseau menace de poursuites les inconscients qui auraient l'audace d'adhérer à cette association dont il précise l'adresse ! Il n'en fallait pas plus pour que Marie-José et moi, et de nombreuses marchandes de laine, rejoignent le mouvement.

Créée en 1989, l'association s'était donné pour mission d'aider les franchisés à faire face à l'effondrement du marché de la laine et surtout, au développement du prêt-à-porter qui a rendu obsolète le tricot et provoqué une grave crise du fil à tricoter. Mais elle va principalement les soutenir et les suivre dans les procédures que la société Phildar va leur intenter. Deux motifs essentiels à ces poursuites : le recouvrement de créances et le non-respect de la clause d'approvisionnement exclusif chez le fournisseur. L'association a d'abord tenté d'éviter les procès en demandant une intervention du gouvernement. Le directeur du commerce intérieur, Philippe Cattiaux, a organisé des rencontres entre les représentants de Phildar et ceux des franchisés. En vain.

Le temps que dureront les procédures judiciaires, le bureau de l'association se réunira, une fois par trimestre au moins, au cabinet parisien de Me Clément, l'avocat des franchisés, pour faire le point sur chaque dossier et déterminer l'aide à apporter à chaque franchisé.

En janvier 1991, une dizaine de franchisés se retrouvent au tribunal de commerce de Roubaix. Aux juges consulaires, ils font valoir la différence entre les bilans prévisionnels orientés à la hausse que le franchiseur a présentés lors de la signature du contrat et la chute parfois vertigineuse de leurs chiffres d'affaires. Ceci leur a permis d'invoquer le dol, c'est-à-dire le recours à des manœuvres frauduleuses destinées à obtenir leur consentement.

Mais les juges donnent raison à Phildar et sept seulement des franchisés se pourvoient en appel. L'année suivante, les juges de la cour de Douai leur donnent raison, invoquant la dépendance économique des franchisés par rapport au franchiseur. La société Les Fils de Louis Mulliez s'est pourvue en cassation et la Cour a mis dos-à-dos franchisés et franchiseur. Le long feuilleton judiciaire va se terminer à Amiens où l'affaire a été rejugée en 1996 confirmant la victoire de la société Phildar sur les petites marchandes de laine.

Ayant pris la précaution de déclencher la procédure collective de sauvegarde des entreprises, c'est dans les juridictions dont dépend la ville de Vitrolles et non dans le ressort du siège social de Phildar que se sont déroulées toutes les procédures liées à mon activité. Ce n'est pas rien. On imagine la difficulté supplémentaire que représente l'obligation de quitter son commerce pour aller dans une ville où l'on ne connaît personne et où votre adversaire joue sur du velours parce qu'il est l'un des plus grands employeurs de la région.

En août 1991, je deviens secrétaire de l'association des franchisés, elle compte alors une centaine d'adhérents. Pourquoi ai-je pris cette responsabilité alors que je me débats déjà dans les difficultés que me créent Carrefour et Phildar. La réponse est probablement que j'ai l'âme militante, qu'il m'est impossible de rester les bras croisés devant tant d'injustice. Si je prends cette responsabilité, c'est aussi parce qu'il me semble que l'association n'est pas très bien organisée, qu'elle manque de punch. Et surtout parce que je découvre alors le bonheur de militer, l'énergie incroyable que donne à l'individu le combat en collectif.

À mon initiative, un courrier est envoyé à chacun des 1 213 franchisés Phildar que j'ai retrouvés grâce au Minitel. Le franchiseur réagit vivement en dénonçant « une campagne de dénigrement » de son réseau. Combien de franchisés ont alors rejoint l'association ? Nous ne l'avons jamais su, car le président a quitté ses fonctions, conservant auprès de lui les archives de l'association.

Nous poursuivons l'action en adressant aux 925 parlementaires français un courrier qui les informe sur le dossier de la franchise et les difficultés des franchisés Phildar. L'association les invite à demander au ministre délégué au Commerce et à l'Artisanat et au ministre de la Justice de se pencher avec la plus grande attention possible sur le sort de nos adhérents. Une cinquantaine de parlementaires nous ont répondu, dont les socialistes Henri d'Attilio et Michel Pezet, Paul Lombard et André Lajoinie du parti communiste, Antoine Rufenacht et Philippe Séguin du RPR.

En mon nom personnel, j'interpelle Martine Aubry, alors ministre du Travail. Je lui explique que les franchisés sont en « totale dépendance économique » envers le franchiseur, qu'ils gagnent moins que le salaire minimum. Qu'en cas de rupture, ils n'ont pas droit au tribunal des prud'hommes pour se défendre, et, en leur qualité de commerçants indépendants, qu'ils n'ont pas le droit au chômage. Elle me répond avoir transmis mon dossier au ministre délégué au Commerce et aux services compétents de son ministère. L'histoire s'est arrêtée là.

Répondant au député marseillais Michel Pezet qui l'avait interpellé sur mes difficultés, le garde des Sceaux de 1991, Henri Nallet, lui a adressé une lettre détaillée et informée dans laquelle il me conseille « d'intenter par l'intermédiaire [du] liquidateur, une action en dommages et intérêts pour le non-respect des clauses contractuelles ».

J'ai suivi à la lettre son conseil. Voici comment. On se souvient que mon avocat, Jean-Jacques Anglade, ne s'était pas rendu, en avril 1990, au tribunal de commerce de Salon pour l'audience qui devait accepter ou refuser les créances de Phildar. De ce fait, personne n'avait expliqué aux juges consulaires pourquoi et comment j'en étais arrivée là, percluse de dettes, proche de la ruine. Cette explication, qui me tenait tant à cœur, j'ai pu la fournir par la bouche de mon nouvel avocat, Me Larrouzé, aux juges de la cour d'appel d'Aix, le 25 mars 1993. Comme l'ont fait les défenseurs des franchisés à Roubaix, mon défenseur a choisi de plaider le dol.

Premier point de son argumentation, il évoque le bilan prévisionnel à la hausse que le représentant du franchiseur m'a fourni lors du transfert de ma boutique aux caisses de Carrefour. Deuxième point, il accuse Phildar de ne pas m'avoir informée que Carrefour allait agrandir et rénover sa galerie, et donc que ma boutique allait disparaître. Troisième point de son argumentation, il démontre que lors du transfert de ma boutique j'ai été mal assistée dans la négociation des loyers ultérieurs et qu'à aucun moment il n'a été question du décret de 1953 qui indemnise le locataire en cas de reprise de son local. Enfin, dernier point, il déclare que je n'ai pas été informée par Phildar de la chute du marché du fil à tricoter qui constituait 63 % du chiffre d'affaires de ma boutique !

Cette plaidoirie dont je déguste et apprécie chaque mot, je l'ai préparée pendant de longues séances de travail avec Me Larrouzé. À la sortie de la cour d'appel, lorsque je retrouve les rues animées du vieil Aix, je suis optimiste, persuadée que les juges vont comprendre.

Mais lorsque quelques mois plus tard leur arrêt me parvient, c'est le coup de massue. Mes arguments ont été point par point balayés par la cour. Je suis déboutée. Ainsi, les juges estiment que le franchiseur « n'a pas dissimulé à son réseau » les difficultés du marché de la laine à tricoter, et que rien ne prouve que j'étais obligée de quitter mon ancien local. Ils vont même jusqu'à écrire que rien ne prouve la disparition de ma boutique !

Effondrée, je lis et relis pendant des heures les nombreuses pages de l'arrêt. Je ne comprends pas l'attitude des juges. J'avais travaillé pendant des heures avec Me Larrouzé pour bien faire comprendre que ma boutique, en raison de sa transformation projetée en issue de secours, devait être transférée pour que les travaux puissent commencer. Pour aider mon défenseur à construire son argumentation, je m'étais procuré un plan du centre commercial datant de 1985, donc d'avant l'extension de 1988, sur lequel j'avais surligné : en bleu, les locaux qui devaient être démolis pour permettre la construction du BHV ; en jaune, le déplacement de ma boutique ; en orange, les locaux à supprimer pour créer les issues de secours. J'avais positionné les boxes construits en remplacement en 1987 et fléché l'itinéraire y conduisant. Bref, tout était clair, limpide comme de l'eau de roche. Les juges ne pouvaient pas ne pas comprendre. Il y avait donc forcément un mystère quelque part. Après avoir été déboutée par la cour d'appel, je m'interroge sur la possibilité de porter l'affaire devant la Cour de cassation. J'ai l'accord et le soutien de mon mandataire-liquidateur, mais je préfère consulter un avocat auprès de la Cour de cassation, Me Pradon, pour qu'il estime mes chances de gagner en cas de pourvoi. Pour gagner du temps, je lui remets mon dossier personnel, tel qu'il a été présenté par mon avocat. Quelques jours plus tard, il reçoit le même dossier, en provenance d'Aix. Il découvre alors, dans le dossier remis par la cour d'appel, qu'un plan a disparu. Celui que j'avais mis des heures à dessiner et affiner. C'est-à-dire le document clé, l'élément essentiel de ma défense ! Sa disparition peut-elle expliquer l'attitude incompréhensible des juges aixois ? Est-ce bien là le mystère que je supputais ?

Je suis abasourdie. Cette disparition ébranle la confiance que j'avais encore envers le monde de la justice. L'univers m'apparaît soudain fangeux et dangereux, cauchemardesque. En qui avoir confiance désormais ? En qui, en quoi peut-on encore croire ?

Mais l'instinct de survie est le plus fort. Tandis que je me désole, mon cerveau fait son travail. Il me suggère que si le plan a disparu, c'est qu'il avait une grande importance. Que ceux qui l'ont dérobé devaient se sentir considérablement menacés par ce bout de papier colorié !!! Un matin, Claude et moi arrivons à la même conclusion : après deux années d'échecs judiciaires, après toutes les vilénies qu'on nous a fait subir, il nous faut réagir. Nous devons maintenant enquêter sur le mystère du plan disparu.

S'il n'y avait pas eu cette incroyable disparition, les juges seraient arrivés à d'autres conclusions, je n'aurais jamais remué ciel et terre pour comprendre les mécanismes de l'urbanisme commercial, je n'aurais jamais créé En Toute Franchise, ma vie aurait été tout autre.

Le 6 juillet 1993, Me Pradon m'envoie ses conclusions. Il estime impossible de contester les décisions des juges d'Aix et me déconseille donc d'aller en cassation. L'aurait-il conseillé s'il avait eu en sa possession le plan perdu ? Interrogé sur ce point, il ne m'a pas répondu. Je retiendrai de ses conclusions cette dernière phrase : « Je n'ignore certes pas le caractère éminemment contestable des appréciations de la cour et surtout les conclusions désastreuses pour Mme Donnette, mais celle-ci doit savoir que quelque sentiment que la Cour de cassation puisse avoir sur le fond de l'affaire, elle ne pourra pas casser l'arrêt. »

Je renonce à aller plus loin. J'accepte le verdict de la cour d'appel qui confirme mes dettes à la société Phildar. Pour les payer, il me faudra vendre la maison de Marignane où vivent ma fille et son père. Un crève-cœur pour Muriel et une source inépuisable de conflits à venir entre celui qui sera bientôt mon ex-mari et moi.

Avec Claude nous nous habituons tant bien que mal à notre vie en caravane. Le quotidien n'est pas tous les jours facile. L'été, le camping est envahi par les estivants qui festoient jusqu'à des heures avancées de la nuit dans les parfums mélangés du pastis et du barbecue. L'hiver, n'y séjournent que des gens comme nous, des chômeurs, des victimes de la guerre économique et des accidents de la vie. Nous nous croisons sur le chemin des sanitaires. Je hais les séjours aux toilettes, leurs portes minimalistes qui ne protègent pas grand-chose de notre intimité. Au plus fort de l'hiver, lorsque la France entière allume ses chauffages électriques d'appoint, le courant du camping saute. Ces nuits-là, il ne fait pas plus de 3 à 5 °C dans la caravane. Impossible d'y dormir, même en entassant sur le lit tous nos manteaux et doudounes. Une nuit où le thermomètre indiquait tout juste 2 °C nous avons pris nos cliques et nos claques et nous nous sommes réfugiés dans un hôtel de Marignane, où, pour une fois, nous avons dormi normalement, suffisamment pour Claude qui est alors grièvement malade. Profondément blessé par les conditions de son expulsion au printemps 1992 et en proie à des difficultés financières récurrentes, mon compagnon a développé une pathologie lourdement handicapante, la maladie de Crohn, maladie auto-immune déclenchée par le stress et l'angoisse. Le tractus digestif se couvre d'ulcères atrocement douloureux.

Fin 1993, la plupart des franchisées Phildar ont renoncé à lutter. Certaines ont craqué. Une commerçante du Val de Loire s'est pendue. D'autres sont victimes de dépressions nerveuses et de maladies somatisant leur désespoir. Certaines ont pris 30 à 50 kilos, d'autres ont abusé de l'alcool, de la nicotine et des psychotropes. J'ai été tentée de baisser les bras, de tout quitter, partir pour une nouvelle vie, vers un de ces villages provençaux dont j'avais tant rêvé lorsque je vivais en région parisienne, mais je devais faire face. Pour Muriel, pour Claude, pour les commerçants qui de plus en plus souvent viennent nous demander conseil.

Le statut de la franchise n'est plus le seul et unique objet de notre action. Les nouveaux adhérents nous interrogent sur la déspécialisation, sur les procédures collectives de sauvegarde des entreprises. Il nous faut créer une nouvelle association. L'équipe dirigeante de l'association des franchisés est prête à assumer cette nouvelle responsabilité.

Les débuts d'En Toute Franchise

Les livres sur les grandes surfaces, leurs méthodes, leurs succès et excès ne manquent pas. *Seule contre les géants* n'est pas l'ouvrage d'une économiste. C'est le témoignage d'une fille du peuple qui a osé affronter la grande distribution et qui a bien failli y laisser sa peau. Mais avant d'aller plus loin dans le récit de ma vie, l'histoire de notre association et de ses combats, il me faut revenir brièvement sur celle des grandes surfaces et des textes qui en réglementent l'activité. Les trois sont en effet indissociables. Cette histoire permettra de comprendre les débuts d'En Toute Franchise (ETF) et le contexte plus général dans lequel cette association est née.

Les grandes surfaces apparaissent dans les années qui suivent la Libération, dans une France encore en reconstruction. L'enseigne Goulet-Turpin ouvre au cœur de Paris le premier magasin en libre-service. L'année suivante, en Bretagne, Édouard Leclerc crée dans un garage désaffecté de Landerneau sa première boutique à bas prix, en appliquant sa formule « Acheter moins cher pour revendre moins cher ». Sa méthode : la suppression des intermédiaires. À cette époque-là pour 40 millions de Français il y a 800 000 commerces, dont 376 000, près de la moitié, sont dédiés à l'alimentation. Chaque village, même le plus petit des bourgs perdus, a au moins son épicerie et son débit de boissons. Les commerçants, leurs conjoints et leurs employés représentent une part importante de l'électorat français. Lorsqu'en 1953, Pierre Poujade crée à Saint-Céré l'Union de défense des commerçants et artisans (UDCA) qui proteste contre la fiscalité du petit commerce, le monde politique tremble.

À la fin des années 1950, de nouvelles formes de commerce font leur apparition. En 1958, Goulet-Turpin ouvre à Rueil-Malmaison le premier supermarché qu'il baptise Express Marché. En 1960 à Annecy, deux commerçants savoyards, Fournier et Defforey, fondent Carrefour, première enseigne à doter son magasin d'une station-service. En 1961 à Roubaix, Gérard Mulliez ouvre le premier Auchan, et, en 1963, le premier hypermarché est créé par Carrefour à Sainte-Geneviève-des-Bois dans la banlieue parisienne avec une surface de vente de 5 000 m². Cette superficie semble alors gigantesque ! À l'exception d'Édouard Leclerc, tous ces patrons sont allés se former aux États-Unis dans les séminaires de Bernardo Trujillo, dit « le pape de Dayton ». Patron d'une entreprise de caisses enregistreuses, il est à l'origine du système de la grande distribution tel qu'il fonctionne aujourd'hui. Ses préceptes sont célèbres : « *No parking, no business* » ; « Les pauvres ont besoin de prix bas. Les riches adorent ça » ; ou encore : « Créer un îlot de pertes dans un océan de profits ».

Le libre-service, des prix bas et « tout sous un même toit avec un parking », les patrons français ont en main les trois atouts majeurs pour partir à la conquête des consommateurs. Elle sera d'autant plus rapide qu'aucune réglementation ne vient organiser et moraliser l'expansion du secteur. À la fin des années 1960, la France compte déjà 1 453 supermarchés et 76 hypermarchés. Les périphéries se développent. Car, parallèlement à ces grandes surfaces généralistes, sont apparues les grandes surfaces spécialisées. La Fnac en 1956, Leroy-Merlin en 1960, Darty en 1966, Conforama en 1967 et Castorama en 1969.

En cette année 1969, il ne reste plus que 700 000 détaillants indépendants. En vingt ans, 100 000 boutiques ont disparu, soit 5 000 par an. Chez les petits commerçants, c'est la panique. Non seulement la grande distribution leur fait perdre leur gagne-pain quotidien mais, en outre, elle les prive du capital qu'ils espéraient retirer de la vente de leur fonds de commerce pour assurer leurs vieux jours. Un restaurateur de l'Isère, Gérard Nicoud, fonde la Confédération intersyndicale de défense et d'union nationale des travailleurs indépendants, le CIDUNATI, qui va rassembler des centaines de milliers de commerçants en colère. J'ai le souvenir de commerçants défilant en chemise, chaînes de fer aux pieds, derrière une banderole portant ces mots : « On veut pas crever ».

C'est dans cette atmosphère surchauffée, sous la pression de ces manifestants, qu'est rédigé en 1969 le premier texte juridique encadrant les grandes surfaces. Il s'agit d'une simple circulaire concernant les implantations de magasins de 10 000 m² et plus ; ses dispositions seront reprises et précisées par une loi de décembre 1969 pour des magasins de 3 000 m² puis par la fameuse loi Royer du 27 décembre 1973. Ce texte qui porte le nom de Jean Royer, ministre du Commerce et de l'Artisanat du deuxième gouvernement Messmer (avril 1973-février 1974), doit, d'une part, protéger les commerçants et les artisans et, d'autre part, permettre un aménagement harmonieux de l'espace urbain et rural. Elle est surtout connue par l'obligation qu'elle crée à la grande distribution d'obtenir une autorisation spécifique, distincte du permis de construire, pour toute nouvelle surface de plus de 1 000 m² dans les communes de moins de 40 000 habitants (1 500 m² au-dessus). Ces autorisations sont délivrées par des commissions départementales d'urbanisme commercial (CDUC)[3] présidées par le Préfet représentant de l'Etat qui ne prend pas part au vote, composées de neuf élus, neuf représentants de commerçants et de deux représentants des consommateurs. Les leaders de la contestation sont loin d'imaginer qu'en créant deux réglementations distinctes, la loi Royer va hâter la mort de ceux qu'elle est censée préserver : il leur sera en effet interdit d'attaquer les permis de construire en qualité de commerçants jusqu'à la très récente loi ACTPE (18 juin 2014) de

3. La loi Royer du 27 décembre 1973 instaure les commissions départementales d'urbanisme commercial (CDUC) et la Commission nationale d'urbanisme commercial (CNUC) ; la loi Raffarin du 5 juillet 1996 crée les commissions départementales d'équipement commercial (CDEC) et la Commission nationale d'équipement commercial (CNEC) qui remplacent les CDUC et la CNUC. Enfin, les CDEC et la CNEC changent d'appellation avec la loi LME du 4 août 2008 pour devenir les commissions départementales d'aménagement commercial (CDAC) et la Commission nationale d'aménagement commercial (CNAC).

Sylvia Pinel[4]. Les implantations de grandes surfaces vont dès lors pulluler, et dès sa création ETF n'aura de cesse de mettre fin à la double réglementation.

La loi Royer aurait dû pourtant être une bonne loi. Son article 1er énonce ce principe : « La liberté et la volonté d'entreprendre sont les fondements des activités commerciales et artisanales. Celles-ci s'exercent dans le cadre d'une concurrence claire et loyale. » L'alinéa 3 dispose : « Les pouvoirs publics veillent à ce que l'essor du commerce et de l'artisanat permette l'expansion de toutes les formes d'entreprises, indépendantes, groupées ou intégrées, en évitant qu'une croissance désordonnée des formes nouvelles de distribution ne provoque l'écrasement de la petite entreprise et le gaspillage des équipements commerciaux et ne soit préjudiciable à l'emploi. » Cet article fondamental adosse l'activité des commerçants aux libertés garanties par notre Constitution. D'autres articles, bien pensés, bien rédigés, devaient garantir « l'essor du commerce et de l'artisanat » et un aménagement harmonieux du territoire tel que celui qui imposait la présence du certificat d'urbanisme dans la liste des pièces constituant le dossier de demande d'autorisation.

Mais au fil des années, des textes, le plus souvent suggérés par les lobbyistes de la grande distribution, sont venus en

---

4. Cette loi a pour effet d'intégrer l'autorisation d'exploitation commerciale et le permis de construire : désormais, pour les projets de création ou d'extension d'équipement ou d'ensemble commercial, le permis de construire vaudra autorisation d'exploiter dès lors qu'il aura été précédé de l'avis favorable de la commission départementale (CDAC) ou nationale (CNAC) d'aménagement commercial. (Voir *infra* le chapitre 15, « La loi qui pourrait tout changer », consacré à l'étude de la loi ACTPE.)

réduire la portée. Prenons le cas de l'article 29 qui précise qu'une nouvelle autorisation d'exploitation commerciale (AEC) doit être demandée en cas de « modification substantielle » dans la nature d'un commerce, par exemple quand un magasin de meubles se transforme en supermarché. Soudainement, en janvier 1981, cet article 29 est contredit par une circulaire qui a permis à plusieurs grandes surfaces Leclerc de s'installer dans d'anciens magasins de meubles sans autorisation préalable, comme à Plan de Campagne dans les Bouches-du-Rhône. C'est que non seulement les lobbyistes ont un fabuleux carnet d'adresses politiques, mais ils savent aussi les secrets du monde juridique et les arcanes du droit. Ils savent bien qu'une loi n'est rien sans son décret d'application et ses circulaires, et que ces textes ne sont ni discutés ni votés par les parlementaires. Leur origine et leurs motivations ne sont pas médiatisées, ce qui facilite grandement le travail des lobbyistes…

Les années 1980 voient le triomphe du libéralisme économique. La grande distribution « explose ». Entre 1980 et 1985 le nombre des supermarchés passe de 3 710 à 6 128, celui des hypermarchés de 408 à 639. La France se couvre de centres commerciaux ; dans les galeries marchandes se développent les chaînes à succursales et des réseaux de franchise. Les enseignes de la grande distribution, qui ont entrepris un maillage rigoureux du territoire, rationalisent leurs relations avec leurs partenaires : les producteurs industriels et agricoles, les pouvoirs publics et les collectivités territoriales auxquelles la loi de décentralisation de 1983 a donné une autonomie nouvelle. Les premières « affaires » apparaissent à la une des médias et aux greffes des palais de justice, parmi lesquelles de nombreux dossiers de centres commerciaux illicites. Nous sommes à cette époque, Claude et moi, confrontés à nos premiers déboires juridiques. Nous croyons être seuls au monde, nous ignorons que des milliers de petits commerçants vivent la même tragédie.

En 1989, devant la prolifération des entorses à la loi Royer, une nouvelle salve de textes est proposée par le socialiste François Doubin auquel on doit déjà la loi sur le statut des franchisés. Première étape : il enjoint aux préfets, par sa circulaire du 27 juin 1989, de contrôler les grandes surfaces. D'une part, il s'agit de vérifier que les enseignes sont bien légalement propriétaires des terrains sur lesquels elles projettent de s'implanter et que leurs projets respectent les règlements d'urbanisme locaux ; d'autre part, les préfets doivent contrôler, le jour de l'ouverture, que les surfaces de vente sont bien conformes aux mètres carrés autorisés. Deuxième étape, en 1991 : Doubin dote, avec la circulaire du 8 octobre 1991, les préfets du pouvoir de poursuivre les grandes surfaces devant une juridiction pénale. Ce que pour ma part (et à mon grand regret) je n'ai jamais vu !

En janvier 1993, sous le gouvernement de Pierre Bérégovoy, la loi de prévention de la corruption, de transparence de la vie économique et des procédures publiques est adoptée (loi du 29 janvier 1993 dite « loi Sapin »). Le texte a notamment pour objectif de moraliser le financement des partis politiques. Le monde de la grande distribution fait partie des secteurs concernés.

Pour ce qui est des grandes surfaces, le décret d'application (9 mars 1993) de la loi Sapin crée les observatoires départementaux d'équipement commercial (ODEC). Présidés par les préfets, ils sont composés d'élus locaux, de représentants des commerçants, et des consommateurs, ainsi que de personnalités qualifiées. Les ODEC ont pour mission d'établir chaque année deux inventaires : un pour les commerces de plus de 400 m², l'autre pour les commerces inférieurs à ce seuil. Il s'agit de faire l'état des lieux d'un territoire donné et de vérifier que son tissu commercial est bien conforme aux besoins des consommateurs. C'est à ces données que les commissions départementales devront se référer quand elles seront sollicitées pour la création ou l'extension d'une surface commerciale.

Ce n'est bien sûr pas un hasard si notre association de défense des petits commerçants En Toute Franchise est née fin 1993. Je pense que nous avons puisé dans la loi Sapin l'énergie qu'il nous fallait pour entamer notre propre lutte contre les abus de la grande distribution ; et dans les textes créés par le gouvernement les outils qu'il nous fallait pour passer à l'attaque, par exemple contre les irrégularités commises entre 1988 et 1995 par le centre commercial Carrefour à Vitrolles.

ETF est donc née fin décembre 1993 à Wasquehal dans le Nord, chez Madeleine Daubresse, une franchisée Phildar dont les procès ont été particulièrement médiatisés ; le réseau lui reprochait d'avoir installé dans sa boutique des produits d'autres marques que celles de son franchiseur. Les six créateurs se partagent les postes de responsabilité. Mon expérience à la tête de l'association Phildar me porte à la présidence de cette nouvelle structure. Claude prend la vice-présidence, Marie-José Pustoch accepte le poste de secrétaire et Madeleine celui de secrétaire adjointe. La trésorière est une Havraise, Nicole Delaunay, et son adjointe est une ancienne commerçante des Bouches-du- Rhône.

La mission dévolue à ETF est de poursuivre auprès des marchands de laine l'action de conseil et de soutien auparavant assurée par leur défunte association. Mais pas seulement, car ETF sera ouvert à tous les commerçants qu'ils soient franchisés ou indépendants ; l'association devra répondre à la diversité de leurs attentes et de leurs questionnements. Nous voulons être les représentants et les porte-parole de tous les faillis et liquidés que le Code de commerce prive de leurs droits. L'association est déclarée à la sous-préfecture d'Istres, dans les Bouches-du-Rhône, le 1er janvier 1994.

Pour sa première intervention, ETF mène une action publique : son équipe dirigeante se présente au complet à la cour d'appel d'Amiens pour assister à l'audience solennelle qui conclut le long combat judiciaire des franchisés Phildar. Nous sommes impressionnés par le décorum, les cinq juges en robe rouge avec liséré d'hermine et toque rouge. Et passablement sidérés d'entendre l'avocat de Phildar comparer le lien qui lie le franchisé au franchiseur à celui qui liait le vassal à son suzerain. Même si la notion de franchise date du Moyen Âge, il s'agissait alors d'une charte octroyant des libertés à certaines communes « franches », cette assimilation des franchiseurs aux grands seigneurs d'antan nous fait froid dans le dos. Scandalisée, je me tourne vers le président du tribunal et je fais le geste du couperet qui tombe sur le guillotiné. J'ai envie de lui crier que le dernier des grands seigneurs, le roi de France, a été exécuté à la Révolution.

Pendant cette audience, dans le public avec les familles des sept franchisées, je ne peux m'empêcher de penser que rien de tout cela n'aurait probablement eu lieu si la loi Doubin avait été adoptée quelques années plus tôt.

Cette loi que nous avons déjà présentée impose aux franchiseurs (qui ont crié au scandale !) de remettre préalablement à la signature d'un contrat de franchise un « document d'information précontractuel » (DIP) aux personnes tentées par l'aventure. Jusqu'alors l'information du candidat à la franchise était laissée au bon vouloir du franchiseur, et bien des franchisés ont, après signature, estimé qu'ils s'étaient engagés à l'aveugle. D'autant que l'écrit n'était même pas obligatoire pour le contrat de franchise définitif ! La loi Doubin précise également que ce DIP doit être remis vingt jours au moins avant la signature du contrat ou avant le versement de toute somme d'argent. Les informations qu'il doit fournir sont particulièrement importantes pour les futurs franchisés : les comptes annuels des deux derniers exercices du franchiseur, l'état du réseau, la liste des entreprises franchisées, le nombre d'entreprises ayant quitté le réseau, les conditions et causes de leur départ, etc., mais aussi des informations sur le chiffre moyen d'un point de vente, les loyers, les taxes, le résultat d'exploitation, les amortissements et le résultat net. De quoi apprécier la rentabilité d'une affaire, son état de santé, et le salaire qu'on peut espérer en retirer.

Certes, ces informations sont opposables, c'est-à-dire que leur absence est une clause de nullité du contrat de franchise. Certes, le franchiseur qui ne se conforme pas à la loi s'expose à des contraventions de cinquième classe. Toutefois, pour les franchisés, la loi est encore insuffisante. Par exemple, il n'y a pas de nullité du contrat en cas de non-respect du délai minimal de vingt jours pour la remise du DIP, et le contrat reste valable même en l'absence d'une étude de marché !

Dans les premiers mois de son existence, ETF s'est par conséquent fixé comme objectif d'obtenir un amendement à la loi Doubin. Nous voulions que le franchiseur soit obligé d'investir son argent dans son réseau de franchise, ce qui prouverait sa bonne foi et rassurerait ses franchisés.

Le premier événement qui va faire connaître notre jeune association, c'est la manifestation que nous organisons lors du Salon de la franchise, en mars 1994, Porte de Versailles à Paris. Le dos aux grilles du palais des expositions, face à un cordon impressionnant de CRS, de policiers nationaux et municipaux, nous distribuons des tracts qui présentent En Toute Franchise. Tandis que bien au chaud dans les pavillons les seigneurs de la franchise vantent les mérites du système, nous expliquons aux candidats les difficultés dans lesquelles des franchisés sont plongés par centaines, les procédures en cours, et le combat que nous menons pour leur permettre de sortir la tête haute de leurs ennuis judiciaires.

L'année suivante, nous demandons en toute ingénuité, ou plutôt avec beaucoup de culot et un certain sens de la provocation, à avoir un stand pour exposer les effets néfastes de la franchise. Autorisation refusée bien sûr, nous renouvelons donc notre manifestation à l'entrée du Salon. Mais comme nous avons pris la précaution d'acheter des billets, nous pouvons aller et venir dans les allées du palais et à l'intérieur des pavillons. Notre petite troupe est rejointe par des franchisés d'Intermarché et de Bricomarché en conflit avec leur franchiseur, ce qui nous permet de faire passer notre message au plus grand nombre.

Le 1er décembre 1995, au nom d'ETF, je porte plainte contre Carrefour, l'immobilière Carrefour et la commune de Vitrolles pour « augmentation illicite de magasin et de surface de vente, et exécution de travaux sur construction existante ayant pour effet d'en changer la destination sans permis de construire ». La plainte est déclarée irrecevable par le procureur de la République. Pour deux raisons. D'une part, notre association, créée en janvier 1994, a moins de cinq ans. Et surtout ETF ne figure pas parmi les associations habilitées à défendre des victimes qu'énumère l'article 2 du Code de procédure pénale. Nous décidons de tout faire pour réparer cette injustice et faire modifier le Code, mais, en attendant, avec lucidité et pragmatisme, nous en concluons que puisque nous ne pouvons pas agir au pénal, nous nous cantonnerons – devant les tribunaux de commerce, administratifs et de grande instance – au domaine de l'urbanisme commercial. Cela deviendra effectivement la vocation première d'ETF.

En 1999, ETF intègre le Groupement des associations de franchisés (GRAF) créé par l'avocat Serge Méresse pour rassembler et relier entre elles les associations créées par les franchisés des grands réseaux tels que Mango, Kookaï, But, Intermarché, La Foir'fouille, Léonidas, Hertz, etc. Le GRAF les informe sur les décisions des cours de justice les concernant, les représente auprès des pouvoirs publics et des élus, participe aux projets de réforme dans les domaines qui les intéressent. Le groupement va notamment rédiger une charte des réseaux de franchise et élaborer une proposition de loi qui sera transmise au député du Loiret Jean-Paul Charié, lequel deviendra l'un des plus fidèles compagnons de route d'ETF.

À la découverte des arcanes du droit

À l'automne 1994, Vitrolles est en proie à la fièvre électorale. L'hiver précédent, le numéro deux du Front national, Bruno Mégret, a débarqué avec armes et bagages. Il connaît bien les rives de l'étang de Berre pour avoir été candidat aux législatives contre le député PS Henri d'Attilio en juin 1993 et failli lui ravir son siège. À Vitrolles où depuis une dizaine d'années le Front national fait de beaux scores, il est certain de pouvoir remporter la mairie aux municipales de 1995.

La campagne a démarré très tôt, la confrontation est rude entre le représentant du FN et le maire PS Jean-Jacques Anglade. Usé par deux mandats, « JJA » est contesté au sein de ses propres troupes pour le pharaonique projet du Stadium et la coûteuse aventure de l'équipe de handball OM Vitrolles. Il fait également l'objet d'une enquête sur les fausses factures portant sur les 66 panneaux publicitaires installés dans la ville par la société Expo-Publicité. Selon l'ouvrage de Gérard Perrier, *Vitrolles, un laboratoire de l'extrême droite et de la crise de la gauche (1983-2002)*, « l'un des bénéficiaires de cette facturation dans l'ombre est le club OM Vitrolles handball, dirigé par Jean-Claude Tapie, lui aussi jugé pour faux et usage de faux ».

Après avoir rencontré chaque candidat et leur avoir exposé la situation des commerçants indépendants face à l'expansion de la grande distribution, Claude Diot et moi décidons de soutenir la liste « La Gauche autrement » de René Agarrat. Politique intègre, homme de culture et de dialogue, celui-ci dénonce la politique spectacle menée par Jean-Jacques Anglade, « les dépenses de prestige, les activités artificielles, poudre aux yeux, paillettes et réceptions ». Il s'oppose à « la personnalisation du pouvoir et aux méthodes antidémocratiques et clientélistes » mises en place par le maire PS.

Nous adhérons au collectif de soutien à la liste Agarrat. Le soir, aux réunions, chacun témoigne du fossé qui s'est creusé entre les Vitrollais et Anglade, totalement aux mains d'une escouade de communicants dirigée par Stéphane Fouks, de la firme RSCG. Ce sont eux qui, notamment, lui ont conseillé de toujours porter une écharpe blanche. De ces réunions, je me souviens du témoignage d'une mère qui avait vainement demandé au maire une aide pour aller voir son enfant, malade, à l'Hôpital Nord, centre hospitalier universitaire situé aux portes de Marseille. Je me souviens d'un responsable de club sportif décrivant des terrains de sport sans cages de but, sans filets, sans rien pour entraîner leurs jeunes adhérents alors que Vitrolles avait été sacrée ville la plus sportive de France quelques années plus tôt ! Il est clair que les Vitrollais sont conscients des risques que ferait courir à leur ville une gestion Front national mais ils ont, tout comme nous, une très forte envie de débarquer l'homme à l'écharpe qui depuis un ou deux ans s'affiche résolument avec le clan Tapie. Jean-Claude Tapie figure d'ailleurs en trente-neuvième et dernière position sur la liste de Jean-Jacques Anglade.

Si le destin politique de Vitrolles me passionne, il ne me fait pas délaisser mes dossiers. En septembre 1994, je dépose une plainte pour escroquerie contre Phildar et Carrefour pour m'avoir occulté le fait que ma boutique allait disparaître dans la mise aux normes de sécurité du centre commercial. Cette plainte fera, quatre années plus tard, l'objet d'un non-lieu, mais le travail effectué avec ma nouvelle avocate, Me Geneviève Durand, me permet de récapituler l'ensemble des griefs que j'ai accumulés contre ces deux sociétés.

Est-ce l'effet de cette plainte ? Ou un début de paranoïa ? Toujours est-il que pendant plusieurs mois, nous constatons des faits bizarres que notre entourage confirme. Des appels téléphoniques anonymes nous menacent du retrait de notre droit à la Sécurité sociale ou nous accusent de fraude fiscale. Pendant une dizaine de jours, nous faisons l'objet d'une filature par une 204 blanche. La nuit, la petite Peugeot se gare devant notre caravane au camping de Carry et son conducteur dort roulé en boule sur le siège avant. Une femme prend le relais, elle nous suit dans nos déplacements locaux. Un matin, Claude, exaspéré, l'apostrophe vertement dans une boucherie de Carry, ce qui – apparemment – met fin à la filature.

Aux premiers jours de l'année 1995, après avoir conclu la vente de ma deuxième boutique et déménagé le mobilier et le stock des Délices de Marie Martine, je me mets en quête d'une activité rémunératrice. Claude est malade, je dois assurer le quotidien.

J'apprends que l'épicerie du camping de La Ciotat est à prendre en gérance. Un commerce saisonnier ouvert du 1er avril au 30 septembre non-stop sept jours par semaine. Nous pourrions travailler ensemble, avec une clientèle de vacanciers détendus et souriants, le projet est séduisant. Je pose notre candidature, elle est acceptée, et, au mois de mars 1995, Claude et moi quittons Carry pour nous installer dans un studio loué par les propriétaires du camping à deux pas de notre épicerie.

Nous découvrons avec amusement la faune internationale de ce village de caravanes et de camping-cars. Les Français sont peu nombreux, les Scandinaves et les Hollandais sont majoritaires. Grands, blonds, couverts de coups de soleil de la tête aux pieds, les jeunes Nordiques apprécient nos rosés de Provence qu'ils – les filles autant que les garçons – boivent au goulot en longues gorgées, comme si c'était de la petite bière. Ils se soucient comme d'une guigne de nos conseils de modération.

L'épicerie fonctionne de 7 heures à 22 heures. Avant même l'ouverture, il y a foule devant la petite échoppe. Ces clients du petit matin sont surtout des Allemands, friands des croissants et du pain frais tout chaud qu'un boulanger de La Ciotat vient livrer. En fin de matinée et en début de soirée, il faut être deux pour faire face à l'afflux des vacanciers. L'après-midi, ils font la sieste ou sont à la plage toute proche, et j'ai de longs moments de temps libre pendant lesquels je ne vais ni me baigner ni me faire bronzer. Je reprends les deux dernières procédures en cours. Celle de Claude qui a porté plainte contre Carrefour pour disparition de chèques dans la comptabilité, et la mienne pour double escroquerie contre Phildar et Carrefour.

J'ai toujours en tête l'idée de vouloir comprendre le pourquoi de la disparition de mon plan à la cour d'appel d'Aix. J'ai acheté le Code de l'urbanisme édité par Dalloz – célèbre collection de codes juridiques à couverture rouge – et pendant que le camping de La Ciotat fait la sieste, je déchiffre, je décortique, j'apprends par cœur les textes qui régissent l'urbanisme commercial. Je découvre qu'une loi de 1973 (la loi Royer) oblige les grandes surfaces à obtenir avant le dépôt du permis de construire ou de rénover, une autorisation d'exploitation commerciale. C'est une commission composée de représentants de la CCI, de la chambre des métiers, et de divers élus locaux, dont le maire de la commune concernée, qui la délivre. Présente dans tous les départements elle est domiciliée à la préfecture.

Je prends également connaissance à ce moment-là de l'ensemble de la loi Royer. Il peut paraître ahurissant qu'une commerçante d'expérience et qui plus est ayant travaillé dans un centre commercial ignore ce texte fondateur du commerce français. C'est pourtant la réalité, et aujourd'hui encore, dans mes activités de présidente d'ETF, il ne se passe pas une semaine sans qu'un commerçant vienne à nous pour qu'on l'aide à « dépatouiller » une situation liée à un aspect de la loi Royer dont il avoue tout ignorer. La plupart des commerçants ne connaissent que la loi de 1972, fondatrice du régime de retraite des indépendants et de l'organisme qui le gère.

Lorsque je m'initie aux arcanes du droit, nous sommes en 1995. Internet n'en est qu'à ses balbutiements. Légifrance, le site Web officiel qui diffuse les textes législatifs et réglementaires français ne sera créé qu'en 1999 et le *Journal Officiel* n'existe encore qu'en version papier. La quête d'un article de loi, aujourd'hui résolue en quelques clics et autant de secondes, pouvait prendre, en ce temps-là, pourtant pas si lointain, jusqu'à quinze jours de recherche dans des bibliothèques, des archives de journaux et des manuels de droit.

Début juillet, un membre de notre jeune association ETF m'arrache à mes chères études. Ce n'est pas pour commenter une fois de plus le sort incertain de Jean-Jacques Anglade, élu avec seulement 353 voix de plus que Bruno Mégret aux municipales vitrollaises, mais pour nous signaler que « Carrefour est en train de transformer une de ses réserves en surface de vente ». Une nouvelle extension de quelque 1 000 m². C'est l'occasion de mettre en application mes connaissances toutes fraîches en matière de droit. Depuis trois ans, je sens, je sais, qu'il y a quelque chose de pourri dans le royaume de la grande distribution, mais je ne sais pas où. L'affaire de la réserve n° 3 de Carrefour va me permettre d'observer et comprendre le mécanisme.

Je commence par vérifier auprès de la CCI de Marseille-Provence si elle a bien été saisie d'une demande d'autorisation pour cette extension. Le 19 juillet 1995, le permanent chargé de l'urbanisme me répond que le dernier passage de Carrefour en CDUC remonte à octobre 1982 ; qu'il s'agissait alors d'implanter sur le parking de l'hypermarché un magasin de bricolage de 6 000 m² à l'enseigne du BHV mais que depuis, à la CCI, plus personne n'a entendu parler de Carrefour !

Tout ce qui est postérieur à 1982 aurait été réalisé sans autorisation et serait donc illégal ? Incrédule, j'énumère les opérations menées depuis 1982 : HyperMedia, la moyenne surface spécialisée en électroménager et multimédia créée en 1989 au sud de la galerie, les vastes travaux d'agrandissement de 1987 et 1988, les 1 000 m² de décloisonnement de cet été 1995 sans oublier l'extension – 1 000 m² – de la jardinerie. Ma calculette me dit que le total dépasse 16 000 m². 16 000 m² qui n'auraient jamais dû être construits et ne devraient pas être exploités si l'enseigne Carrefour avait respecté la loi Royer ! Est-ce vraiment possible ?

Abasourdie par ce chiffre, j'appelle mon avocate, Me Caroline de Foresta, qui me conseille de faire procéder à un état des lieux du centre commercial, c'est-à-dire d'en mesurer toutes les surfaces. Il me faut en obtenir l'autorisation – en nos noms personnels et au nom d'ETF – auprès du tribunal de grande instance d'Aix-en-Provence.

Pour donner le plus de retentissement possible à ma découverte, j'adresse un courrier révolté au président de la République. Je lui demande de lancer une enquête sur les travaux d'agrandissement réalisés par Carrefour en 1988. C'est la première fois depuis sa création que je m'exprime au nom d'ETF. Deux mois plus tard, je reçois une lettre à en-tête de l'Élysée m'informant que mon dossier a été transmis au préfet des Bouches-du-Rhône.

Sans attendre, le 11 septembre 1995, Claude Diot et moi portons plainte contre Carrefour pour « construction de 16 000 m² sans autorisation » auprès du préfet. Nous décrivons les divers préjudices que nous avons subis et nous expliquons que leur motivation est la dissimulation de ces mètres carrés illégaux « à la justice, aux pouvoirs publics, à la préfecture, à la chambre de commerce de Marseille, à la direction du commerce intérieur et aux élus ». Nous demandons qu'une « véritable enquête » soit ouverte et que « soient appliquées toutes les sanctions prévues par la loi ».

Le 20 septembre, le préfet m'informe que le règlement de nos litiges personnels relève des procédures judiciaires, mais que pour ce qui est de l'infraction aux règles de l'urbanisme commercial que nous lui avons signalée, il a demandé aux services compétents de procéder à un contrôle. Et que deux agents de la direction départementale de la consommation, de la concurrence et de la répression des fraudes (DDCCRF), accompagnés de deux fonctionnaires de la direction départementale de l'Équipement (DDE), se rendront le 23 octobre à Vitrolles pour mesurer les surfaces de vente de l'hypermarché Carrefour.

Le 4 octobre 1995, le tribunal d'Aix nous autorise à faire mesurer Carrefour et HyperMedia et désigne un géomètre-expert. Le 13 octobre, nous débarquons en force sur le parking de Grand Vitrolles, l'huissier, le géomètre, l'avocate et nous pour ETF. Tandis que le géomètre-expert effectue ses relevés, je me rends, avec mon avocate, à la direction du magasin pour demander qu'en application des résolutions du tribunal nous soient remis les permis de construire et les déclarations de travaux concernant les extensions litigieuses. Il nous est répondu que les cadres dirigeants sont tous à Paris, que de toute façon ces pièces sont conservées au siège social d'Évry et qu'il faudra un délai de un mois pour les fournir.

Je commence à comprendre qu'il me faudra du temps pour avoir les renseignements demandés, donc, le lendemain, je me rends au service de l'urbanisme de la ville de Vitrolles pour consulter le permis qui a autorisé l'extension de la réserve n° 3. Je demande à consulter ce document et, tandis que je patiente, mon attention est attirée par une pile de papiers. Le dernier de la pile porte les mots « Carrefour Vitrolles » et en titre « Déclaration d'achèvement de travaux ». Je repère la date, c'est le 15 septembre 1995. Quatre jours après mon dépôt de plainte contre Carrefour. Je me fais le constat que je suis bien dans les délais de recours, ce qui me rassure. Je récupère le permis de construire de mars 1995.

Comme je m'en doutais, rien ne me parvient de la part de Carrefour qui puisse établir la légalité des surfaces de vente du centre commercial. Pour moi la messe est dite. Le préfet, l'autorité suprême dans le département, va forcément faire quelque chose, l'affaire va éclater au grand jour, il y aura des grands titres dans les journaux et des caméras de télévision sur le parking de Grand Vitrolles pour couvrir l'événement.

En attendant avec sérénité le courrier du préfet, je remets de l'ordre dans ma vie personnelle. Le 30 septembre, Claude et moi avons quitté l'épicerie de La Ciotat pour retrouver Carry. La précarité de notre roulotte rend difficile sinon impossible la poursuite de « mes études » de droit. Un soir de grand vent, avec des rafales à 120 km/h, nous découvrons que l'auvent a été détruit et que le mistral a tout balayé. Nous passons la journée suivante à chercher et récupérer nos « richesses » éparpillées sur tout le camping. Lors d'un « épisode cévenol », comme on dit à la météo, avec grand vent et fortes pluies, nous retrouvons nos vêtements et chaussures enfouis sous cinquante centimètres d'eau boueuse. Dans les heures qui suivent – j'en tremble rien que d'y penser – la caravane est envahie par de grosses araignées mordeuses. Il y en avait partout, dans les placards, les tiroirs et particulièrement dans les vêtements suspendus.

Par bonheur, Claude a conservé de bonnes relations avec son ex-femme, Viviane, qui accepte de mettre à notre disposition le garage de la maison de Claude à Marignane. Nous y mettons à l'abri les plus importantes de nos possessions, c'est-à-dire les dossiers et les archives de l'association. C'est ainsi que le garage de la rue François-Boucher s'est transformé en quartier général d'ETF.

Avec M., mon associée, après la vente du local dans la galerie marchande du Carrefour de Vitrolles, nous décidons de poursuivre l'activité de notre société Les Deux M., jusque-là mise en sommeil, et de rouvrir un magasin à l'enseigne Les Délices de Marie Martine. Une boutique est à louer dans la galerie marchande du Géant Casino de Saint-Victoret, le loyer est élevé mais nous pouvons y arriver. M. et moi la transformons en nid douillet, avec une tapisserie vieux rose et des meubles anciens provençaux dénichés chez un soldeur. Nous rapatrions le matériel stocké à Saint-Chamas et élargissons la gamme de nos produits régionaux aux tissus provençaux, à la faïence de Moustiers et à la vannerie. Je suis persuadée que maintenant tout ira bien et que je peux me permettre de redevenir une commerçante à plein temps comme mes collègues. Ce que je fais pendant les deux derniers mois de 1995.

En janvier 1996, je suis toujours sans nouvelles de l'enquête menée par la préfecture et la DDCCRF. Je ne comprends pas pourquoi les autorités mettent tant de temps à intervenir, les faits sont d'une telle évidence. Je me rends à Grand Vitrolles pour essayer d'en savoir plus. Au fond du magasin Carrefour, je découvre que des gondoles matérialisent un espace fermé au public et transformé en (petite) réserve de matelas. Serait-ce la (seule) conséquence de mon action en justice ?

J'appelle le ministère du Commerce et de l'Artisanat pour demander où en est la procédure de contrôle du centre commercial. La réponse me parvient sous la forme d'une lettre du préfet en date du 22 février. Stupeur, indignation, écœurement et rage me submergent quand je lis que, le 23 octobre, les enquêteurs n'ont trouvé, incroyable mais vrai, que 564 m² illégalement exploités. Le procès-verbal de cette infraction a été transmis au procureur de la République et à Carrefour qui a obtempéré et neutralisé 564 m² de surface de vente de son hypermarché. Mon intuition était bonne : la réserve à matelas au fond du magasin, voilà tout le fruit de mon travail ! Je suis révoltée. Le pire, mais je ne le saurai que deux ans plus tard, est que l'action au pénal qui sera intentée contre Carrefour ne portera que sur l'exploitation de surfaces de vente illicites et non sur des constructions irrégulières. La différence est importante. Dans le premier cas, il s'agit d'une contravention de cinquième classe, donc peu dissuasive, décidée par un tribunal de police au même titre qu'un excès de vitesse, et sans la moindre possibilité pour nous de nous constituer partie civile, c'est-à-dire de suivre le dossier. Tandis que s'il avait été question de constructions irrégulières, l'affaire aurait été portée devant le tribunal correctionnel. Nous aurions pu nous constituer partie civile, et l'amende aurait été beaucoup plus lourde et assortie d'une obligation de remise en état, c'est-à-dire de démolition.

Comment les enquêteurs ont-ils pu arriver au chiffre de 564 m² alors que depuis la dernière autorisation délivrée par la CDUC en 1982, 16 000 m² au moins sont sortis de terre ? Pour en avoir le cœur net je demande communication du procès-verbal de la DDCCRF. À la préfecture, on nous explique que c'est impossible, que la loi l'interdit : les procès-verbaux ne sont communiqués qu'à la personne, privée ou publique, qui a commis l'infraction, en l'occurrence Carrefour. Seule solution pour obtenir le procès-verbal : être reconnue victime, donc partie civile.

Que faire ? Puisque nous ne pouvons consulter le résultat de l'enquête du « service compétent », il ne nous reste plus qu'à nous transformer, Claude et moi, en enquêteurs compétents. Claude est partant, moi aussi, ce qui inquiète mon associée. Je la rassure, je m'engage à ne pas perturber le fonctionnement de notre jolie boutique. Hélas, je ne tiendrai pas parole. C'est impossible. La tâche que nous venons d'entreprendre Claude et moi est en réalité gigantesque : il nous faut écrire l'histoire architecturale de Grand Vitrolles en retrouvant toutes les dates de construction et d'extension du centre commercial.

Dans mon manuel de droit de l'urbanisme, j'ai découvert que les municipalités doivent tenir à la disposition du public un registre dans lequel sont inscrites toutes les demandes de permis de construire et ce qu'il en est advenu, acceptées ou refusées, sans autre explication. Le service de l'urbanisme de Vitrolles sera donc le point de départ de notre enquête.

La tâche est aride et fastidieuse. Les baux commerciaux de nos boutiques ne comportant pas de références à un quelconque permis de construire, il nous faut éplucher, feuille après feuille, toutes les pages de tous les registres. Le soir, les 13 kilomètres qui séparent Marignane de Carry nous semblent interminables tant nous sommes épuisés. Nous mangeons à la hâte une soupe en boîte et nous réfugions dans le sommeil.

Lorsque nos recherches s'achèvent, nous arrivons à un total de 12 permis demandés par Carrefour, dont deux sont signalés refusés. La lecture vous en paraîtra peut-être indigeste, mais je vais pourtant énumérer ces 12 documents, car ils vont vous permettre de comprendre non seulement comment se construit un centre commercial, mais aussi comment passer outre les obligations créées par la loi.

Le premier permis, celui de 1969, est à l'origine du centre commercial ouvert en 1970. En 1972 et 1975, deux permis modificatifs permettent la création d'aménagements extérieurs, par exemple la station-service.

En 1981, un permis est demandé pour des réserves, des bureaux et un mail de 900 m². En 1984, Carrefour sollicite le permis de démolir les 3 708 m² de mezzanine situés au-dessus des rayons de l'hypermarché, de transférer le garden center, pour l'occasion rebaptisé « jardinerie », et l'octroi de 284 m² de surface supplémentaire.

En 1985, le BHV dépose sa demande de permis de construire et Carrefour une demande de réaménagement de la galerie marchande (10 986 m²), jugées toutes deux non recevables le 6 février. Six jours plus tard, le projet est redéposé. En avril, alors que l'instruction de ce permis est en cours, BHV et Carrefour font savoir qu'ils séparent leurs destinées. Ils auront une réponse favorable le 26 août, le jour où j'ai signé mon bail.

En 1988, un projet est déposé en mairie (une modification du permis de 1985). Il est signalé « refusé ». Est-ce une blague ? Nous ne pouvons pas le croire. Car les 10 263 m² de constructions qu'il concerne existent bel et bien. Il s'agit de la nouvelle galerie avec ses 39 boutiques. Chaque jour, des milliers de consommateurs y font leurs courses et s'y restaurent !

En 1989 un permis est demandé pour la transformation du local de fitness en moyenne surface spécialisée. Il est également marqué « refusé ». Ah bon ? Elle est pourtant ouverte six jours par semaine depuis octobre 1989 !

En mai 1991, troisième demande de modification du permis d'août 1985. Cette fois, la demande concerne 12 662 m², soit une extension de 2 400 m² par rapport au permis initial de 1985. En 1992, quatrième et dernière modification du permis de 1985, Carrefour demande la création d'un mail d'entrée pour le magasin HyperMedia.

En 1994, Carrefour demande le déplacement de son service après-vente à l'intérieur de l'hypermarché. Et enfin, le 27 mars 1995, deux nouveaux réaménagements sont demandés : le premier pour le service après-vente et le deuxième pour la création de 459 m² de serres chaudes pour la jardinerie. C'est celui dont j'ai découvert la date d'achèvement des travaux sur une pile de papiers à la mairie de Vitrolles.

Cette énumération permet de saisir la complexité de la reconstitution historique à laquelle nous nous sommes attelés. Nous voulons comprendre pourquoi nous avons été tous les deux conduits au dépôt de bilan, pourquoi mon plan a disparu du dossier de la cour d'appel d'Aix, comment Carrefour a pu construire des milliers de mètres carrés sans autorisation d'exploitation commerciale.

Nous devons maintenant travailler sur les permis eux-mêmes. Claude demande la photocopie de chaque dossier. Le service de l'urbanisme nous explique que la ville n'a dans ses archives que les documents postérieurs à la loi de décentralisation de 1983 et que, auparavant, les permis de construire étaient délivrés par la DDE. À la subdivision vitrollaise de la DDE, un agent nous renvoie aux archives départementales alors situées près de la gare Saint-Charles à Marseille.

Nous sommes au milieu des années 1990, le stockage et la consultation sur microfilm des archives ne sont encore qu'à l'état de projet. Pour consulter les permis de construire, il faut d'abord descendre dans les sous-sols du bâtiment, retrouver les registres d'enregistrement de la commune de Vitrolles, les compulser un à un pour retrouver les numéros des permis de Carrefour. Les classeurs sont énormes, leur maniement est difficile et ils sont recouverts de poussière. Nous sortons de ces séances épuisés et noirs de la tête aux pieds. Au bout d'une petite semaine de recherche, nous avons retrouvé les documents qui nous intéressent, c'est-à-dire les éléments du permis de construire de 1969, et nous avons fait faire des photocopies.

Ceci effectué, nous quittons Marseille pour retourner à Vitrolles au service de l'urbanisme. Nous remettons à la responsable la liste des pièces demandées. À l'exception notable du permis refusé de 1988, la majeure partie des documents nous sera remise dans les semaines qui suivent.

Ce que nous y découvrons va nous convaincre de la nécessité de rendre publics les résultats de notre enquête. Le 23 avril 1996, en tant que présidente de l'association ETF, j'adresse à chaque élu municipal, de la majorité et de l'opposition, une lettre ouverte au maire qui rappelle que Jean-Jacques Anglade, lors de sa première campagne municipale en 1983, s'était engagé à soutenir le secteur du commerce et de l'artisanat et qui fait le point sur ses actions – ou plutôt son inaction – pour stopper le développement anarchique des grandes surfaces.

Pour la première fois nous révélons au grand public que 13 661 m² ont été construits par Carrefour en toute illégalité en 1988 et que Jean-Jacques Anglade a délivré à l'enseigne un permis de construire a posteriori en 1991. Nous interpellons le maire : « Expliquez-nous, au cours d'une réunion publique par exemple, comment vous pouvez prétendre soutenir le petit commerce tout en favorisant par vos actes les grandes surfaces et leur concurrence déloyale ? »

Selon le quotidien *Le Méridional* du 30 avril 1996, nos lettres, déposées au service courrier de la mairie, n'auraient jamais atteint leurs destinataires. Elles auraient « été amenées au cabinet de M. Anglade où elles sont restées stockées ». Ce qui a amené « les élus du groupe

Front national à porter plainte contre X pour atteinte au secret du courrier ». Le 9 mai, dans le même quotidien, on apprend que le conseiller d'opposition RPR Roger Guichard a également déposé plainte contre X et que « le maire de Vitrolles, en réponse aux accusations de ses opposants, a fait savoir que pour s'adresser aux élus il faut passer par les services postaux et non par l'administration communale ».

Notre lettre ouverte va toutefois avoir l'effet espéré. Le 6 mai, les documents demandés sont mis à notre disposition. Nous récupérons le permis de construire de la jardinerie, ceux de 1985 et 1991 concernant l'extension de la galerie, ainsi que ceux de 1994 et 1995 pour le réaménagement de Carrefour.

Il nous faudra de nombreux mois de travail pour analyser l'ensemble de ces documents, pour confronter l'histoire de nos commerces avec l'historique du centre commercial. Nous avançons lentement, difficilement, car il ne se passe pas une semaine sans que des faits nouveaux viennent modifier le sens de nos recherches.

Sans compter les dossiers bizarres qui nous désarçonnent durablement : le permis en deux épisodes de 1985 en est un bel exemple. Dans une première mouture, numérotée 1311785 F 0035, Carrefour déclare une superficie hors œuvre net (SHON) de 44 918 m² comprenant l'ensemble du centre commercial (hyper et galerie marchande), et demande l'autorisation pour une extension de la galerie marchande de 10 968 m². La demande est déclarée non recevable par la DDE. Dix jours plus tard, Carrefour dépose une nouvelle demande, avec un nouveau numéro, le 1311785 F 0067.

Cette fois la galerie marchande est passée du domaine de l'extension à celui de l'existant et la surface globale considérée comme existante atteint donc 55 886 m². Et cette fois la demande est dite recevable et agréée par la DDE le 20 février 1985. Nous comprendrons dix ans plus tard les raisons de cette opération.

Au mois de juin, nous prenons conscience qu'il nous est moralement impossible de garder pour nous ce que nous découvrons au fur et à mesure de l'étude des permis de construire. Nous décidons de nous adresser aux commerçants vitrollais. ETF fait circuler une pétition qui « dénonce les agrandissements et modifications anarchiques effectués en toute illégalité par les centres commerciaux des environs ». Nous rassemblons 600 signatures de commerçants de Vitrolles, des marchés forains et des communes alentour. Le 11 juin, sur le parvis de la mairie, des adhérents d'ETF déambulent en portant un cercueil symbole de la mise à mort du petit commerce, tandis que d'autres distribuent des tracts « contre l'implantation abusive et déloyale des grandes surfaces au détriment de l'emploi, du petit commerce et de la qualité de vie ».

À la suite de cette manifestation, le 17 juin, nous sommes reçus par Jean-Jacques Anglade. Nous lui demandons solennellement de prendre conscience des difficultés du petit commerce face au développement des grandes surfaces. Ces difficultés que nous venons au nom d'En Toute Franchise lui exposer à l'hôtel de ville, dans son bureau de maire où il a signé les permis, il les connaît mieux que quiconque étant l'avocat de Claude et ayant été brièvement le mien…

Dans le même temps, j'ai demandé au président de l'Assemblée nationale, Philippe Séguin, l'autorisation d'accéder aux archives de l'Assemblée pour reconstituer l'historique de la loi Royer et obtenir les textes qui l'ont précédée et suivie. Pour quoi faire ? Pour établir les lois en vigueur à chaque étape du développement du centre commercial Carrefour Vitrolles.

L'assistant de Philippe Séguin me fait parvenir la circulaire du 28 juillet 1969, qui a créé un comité consultatif composé de professionnels du commerce chargé d'autoriser les grandes surfaces supérieures à 10 000 m². Il m'adresse également la loi de décembre 1969 qui – quatre ans avant la loi Royer – ramène le seuil d'autorisation à 3 000 m² et transforme ces comités en commissions départementales d'urbanisme commercial (CDUC). Je reçois enfin le texte d'origine de la loi Royer et son décret d'application de 1974. Ce décret énumère les pièces à fournir pour une demande d'autorisation d'exploitation commerciale. J'y relève la possibilité de joindre le certificat d'urbanisme. Ce document délivré par les mairies sert à prouver qu'un projet est compatible avec les exigences du plan d'occupation des sols (POS) devenu depuis plan local d'urbanisme (PLU).

Je déniche un passage qui va m'être bien utile : « La demande d'autorisation est avec le dossier qui l'accompagne soit adressée au préfet sous pli recommandé avec accusé de réception, soit déposée contre décharge au secrétariat de la commission. Dès réception de la demande, si le dossier est complet, le préfet fait connaître au demandeur son numéro d'enregistrement et la date avant laquelle compte tenu des délais impartis à la commission pour statuer, la décision doit lui être notifiée. » Le texte poursuit ainsi : « La lettre du préfet avise en outre le demandeur que si aucune décision ne lui a été adressée à la date visée, l'autorisation est réputée accordée. » Dans un décret de 1978, le certificat d'urbanisme sera obligatoire.

Faisant feu de ces nouvelles munitions, le 1er juillet 1996, je demande au préfet des Bouches-du-Rhône de m'adresser copie des lettres d'enregistrement des projets de 1985 et de 1991. Cinq jours plus tard une lettre de la préfecture m'apprend que « les projets de 1985 et 1991 relatifs aux travaux d'extension de la galerie marchande n'ont pas fait l'objet d'une communication au secrétariat de la commission départementale d'équipement commercial. L'opération envisagée n'a également pas été présentée devant ces instances ». Banco ! Il n'y plus à tergiverser. Toute l'extension de la galerie marchande est illégale. Il nous faut agir, protester, alerter.

Nous prenons contact avec les responsables politiques, majorité et opposition, de Vitrolles, nous leur faisons part de notre détermination. Le 25 juillet, au conseil municipal, une suspension de séance nous permet d'exposer les dernières avancées de notre combat. Le groupe Front national propose une motion demandant que le tribunal administratif procède à une analyse de la légalité de l'ensemble des permis ayant abouti à la situation actuelle. Après de longues discussions, la motion, grandement modifiée, est votée par l'ensemble des élus.

L'affaire des surfaces illicites vient d'entrer dans l'histoire vitrollaise.

Embrouille sur les surfaces de vente

À l'été 1996, Vitrolles se déchire autour de son équipe de handball. Les élus communistes s'opposent à la subvention de 1 250 000 francs votée à l'OMVH. La majorité socialiste se scinde, le premier adjoint Claude Castex démissionne. Les militants du Front national ont beau jeu de faire monter le ressentiment.

C'est dans cette ambiance surchauffée que, le 9 août 1996, je demande au tribunal administratif de Marseille de contrôler les permis de construire délivrés à Carrefour en 1985 et 1991 par la ville de Vitrolles alors que le centre commercial n'avait pas demandé d'autorisation d'exploitation. Même si, le 25 juillet, le conseil municipal a voté une motion de soutien à notre action, il apparaît bien vite que cette nouvelle procédure est ressentie comme une déclaration de guerre. À la fois par le maire Jean-Jacques Anglade et par le groupe Carrefour.

Au mois de septembre, les avocats parisiens de l'enseigne me communiquent les pièces qui vont étayer leur défense. Parmi lesquelles le procès-verbal d'enquête de la DDCCRF dont j'avais tant souhaité avoir un exemplaire…

Pour Carrefour, il est clair que ce procès-verbal est l'argument suprême, la preuve par neuf qu'ils sont dans leur bon droit. Les 564 petits mètres carrés illicites dénichés par la DDCCRF ne justifient pas, pour Carrefour, qu'on en fasse toute une histoire ! Carrefour est persuadé que je vais laisser tomber, renoncer à toute poursuite.

Les avocats me communiquent également deux documents particulièrement importants. Le premier est le procès-verbal de la commission de sécurité. Il indique les surfaces de vente d'origine, soit 7 500 m² pour la galerie marchande et 21 500 m² pour l'hypermarché, répartis entre 18 000 m² situés au rez-de-chaussée et 3 500 m² en mezzanine. Le deuxième document est un avis délivré en 1984 par le service de la répression des fraudes, dans lequel cette administration déclare ne pas s'opposer à un réaménagement envisagé par Carrefour ; il s'agissait alors de transférer les surfaces de vente de la mezzanine vers une autre partie du centre commercial. Grâce à cette pièce, je découvre que, préalablement à une demande d'autorisation en commission départementale d'exploitation commerciale (CDEC), l'enseigne consulte la DDCCRF sur la légalité de son projet, ce qui lui permet d'ajuster au mieux la rédaction de sa demande de façon à éviter le passage en CDEC !

Quitte à jouer sur les chiffres... Ainsi la notice explicative du projet déclare que le centre commercial compte 8 507 m² de surface disponible (baptisée « de circulation » par la notice). Viendront s'y intégrer les 3 708 m² de la mezzanine et les 942 m² d'un mail. Or, au moment où est rédigée cette note, la superficie des allées de circulation, telle que le font apparaître les plans de la galerie marchande, n'est en réalité que de 2 507 m². Mais alors, d'où peuvent bien provenir les 6 000 m² de trop ?

Toute affaire cessante, je me plonge dans le procès-verbal de la DDCCRF. Dans ce document de cinq pages que j'épluche ligne après ligne, je vais dénicher sept anomalies importantes qui me font douter du sérieux du contrôle effectué. C'est d'ailleurs en se basant sur ces doutes que, plus tard, notre association demandera aux parlementaires que les fonctionnaires chargés de l'instruction des dossiers de demande d'autorisation ne soient pas les mêmes que ceux qui exercent les contrôles en cas d'infraction.

Revenons à notre « jeu des sept erreurs ». Prenons le temps, même si cela peut paraître rébarbatif, de les analyser une par une et d'en prévoir les conséquences.

La première est que la DDCCRF déclare avoir reconstitué l'historique des permis de Carrefour et, par conséquent, avoir en sa possession tous les documents administratifs qui y sont liés. Dans ce cas, pourquoi certaines pièces, et pas des moindres, n'y figurent-elles pas ? Comme le permis de construire du 27 mars 1995 dont la déclaration d'achèvement des travaux – du 15 septembre – déclenche l'ouverture du délai de trois ans imparti aux actions pénales ?

Deuxième erreur : le procès-verbal « oublie » de signaler deux refus de permis de construire. Celui de la galerie marchande en 1988 et celui d'HyperMedia en 1989.

La troisième erreur est de taille. Dans leur rapport, les agents du service de la répression des fraudes déclarent que les surfaces de vente ne sont pas indiquées sur le permis initial, celui de 1969. Or, c'est faux. Les surfaces de vente figurent bel et bien, comme le veut la loi, sur le procès-verbal de la commission de sécurité.

La quatrième erreur en découle et, là, on frise l'absurde : si, comme elle le déclare, la DDCCRF ne dispose pas des surfaces originelles, comment les agents enquêteurs ont-ils fait la différence entre ce qu'ils ont mesuré en 1995 et ce qui existait à l'ouverture ?

Cinquième erreur : l'hypermarché, selon le service de la répression des fraudes, mesure 18 845 m². Ils ont donc trouvé 845 m² de plus que le chiffre de 1970. D'où proviennent ces mètres carrés supplémentaires ? Mystère.

La sixième erreur est que le rapport intègre dans les surfaces de vente les 942 m² du mail de 1981, alors qu'un mail est un espace réservé à la circulation !

Il y aura bien une septième erreur, mais nous ne la découvrirons que bien plus tard.

Quoi qu'il en soit, cela fait beaucoup. Trop. Je ne suis pas persuadée que le procureur soit au fait de toutes ces irrégularités. Pour pouvoir l'en informer et pour pouvoir suivre au plus près l'instruction de la procédure engagée contre Carrefour, il faut que nous soyons partie civile.

Le 14 octobre 1996, je dépose donc, en mon nom, au nom de Claude Diot, de son ex-épouse Viviane, et de la société Les Deux M, une demande de constitution de partie civile. Cela devrait nous permettre d'avoir accès à toutes les pièces de la procédure. Dans les documents en annexe à ma plainte, je joins le procès-verbal de la DDCCRF et le permis du 27 mars 1995 « oublié » par les enquêteurs.

Pour que nous soyons autorisés à être partie civile il faut que le procureur reconnaisse notre qualité de victimes « des agissements de Carrefour dans l'exécution de l'extension de son centre commercial ». C'est pourquoi nous lui expliquons par le menu tout ce que nous avons vécu et subi dans nos activités de commerçants.

Qu'en a-t-il pensé ? Difficile de le savoir puisqu'il ne nous a jamais répondu. Il ne nous a même jamais convoqués pour écouter ce que nous avions à dire ou pour se faire expliquer les pièces nouvelles que nous avions jointes à notre demande.

En attendant que la justice se manifeste, je poursuis notre enquête avec Claude. Il s'agit toujours de reconstituer l'histoire du centre commercial avec les documents que nous continuons à demander aux administrations et à la mairie de Vitrolles. À l'automne 1996, il nous apparaît indispensable de disposer du permis de construire refusé de 1988, que nous pensons être la pièce centrale du dossier Carrefour et à la source de tous nos ennuis. J'écris à Jean-Jacques Anglade et lui dis ma hâte d'obtenir ce document. Après plusieurs semaines d'attente, je reçois une lettre du maire m'annonçant un dossier en pièce jointe... inexistante. C'est la goutte d'eau qui fait déborder le vase de ma colère. Je décide d'aller me faire entendre au prochain conseil municipal.

En ce mois de novembre 1996, Vitrolles est un chaudron de passions bouillonnantes. Le Conseil d'État n'a pas encore confirmé l'annulation de l'élection municipale de juin 1995 mais tout laisse supposer qu'il le fera. Jean-Jacques Anglade sera mis en examen le 20 décembre pour trafic d'influence, faux et usage de faux. Quant à Bruno Mégret, il est sous la menace d'une condamnation pour non-respect des dispositions de financement des campagnes électorales. Les conseils municipaux sont l'arène de violents pugilats verbaux qui opposent le maire aux principaux élus FN, Bruno Mégret, Hubert Fayard et André Nouar, mais aussi à ceux de sa propre majorité, notamment les colistiers de René Agarrat, qui ne mâchent pas leurs mots lorsque les positions de Jean-Jacques Anglade leur paraissent contraires aux engagements pris pendant la campagne des municipales et qui se sont vu retirer toutes leurs délégations.

Quand le 25 novembre nous faisons irruption dans la salle du conseil, mon associée, Claude et moi, nous sommes fermement décidés à ne pas repartir sans notre permis refusé de 1988. J'interromps les débats en cours en me mettant à scander bruyamment sur l'air des lampions, « donnez-moi mon dossier », « donnez-moi mon dossier ». Lorsque l'opposition scande à son tour « donnez-lui son dossier », le maire déclare qu'il me donnera satisfaction à l'issue du conseil mais à la condition que je mette fin à cette manifestation. Sans attendre, il appelle la police municipale qui fait sortir le public et les élus et procède même à l'évacuation du mobilier. Bientôt, il n'y a plus que moi dans la salle du conseil, cramponnée à ma chaise, qui continue à psalmodier ma litanie, « je veux mon dossier, donnez-moi mon dossier ». Un policier, apparemment un gradé, un genou à terre devant moi, tente de parlementer. Je lui explique le pourquoi de mes agissements, « Monsieur, savez-vous que Carrefour a construit des milliers de mètres carrés sans autorisation ? » Et lui, plein de candeur, de me répondre qu'une « chose pareille n'est tout simplement pas possible ».

Ce coup d'éclat me permet de récupérer dès le lendemain le permis refusé de 1988. Signé par Jean-Jacques Anglade, l'arrêté de refus se décline en trois motifs. Le premier semble ne pas avoir de lien avec l'extension de Carrefour. Il s'agit du non-déclassement de la route (ex)nationale 113 qui rend impossible un échange de parcelles entre Carrefour et l'établissement public d'aménagement des rives de l'étang de Berre (Épareb), lequel possède une grande partie du territoire communal. C'est sur ces parcelles que se construira quelques mois plus tard un autre centre commercial, L'Esplanade Liourat, dont l'enseigne amiral sera et est encore le magasin Décathlon édifié sur le parking même de Carrefour.

Le deuxième motif de refus tient aux « transformations substantielles du projet » qui « modifient son économie initiale du point de vue architectural, la circulation et la répartition de la surface commerciale ». Le troisième motif concerne le POS. Dans la zone où est situé le centre commercial, le POS n'autorise en effet que des « extensions mesurées » de l'existant. Au fait, le POS n'ayant pas changé depuis 1985, pourquoi le permis a-t-il été refusé en 1988 et accordé trois ans plus tôt ?

Le service de l'urbanisme me communique également deux documents qui vont avoir beaucoup d'importance. L'un est l'arrêté d'ouverture au public de la galerie marchande en date du 15 septembre 1988, l'autre le compte rendu de l'inspection de la commission de sécurité. Les pompiers accordent l'ouverture pour l'ensemble du centre commercial mais demandent que la communication avec la moyenne surface située au sud du bâtiment soit « obturée » avec un matériau incombustible.

Interloquée par cette exigence à laquelle, bien sûr, il n'a jamais été donné suite, je demande un complément d'information à la responsable de l'urbanisme vitrollais. Dans un courrier du 13 mars 1997, elle m'apprend que son « service n'a jamais établi d'arrêté autorisant le magasin HyperMedia à exploiter ». Je viens donc de découvrir que non seulement HyperMedia n'a ni autorisation de la CDEC, ni permis de construire, mais qu'en outre la commission de sécurité n'a jamais établi d'arrêté autorisant l'ouverture…

Le restant des pièces, parmi lesquelles le permis refusé d'HyperMedia, me sera communiqué dans les semaines suivantes par les élus de Jean-Jacques Anglade, puis, après l'élection partielle de février 1997, par l'adjoint à l'urbanisme de Catherine Mégret, André Nouar. Également délégué aux finances, André Nouar est, avec le premier adjoint Hubert Fayard, un des personnages clés du dispositif FN à Vitrolles ; son épouse, Anne-Marie Charlot, est d'ailleurs la directrice de communication de Catherine Mégret après avoir été l'attachée de presse de Bruno Mégret. Nouar me remettra notamment le dossier du BHV, le permis modificatif de 1985 et la déclaration d'achèvement de travaux en date du 2 décembre 1992.

Pendant plusieurs mois, l'équipe Mégret va se montrer réceptive aux difficultés du commerce de proximité et aux demandes d'ETF. Elle ira jusqu'à s'engager verbalement à ne plus autoriser l'installation de nouvelles grandes surfaces sur la commune de Vitrolles. Cette attitude ne passe pas inaperçue, et, très rapidement, une rumeur naît et enfle sur les rives de l'étang de Berre. Nous serions « des proches », « des soutiens » du FN, nous aurions « fait le jeu de Mégret contre Anglade » lors de l'élection partielle. L'avocat parisien de Carrefour, nous évoquant Claude et moi, déclare : « Le couple est manipulé par le FN. » La rumeur, dont nous pensons qu'elle vise à décrédibiliser notre association, va jusqu'à affirmer que nous aurions des croix gammées et des posters de Hitler dans la cave du garage qui nous sert de bureau. L'histoire a fait beaucoup rire ceux qui fréquentent notre QG marignanais car ladite cave est, depuis la construction du pavillon, envahie par une source et totalement inutilisable…

Mais les relations avec la nouvelle équipe municipale vont rapidement se détériorer. En septembre 1997, en réponse à un courrier de Catherine Mégret qui se dit « décidée à rompre avec les pratiques laxistes et complaisantes des municipalités précédentes », nous adressons à la maire de Vitrolles une lettre dans laquelle nous lui demandons de faire fermer les surfaces illicites ouvertes depuis 1981 sur la commune. Bien sûr, nous précisons dans cette lettre ouverte utilisée en tract les noms des enseignes et le nombre de mètres carrés illégaux. Les mois passent sans que nous obtenions la moindre réponse si ce n'est, en juin 1998, la signature par Catherine Mégret de l'arrêté d'ouverture du centre commercial.

Pourquoi cet arrêté alors que le centre commercial est ouvert depuis 1970 et que la galerie Grand Vitrolles a été inaugurée en 1988 ? Impossible de ne pas se poser cette question.

La réponse est qu'il s'agit de régulariser le magasin HyperMedia, qui, on l'a vu, fonctionne sans aucune autorisation de quelque sorte que ce soit. Nous réagissons avec un tract intitulé : « Madame Mégret, comme la grande distribution, se croit au-dessus des règles et des lois. Êtes-vous investie d'un pouvoir présidentiel, d'un pouvoir gouvernemental, d'un pouvoir personnel pour pouvoir vous permettre de régulariser l'ouverture au public du magasin HyperMedia ? » Au lendemain d'une distribution de 10 000 tracts aux portes de Carrefour, l'arrêté municipal est retiré. Claude et moi, au milieu d'une dizaine de militants, étions postés au rond-point qui dessert l'accès à Grand Vitrolles. La police municipale nous a dressé un procès-verbal à 75 francs, mais la plupart des automobilistes, pourtant consommateurs en grande surface, nous soufflaient gentiment « c'est bien ce que vous faites, continuez votre combat ».

Cet épisode a attiré sur ETF l'attention de la presse régionale et nationale. Le correspondant marseillais de *Libération*, Michel Henry, tente de démêler les fils de l'imbroglio judiciaire dans lequel nous sommes plongés depuis 1988. Le 3 décembre 1998, il nous consacrera un article d'une page intitulé « La guerre des dix ans contre Carrefour – À Vitrolles, deux commerçants ruinés contestent l'expansion de l'hyper ».

Car les péripéties de la vie politique vitrollaise ne nous ont pas éloignés de nos actions en justice. Nous travaillons toujours et encore sur la plainte du 14 octobre 1996. Maintenant que j'ai pu reconstituer l'histoire du centre commercial de Vitrolles, il me faut rédiger le dossier, réduire les plans, choisir les photos d'illustration. Des heures et des heures de travail, avec mon avocat et avec Claude, dans des conditions plus qu'aléatoires.

Le garage du pavillon marignanais n'est pas isolé. L'hiver, engoncé dans nos doudounes et enfouis dans des couvertures, nous gelons sur pied. L'été, malgré les ventilateurs, nous suons à grosses gouttes. Nous serons les premiers à nous ruer sur les conditionneurs d'air lorsqu'ils seront mis à la portée du grand public. Qu'importe, nous avons la foi, nous sommes certains de travailler pour le bien de la justice et des citoyens.

Nous continuons à chercher le moyen de démontrer avec le plus d'efficacité et de clarté possible que les affirmations de la DDCCRF et ses chiffres ne correspondent pas à notre réalité.

Le 30 janvier 1998, alors que nous nous rendons pour la énième fois au service de l'urbanisme de Vitrolles, c'est soudain l'illumination, comme dans *Les Cinq dernières minutes* : « Mais bon sang, mais c'est bien sûr ! » la solution à nos problèmes, elle est là devant nos yeux, c'est la gigantesque photo aérienne qui orne le hall d'entrée du service. Il faut utiliser les photos aériennes de la ville. Si tel ou tel bâtiment n'apparaît pas sur un cliché alors qu'une demande de permis le déclare « existant », nous tenons la preuve irréfutable dont nous rêvions !

La photo est signée AERIAL, petite entreprise domiciliée à l'aérodrome d'Aix-les-Milles. Nous voici partis pour Aix. La route traverse le massif de l'Arbois et longe le lac bleu du Réaltor où s'ébattent à longueur d'année cols-verts, sarcelles et cormorans. Mais l'heure n'est pas au tourisme ornithologique, nous sommes hantés par la crainte qu'AERIAL ait disparu, ou qu'elle n'ait pas d'archives, et nous passons sans un regard pour les oiseaux du Réaltor.

Trente minutes plus tard nous y sommes. AERIAL n'a pas disparu. Et elle a des archives ! La société travaille pour les collectivités territoriales et les administrations. Ses photos aériennes, miniaturisées au format d'une boîte d'allumettes, sont soigneusement classées, par commune et par date. D'une voix quasi tremblante d'appréhension, nous demandons s'il existe encore des photos de Vitrolles des années 1975, 1981, 1985, 1988, 1994. Non seulement elles existent, mais il suffit de les commander pour en avoir autant qu'on veut et au format que l'on souhaite.

Nous passons commande pour un jeu de photos format A2 recadrées sur le centre commercial Grand Vitrolles et plus précisément sur le bâtiment de Carrefour. C'est ensuite un jeu d'enfant que de prouver la distorsion entre les dires des permis et la réalité des photos. Un exemple : prenons la jardinerie et ses 1 680 m². Dans le dossier de transfert, Carrefour déclare qu'elle a été créée en 1973 et qu'elle existe sous sa forme actuelle depuis janvier 1975. C'est faux. Le cliché du 20 février 1975 montre qu'il n'y a pas trace de jardinerie sur le parking !

Un autre exemple : la photo aérienne du 19 novembre 1988. En façade du bâtiment, on distingue clairement une avancée en triangle : c'est l'entrée principale du centre commercial. À gauche, on reconnaît le centre médical qui forme une avancée en rectangle. Le parallélépipède érigé à l'extrême gauche, c'est HyperMedia devenu Saturn puis Boulanger. Cette façade hérissée de formes géométriques ne correspond en rien à la façade rectiligne prévue par le plan de masse du permis du 26 août 1985. En revanche, elle est tout à fait conforme à celle du permis de 1988 refusé pour cause de modification substantielle de l'architecture.

Enfin, j'en arrive à l'élément fondamental de la défense de Carrefour, à ces propos qui chaque fois me font hurler de rage. De quoi s'agit-il ? De l'affirmation maintes fois répétée que le 25 juin 1985, date de mon arrivée à Vitrolles, les travaux d'extension de la galerie marchande étaient achevés, que donc j'aurais pu choisir n'importe quelle boutique de la nouvelle galerie. Or, la photo aérienne du 10 janvier 1986 démontre le contraire. Il n'y a pas d'extension sur ce cliché, la galerie n'est pas encore sortie de terre. Ce que démontrait le plan disparu en 1993 du dossier de la cour d'appel d'Aix et qui peut expliquer l'étrangeté de sa disparition.

Nous envoyons toutes ces photos au procureur de la République d'Aix. Et nous attendons. Longtemps.

Un matin de septembre, las de guetter dans la boîte aux lettres les nouvelles du procureur de la République, nous nous rendons au greffe du tribunal de grande instance d'Aix. Nous y découvrons que huit mois plus tôt, le 15 janvier, le procureur de la République a prononcé un non-lieu sur la procédure intentée par la DDCCRF contre Carrefour et, par effet de ricochet, sur ma plainte pour escroquerie contre Carrefour et Phildar.

Difficile de décrire l'état d'esprit qui est alors le nôtre. À force de guerroyer contre Phildar et Carrefour, notre cuir s'est tanné, notre optimisme de Bisounours a fait place à une appréciation assez juste de la réalité des choses. Nous savons maintenant que rien ne nous sera épargné et que si nous voulons faire éclater la vérité, il nous faudra être courageux et patients.

Nous faisons appel le 16 septembre 1998 devant la chambre d'accusation. Devenue depuis 2001 la chambre d'instruction, elle veille au bon déroulement de la justice pénale et examine les appels interjetés à l'encontre des juges d'instruction. Nous demandons que « l'entier dossier », avec le réquisitoire du procureur et le mémoire en défense de Carrefour, nous soit communiqué. Il nous parvient en janvier 1999.

L'argument essentiel du procureur est que notre plainte était hors délai. Nous avons porté plainte le 11 septembre 1995, quatre jours avant la date d'achèvement des travaux autorisés par le permis de mars 1995, celui que la DDCCRF n'a pas retenu dans son procès-verbal. C'est donc à partir de la date d'achèvement des travaux autorisés par le permis de 1992 que la substitut du procureur a ouvert le délai de recours.

Oui, mais quelle date d'achèvement ? Sur le permis dont j'ai la photocopie en ma possession, il est écrit « date d'achèvement : 2 décembre 1992 ». Ou, si on l'écrit en chiffres, 2 – 12 – 1992. Seulement voilà, la substitut a retenu comme date d'achèvement le 21 février 1992. Ou, si on l'écrit en chiffres, 21 – 2 – 1992. Notre plainte ayant été déposée en septembre 1995, cette mutation des chiffres nous met définitivement hors jeu. Out ! Que s'est-il donc passé avec ces chiffres ? Nous n'osons même pas supposer que l'erreur ait été volontaire…

Le réquisitoire aborde ensuite le chapitre de la CDUC à laquelle Carrefour aurait dû systématiquement s'adresser pour solliciter une autorisation avant d'entamer ses travaux. Selon le procureur, qui reprend les conclusions de la substitut, la loi a été respectée. Pour ce qui est du permis de construire d'août 1985, la substitut déclare que la CDUC a été consultée. Nous savons, par un courrier du préfet de juillet 1996, qu'il n'en est rien : aucune demande n'a été enregistrée par la CDUC, ni pour le permis de 1985 ni pour celui de 1991. Concernant ce permis de 1991, la substitut assure que la CDUC a été saisie le 27 mai 1991 par la DDE. Elle fait valoir que l'absence de réponse de la commission, conformément au décret d'application de la loi Royer, celui que l'assistant de Philippe Séguin m'a fait parvenir, a, de facto, entraîné une autorisation.

Seulement voilà, il y a un hic dans sa démonstration.

Car toute consultation de la CDUC entraîne l'enregistrement et la numérotation du dossier par le secrétariat de la commission. Or, comme nous l'ont assuré les employés de la CCI et de la préfecture, aucun enregistrement n'avait été effectué depuis 1982 ! Dans le permis de construire de 1991, je n'ai d'ailleurs retrouvé qu'une seule lettre, celle de la DDE faisant état d'une communication du dossier de demande à la CDUC. Aucune trace d'un courrier de la préfecture faisant état de l'enregistrement de ce dossier et de la date à laquelle il sera examiné par la commission. Or, la loi est formelle : c'est le seul document qui soit habilité à servir d'autorisation de facto.

Après cette analyse de texte, nous sommes « blindés », confiants à 200 %.

L'audience devant la chambre d'accusation a lieu le 11 février 1999. Aux magistrats, nous expliquons qu'en 1996 nous avions demandé à être partie civile et que le procureur ne nous a jamais répondu si oui ou non il considérait valable notre demande, et que, de ce fait, il ne nous a pas permis de lui porter contradiction. L'argument fait mouche. La chambre d'accusation annule le non-lieu, annule le réquisitoire du procureur et ordonne la poursuite de l'information. Le 27 avril, le dossier reviendra entre les mains d'un juge d'instruction. Hélas pour nous, il s'agit de la même personne. On peut légitimement s'étonner de cet aléa : comment demander à une personne de contrôler et amender son propre travail ?

Notre belle confiance s'effrite, alors nous nous remettons au travail. Un soir de mars, il me revient, comme un flash, le souvenir d'une lettre adressée en juillet 1980 par la section consommation de l'union départementale des associations familiales (UDAF) à Jean-Jacques Anglade, alors secrétaire de la section socialiste de Vitrolles, que celui-ci avait transmise aux commerçants de la galerie marchande. Dans cette lettre, que j'avais découverte en classant les archives de Claude lorsqu'il les a récupérées après son expulsion de Grand Vitrolles en mars 1992, le représentant de l'UDAF explique qu'il doit bientôt siéger en CDUC concernant une jardinerie de Carrefour. Il s'enquiert des «besoins réels des usagers ».

Ces archives ont été classées et rangées dans notre garage-bureau de la rue François-Boucher. J'y retrouve la lettre de l'UDAF, ce qui me permet de partir en quête, dans les archives de la préfecture, de la décision prise par la CDUC d'août 1980.

Le 3 mai 1999, le préfet m'envoie la photocopie de cette décision. Dans son courrier il précise qu'il lui « semble que cet établissement ait été exploité depuis l'origine en méconnaissance de la réglementation en matière d'équipement commercial. J'ai donc saisi les services de la concurrence et de la consommation aux fins de constater cette infraction ».

Carrefour n'a pas déposé de recours auprès de la Commission nationale d'urbanisme commercial (CNUC), probablement en raison du POS qui interdisait toute extension du centre commercial. Le compte rendu de la commission du 8 août 1980 se termine par ces mots : « Considérant que la demande formulée par la société Carrefour constitue en réalité une régularisation d'une situation de fait que la commission n'admet pas, la commission décide de refuser l'autorisation demandée. »

Roulements de tambour, sonneries de trompettes qui annoncent la victoire… J'ai en main la preuve que la jardinerie a toujours été illicite. Ce qui vient enrichir la liste des anomalies du procès-verbal de la DDCCRF, et l'apparente désormais au jeu des sept erreurs. Et ce qui me permet de comprendre que, après cet échec cinglant, Carrefour, qui commençait alors la réorganisation de son centre commercial, ait ensuite renâclé à présenter ses projets à la commission.

Nous filons tout droit porter notre trouvaille au procureur d'Aix et forts de notre bon droit, le 5 mai, nous demandons un complément d'information. Nous demandons que soient entendus par la justice celui qui dirigeait Carrefour et celui qui dirigeait la ville de Vitrolles au moment des faits, et qu'il soit procédé à une nouvelle campagne de mesures du centre commercial.

Peine perdue. Six mois plus tard, le 29 novembre, le juge d'instruction nous adresse « une ordonnance de refus de mesures d'instruction complémentaires ». Quant à notre preuve supplémentaire, la jardinerie illicite, il nous répond tout bonnement qu'elle ne fait pas partie de la « saisine ». Circulez, y'a rien à voir !

Je ne résiste pas au plaisir de citer des extraits de l'ordonnance de refus du juge d'instruction. Concernant le contrôle effectué par la DDCCRF : « Attendu que les services ont établi un dossier d'enquête particulièrement complet, qu'ils ont pendant deux jours procédé aux relevés exhaustifs de toutes les surfaces de vente commercialement exploitées par Carrefour, qu'ils ont procédé à une analyse complète de tous les permis de construire, initiaux et modificatifs, que même le mis en examen reconnaît que les agents de la DDCCRF ont agi avec professionnalisme [...] ». Ou encore : « Attendu que les auditions de M. X, qui aurait été directeur de Carrefour au moment des faits, et de M. Anglade, ex-maire de Vitrolles, n'ont strictement aucun intérêt quant aux faits d'exploitation commerciale de surfaces de vente sans autorisation [...] »

Au final, notre dossier a été renvoyé vers un simple tribunal de police. Carrefour, représenté par ses avocats, a fait valoir la bonne foi de ses dirigeants qui ont ordonné la neutralisation (rappelez-vous, la réserve à matelas) de la surface incriminée. Comme à leur habitude, ils ont répété qu'à mon arrivée le 25 juin 1985, j'aurais pu m'installer n'importe où dans la galerie marchande puisqu'elle était terminée. Fallait-il que je sois sotte pour me choisir une boutique vieille et laide d'où je serai chassée deux ans plus tard !

L'infraction – l'exploitation des 564 m² de surface de vente illicites – a été couverte par la loi d'amnistie du 6 août 2002. Carrefour Vitrolles a gagné 13 661 m² de superficie supplémentaire en toute impunité.

En Toute Franchise prend son essor

En 1999, En Toute Franchise compte 160 adhérents, commerçants ou artisans résidant dans les villes du pourtour de l'étang de Berre lorsque nous tenons notre première conférence à la salle des fêtes de Vitrolles. Cette conférence, qui va nous faire connaître au niveau régional et nous faire passer à la vitesse supérieure, est annoncée par Radio France Bleu Provence, et de nombreux commerçants du département viennent y exposer leurs difficultés. Un commerçant est venu de Plan de Campagne, gigantesque zone commerciale créée en 1966 à l'entrée nord de Marseille qui regroupe sur 20 hectares toutes sortes de commerces, généralistes et spécialisés, grandes et petites enseignes, équipements de loisirs, cinéma et restaurants, nous raconter ses aventures proprement rocambolesques.

Le terrain sur lequel s'étend son magasin de voitures d'occasion est convoité par un professionnel de l'immobilier commercial qui veut agrandir une parcelle comptant huit moyennes surfaces pour y créer un parking. Estimant « ridicule » le dédommagement qui lui était proposé, notre adhérent a demandé à faire l'échange avec une autre parcelle de la zone de Plan de Campagne. Curieusement, dans les jours qui suivent, son magasin explose. M. B. ne croit pas à la malchance, il réfute la thèse de l'accident. Mais il est bien le seul comme le raconte dans *Le Nouvel Observateur* le journaliste Sylvain Courage dans un article consacré au « règne abusif des grandes surfaces » dans l'aire Aix-Marseille, « Le juge d'instruction, la gendarmerie, des experts des assurances n'ont pas voulu voir les dix bonbonnes de gaz ouvertes et les restes de jerrycans d'essence regroupés à l'entrée du hangar. Origine accidentelle, l'affaire a été promptement classée. Les ruines rasées deux jours après l'incendie sur ordre de la mairie. » Après ce récit effarant, M. B. nous annonce que les huit moyennes surfaces n'ont pas d'autorisation d'exploitation commerciale et il nous demande d'intervenir auprès du préfet pour qu'un contrôle des surfaces de vente soit effectué. C'est ce que nous allons faire. À la suite de ce contrôle, sept magasins ont été régularisés, le huitième est un centre Leclerc construit dans un ancien entrepôt-vente de meubles, nous en reparlerons dans le chapitre 14, « Ils doivent 418 milliards à l'État ».

L'intervenant suivant préside une association de commerçants et artisans de Miramas, ville située entre l'étang de Berre et Salon-de-Provence ; il se bat contre une société à l'enseigne d'Intermarché. L'histoire commence en 1988 quand la CDUC des Bouches-du-Rhône, confirmée par la CNUC, refuse à cette enseigne la construction d'une grande surface de 3 000 m². « Comme c'était l'époque où les maires avaient le pouvoir de décision pour les surfaces inférieures à 1 000 m² », ainsi que le rapporte le quotidien *La Provence*, Intermarché contourne l'obstacle en ouvrant non pas le magasin initialement projeté, mais trois entités géographiquement distantes de quelques dizaines de mètres. L'association de commerçants ne se laisse pas faire. Elle dénonce la manœuvre en signalant que le gérant des trois entités dont la surface de vente globale est de 1 750 m² est une seule et même personne.

Le tribunal administratif puis le Conseil d'État reconnaissent l'illégalité de la construction et de l'ouverture d'Intermarché. La société est condamnée à une astreinte de 2 500 francs par jour de fonctionnement depuis son ouverture. À la demande du préfet, un contrôle est effectué par la DDCCRF qui dresse un procès-verbal et l'adresse au procureur de la République. À la suite de quoi, l'affaire est classée « sans suite » « pour absence d'infraction » par le parquet d'Aix-en-Provence. De ce fait, les décisions des juges administratifs n'ont jamais été suivies d'effet, Intermarché est resté ouvert, ce qui a entraîné la faillite et la liquidation de plusieurs commerces de Miramas. C'est donc pour obtenir la réouverture du dossier et la démolition de la surface de vente que les Miramasséens sont venus solliciter le soutien de notre association.

L'affaire est d'autant plus suivie qu'Intermarché a demandé l'autorisation de créer, à mi-chemin entre Miramas et Salon, un hypermarché de 15 000 m² et que l'autorisation lui a été refusée par la CDUC. Il faudra attendre l'automne pour que le tribunal de commerce donne son verdict : à notre grande satisfaction, il obligera Intermarché (qui a bien sûr aussitôt fait appel) à raboter de 750 m² sa surface de vente pour la ramener à 1 000 m². Mais, quelques jours plus tard, coup de théâtre : le préfet autorise l'enseigne à pratiquer sur les 750 m² à neutraliser une vente au déballage qui doit durer toute la période des fêtes. ETF demande illico une suspension de cette décision ainsi que son annulation. Je m'interroge sur le pourquoi de l'autorisation préfectorale. Difficile de ne pas voir dans ce violent déni du droit, une forme de provocation et du mépris pour les petits commerçants.

À la suite de la conférence vitrollaise, les appels à l'aide des commerçants se font quotidiens. Nous sommes sollicités pour dénoncer les ventes sauvages de sapins à Noël, de muguet le 1er mai et de chrysanthèmes en octobre. Ce dossier est confié à la commission départementale « fleuristes » que Gino et Luce Vannelli, fleuristes aux Pennes-Mirabeau, ont créée en 1996. Gino et Luce, je les ai rencontrés à Saint-Victoret, ils étaient clients de la boutique Les Délices de Marie Martine. Avant d'adhérer à ETF, ils ont d'abord milité au comité de défense des commerçants et artisans (CDCA), syndicat patronal créé en 1968 pour combattre le système de la Sécurité sociale. Cette organisation soutenait les petits commerçants, artisans et entrepreneurs qui refusaient de payer leurs cotisations et les incitait à transférer leur siège au Royaume-Uni où les charges sociales étaient moins élevées, ce que Luce et Gino, en bons citoyens qu'ils ont toujours été, n'ont jamais fait. Très légalistes, ils voulaient que soit respectée la réglementation de la vente au déballage. Gino et Luce ont été de toutes nos actions. Ils ont tracté sur les parkings des grandes surfaces contestées, ils ont fait partie des délégations se rendant dans les mairies et les préfectures. Ils étaient à nos côtés lorsque nous avons manifesté à l'hôtel de ville de Vitrolles. Et surtout ils ont été là, d'un bout de l'année à l'autre lorsque nous avions besoin d'un abri pour apaiser nos chagrins, nos doutes et nos révoltes.

À la demande des adhérents fleuristes, nous intervenons au Géant Casino de Salon-de-Provence où un chapiteau était installé depuis plusieurs années, fonctionnant du 1er janvier au 31 décembre ; puis dans les Alpes-Maritimes, à Nice, Antibes et Villeneuve-Loubet contre des ventes de piscines hors sol, de salons de jardin, de poteries, d'arbustes et de sapins de Noël. Les préfets nous donnent raison et font dégager les parkings. Aujourd'hui encore, ces interdits sont respectés.

Nous sommes également appelés à l'aide sur la question des soldes illégaux. La grande distribution procède régulièrement à des réductions tarifaires qui appâtent le consommateur et le détournent un peu plus des petits commerces. Nous intervenons auprès des préfets et obtenons l'application de la loi qui limite à deux mois par an les périodes des soldes et les ventes au déballage.

Dans le même temps, un arrêté préfectoral rend obligatoire l'application d'un accord de branche sur le respect du jour de congé hebdomadaire des boucheries et des boulangeries. Les boulangers doivent s'entendre, au sein d'un même territoire, pour que leurs jours de congé s'étalent dans la semaine de façon à ce que les consommateurs n'aient jamais de jour sans pain. Le syndicat des boulangers demande à ETF de faire respecter cet accord par les grandes surfaces qui ouvrent le dimanche, c'est-à-dire essentiellement les Intermarché.

Nous obtenons gain de cause, les boulangeries de ces supermarchés vont fermer un jour par semaine. Cet état de grâce ne durera que quelques années. Car en août 2009, la loi Maillé va autoriser toutes les surfaces alimentaires à ouvrir le dimanche matin, il devient impossible de vérifier si les accords de branche sont bien respectés.

Les commerçants de la galerie marchande du Géant Casino de Saint-Victoret, village situé entre Marignane et Vitrolles, font également appel à notre association. Ils font valoir que leur commune compte 6 500 habitants, qu'avec ses 4 500 m² le centre commercial est largement « surdimensionné », d'où la faible rentabilité de leurs magasins. La plupart d'entre eux sont en extrême difficulté, certains n'arrivent plus à payer leurs loyers. Des jeunes couples qui avaient ouvert à Saint-Victoret le premier magasin de leur vie professionnelle ont été ruinés et les comptes de leurs parents ont été saisis pour régler leurs dettes. Ils nous demandent de vérifier la légalité des surfaces louées par le centre commercial. ETF mène l'enquête et découvre que certains magasins n'ont pas d'autorisation d'exploiter. Qu'ils ont été, par exemple, déclarés comme devant être un restaurant ou une surface de circulation. Avec mon associée, M., je fais partie des commerçants obligés de fermer boutique pour cause de chiffre d'affaires insuffisant et loyer trop cher, je suis expulsée au printemps 1999 et ma société mise en liquidation judiciaire.

À peu près à la même époque, je communique les dossiers de mètres carrés illicites à une journaliste du *Canard enchaîné* qui va enquêter pendant trois semaines dans les Bouches-du-Rhône. Son article, paru le 16 avril 1999, est intitulé « Les hypermarchés encaissent 60 milliards de trop en exploitant des mètres carrés illégaux. À Vitrolles, Miramas, Saint-Victoret, les grandes surfaces testées par *Le Canard* grandissent miraculeusement. » Il y est question des « cloisons effacées comme par magie » à Saint-Victoret et Vitrolles, des « supérettes changées en hypermarchés » à Miramas, des « rayons en stock dans les entrepôts » à Plan de Campagne. Dans un encadré intitulé « Une grande distribution très œcuménique », l'hebdomadaire satirique observe que les entorses à la loi ne mobilisent guère les pouvoirs publics ; il évoque « les préfets mal informés, des fonctionnaires myopes, les juges distraits et les élus nonchalants ». C'est que, insiste *Le Canard,* « les intérêts de la grande distribution, pourvoyeuse d'emplois, de taxe professionnelle et de subsides politiques suscitent une véritable union sacrée des partis ».

Dans les jours qui suivent la parution de cet article, *La Tribune, L'Humanité* et *Le Monde* nous sollicitent, ils s'intéressent à notre association ainsi qu'à nos combats personnels contre Carrefour.

En février 2000 paraît le livre de Christian Jacquiau, *Les Coulisses de la grande distribution,* qui consacre deux chapitres aux « Grains de sable de Vitrolles » comme il nous a baptisés. Au mois de mai, nous assurons avec lui deux conférences qui font salle comble. À Nice, nous sommes avec l'écologiste indépendant Antoine Waechter. À Vitrolles, avec l'ex-commissaire de police marseillais Antoine Gaudino venu présenter son dernier ouvrage *La mafia des tribunaux de commerce.* Des représentants de la Confédération paysanne et du syndicat Agriculture et ruralité sont également présents.

Lors de ces conférences, nous sortons pour la première fois du cercle des petits commerçants. En écoutant témoigner le représentant des paysans, nous découvrons que les ravages opérés dans le monde agricole par le modèle économique des grandes surfaces sont plus visibles et plus facilement compréhensibles par le grand public que ceux qui affectent le commerce indépendant. J'en conclus à la nécessité de poursuivre et d'améliorer la médiatisation de nos difficultés et de nos combats, d'autant que notre champ d'action, celui de l'urbanisme commercial, est particulièrement aride.

À la fin de l'année 2000, nous saluons la loi solidarité et renouvellement urbain, dite « loi SRU », de Chevènement, surtout connue pour l'obligation qu'elle impose aux villes de plus de 20 000 habitants d'offrir au minimum 20 % de logements sociaux. Cette loi va nous doter d'armes nouvelles : les plans locaux d'urbanisme (PLU) et les schémas de cohérence territoriale (SCOT) sur lesquels nous allons pouvoir nous appuyer pour combattre les implantations de grandes surfaces.

En ce qui concerne le commerce, la loi SRU instaure des schémas de développement mis à jour tous les six ans qui s'appuient sur les analyses faites par les ODEC, à partir des inventaires qu'ils doivent rédiger chaque année.

L'inventaire est donc un document particulièrement important. Dans l'esprit de la loi de prévention de la corruption et de transparence de la vie économique, le fait même pour une grande surface de figurer sur l'inventaire d'un ODEC représentait en quelque sorte un viatique, un blanc-seing donné à ses activités par les pouvoirs publics.

Or, dès les premiers rapports dressés par l'observatoire des Bouches-du-Rhône, nous constatons que des milliers de mètres carrés illicites figurent sur l'inventaire. Notamment ceux de Miramas, Vitrolles et Plan de Campagne. Nous adressons donc au directeur de la DDCCRF des courriers de protestation qui dressent la liste des erreurs d'inventaire. Et elles sont nombreuses. Le document cite des magasins qui n'existent plus, oublie d'en citer d'autres qui sont ouverts, classe des établissements dans les mauvaises rubriques, attribue des surfaces erronées, et, surtout, fait état de magasins avec des surfaces que nous et nos adhérents considérons comme illicites.

Nous avons conservé les réponses de la DDCCRF. Il y aurait de quoi rire si ce n'était à pleurer... Pour les demandes de vérification, l'administration me certifie qu'un contrôle a bien été effectué mais déclare qu'il s'agit de « renseignements confidentiels ne pouvant être communiqués ». Lorsque je fournis au service des documents (plans délivrés par les mairies, photocopies de permis de construire, etc.), ces documents me sont retournés « par déontologie » au motif qu'ils ont été « obtenus de façon frauduleuse ». Ce qui bien sûr est totalement faux puisqu'ils sont mis à la disposition du public dans les services de l'urbanisme. Lorsque je déplore la prise en compte de surfaces illicites, on me répond que « l'inventaire commercial recense les surfaces connues, licites et exploitées à une date donnée ». Bref, on me fait lanterner.

De guerre lasse, je proteste auprès du préfet et du ministre du Commerce. En vain. Alors, réunis en assemblée générale, les militants d'ETF décident de marquer leur désapprobation en lançant une campagne de recours systématiques contre les autorisations délivrées par la CDEC sur la foi de cet inventaire.

La première à en faire les frais est une grande surface spécialisée dans le textile de maison à Marignane. La deuxième est le très grand magasin de meubles (16 000 m^2) que le géant suédois Ikea veut ouvrir dans les quartiers est de Marseille à La Valentine. Dans le courant de l'année 2001 une quarantaine de contestations suivront. Nous attaquons les décisions des commissions départementales devant le tribunal administratif et celles de la Commission nationale devant le Conseil d'État. Il ne s'agissait pas de faire de la procédure pour la procédure mais d'être entendus par le préfet, représentant de l'État, incarnation des pouvoirs publics.

En 2002, le Conseil d'État siffle la fin de la partie. Il rejette quatre de nos recours au motif que l'objet de notre association est trop généraliste et que son champ d'action géographique n'est pas précisé. En clair, nous ne pourrons agir que lorsque les statuts d'En Toute Franchise prévoiront des unions départementales. Et que les actions de notre association seront officiellement limitées aux autorisations d'exploitation commerciale délivrées par les CDEC et la CNEC. En attendant, toutes les procédures en cours sont rejetées.

Lors de l'assemblée générale extraordinaire du 16 juin 2003, les adhérents d'ETF votent donc la modification des statuts. Désormais, la mission d'ETF sera « d'assurer par tous les moyens légaux la promotion de la profession de commerçant indépendant et d'artisan », et d'agir « pour le développement de la liberté d'entreprendre, fondement des activités commerciales et artisanales dans le cadre d'actions devant les juridictions judiciaires, administratives, pénales concernant les CDEC et CNEC ».

Un adhérent a fait cadeau à l'association d'une camionnette Volkswagen que nous équipons d'un ordinateur, d'un fax et d'un photocopieur. Ce bureau mobile est le bienvenu car ETF va être appelée à la rescousse par des commerçants du Sud-Est et du Sud-Ouest. Claude et moi conduisons à tour de rôle et, pour le reste, nous nous partageons les tâches : Claude classe et tient à jour les archives, il harangue les foules, fait le siège des élus et répond aux journalistes ; j'instruis et je monte les dossiers qui vont en justice, car en 2000 l'association a décidé de se séparer de son avocat.

Nous allons pouvoir tester cette nouvelle organisation sur le terrain des Alpes-Maritimes, lorsque nos adhérents nous invitent, au tout début de l'année 2003, à venir démêler plusieurs affaires d'urbanisme commercial façon « salade niçoise ».

La section Alpes-Maritimes d'ETF a été créée en 2001 par deux anciens du CIDUNATI, Robert De Péretti et André Rébelli, qui ont rejoint ETF pour se battre contre l'ouverture dominicale des grandes surfaces. Une certaine Rose-Marie Allégret rejoint aussitôt la jeune association. Avec cette petite-fille de commerçants, militante écologiste dans l'âme qui va s'illustrer dans la lutte des commerçants niçois contre la destruction de l'emblématique cité marchande La Buffa, nous allons dépêtrer trois dossiers épineux.

Premier cas, celui du Sodim du boulevard de la Madeleine. Ce magasin, situé à l'angle de deux voies à fort trafic et sur un rond-point, a fermé définitivement ses portes en 2001. Les riverains qui s'enquièrent de la destination des locaux apprennent qu'ils ont été préemptés par la ville de Nice. Sur le POS un emplacement réservé indique qu'ils accueilleront une bibliothèque. Pendant ce temps, le groupe Casino ouvre 100 mètres plus loin un supermarché et y transfère l'activité de l'ancien Sodim. En 2002, des travaux sont entrepris dans les locaux de la Madeleine. Surprise ! il ne s'agit pas d'aménager la bibliothèque promise, mais d'y implanter un Leader Price, la filiale discount de Casino. Les travaux entrepris – modification de façade et changement d'enseigne – relèvent d'un permis de construire, mais la société s'est contentée d'une simple déclaration de travaux de réaménagement. Pourquoi ? Parce que les locaux étaient destinés à une bibliothèque et que même le plus conciliant des employés communaux n'aurait pu accorder le permis.

Nous nous rendons avec les dirigeants de l'association niçoise d'ETF au service de l'urbanisme. Nous signalons l'ampleur des travaux entrepris boulevard de la Madeleine, nous signalons également que le futur Leader Price sera situé sur un rond-point, qu'il n'y aura pas d'espace pour les manœuvres des camions de livraison et pas de place pour le stationnement des clients. À la mi-février, la DDE réagit. Ses agents et ceux de la ville de Nice dressent un procès-verbal d'infraction au Code de l'urbanisme, préviennent le procureur, et un arrêté municipal interrompt les travaux de façades. Pourtant Leader Price ouvrira bien ses portes, comme son gérant l'avait voulu, en mars 2003. Dans les colonnes de *Nice-Matin* celui-ci explique au journaliste que s'il avait dû attendre les autorisations, le délai de deux ans durant lequel on peut rouvrir un magasin dans les locaux d'un établissement fermé aurait été dépassé et l'autorisation caduque. Fin avril, plus d'un mois après l'ouverture, la ville de Nice finit par autoriser l'ouverture au public. Quant au procureur, il a décidé de classer l'affaire.

Deuxième dossier, celui du Leader Price de la rue Beaumont. Son gérant est le même que celui de la Madeleine. Après des travaux « de modification de façades », réalisés sans permis, le magasin demande une autorisation d'exploitation commerciale qui lui est refusée. Il ouvre toutefois ses portes en octobre 2003. La propriétaire des lieux est l'adjointe déléguée à l'action sociale, vice-présidente du comité communal d'action sociale (CCAS). La rue Beaumont est située dans un quartier central de la ville, la circulation y est dense. Là aussi, rien n'est prévu pour les problèmes de circulation et de stationnement. Les riverains se plaignent que leurs lits tremblent lorsque les camions réfrigérés viennent livrer les produits frais et qu'ils restent au pied des immeubles, moteur en marche, pendant des dizaines de minutes.

Notre troisième affaire niçoise est celle du magasin Casino du boulevard Gambetta, c'est le CCAS qui est propriétaire des lieux. La vice-présidente Éliane Mari-Fontana a « autorisé la société Distribution Casino France à exécuter les travaux nécessaires afin d'aménager un magasin Petit Casino » relate le petit mensuel niçois *Babazouk*. Une simple demande d'autorisation de travaux pour modification de façades est déposée au mois d'avril. Mais les travaux sont plus importants et nous saisissons le procureur. Qui classe le dossier sans suite… C'est dans ces salades niçoises que s'est forgée notre détermination à obtenir que le permis de construire et l'autorisation d'exploitation commerciale, que la loi Royer avait séparés, fassent l'objet d'un seul et même dossier. À ce moment-là nous sommes déjà conscients que cette loi, affaiblie par les textes modificatifs, n'est plus à la hauteur des objectifs que lui avait fixés le législateur, et que ses outils juridiques ne sont pas adaptés aux réalités du XXIe siècle.

Les commerçants, ces mal aimés

Parce qu'ils anticipent les effets potentiellement négatifs de la loi SRU sur leur développement, à la fin des années 1990, les patrons de grandes surfaces mettent le turbo. Le nombre de mètres carrés autorisés par les CDEC passe de 1,2 million en 1997 à 1,8 en 1998 et à 2,2 millions en 1999 ! En 2000, l'INSEE annonce 8 389 supermarchés et 1 185 hypermarchés. Dans les galeries marchandes les commerçants indépendants ont quasiment disparu. Seules les boutiques des chaînes à succursales et dans une moindre mesure les franchisés des grands réseaux peuvent désormais assumer les droits d'entrée et les loyers exorbitants imposés par les centres commerciaux. C'est que la grande distribution, ce n'est plus seulement du commerce, c'est aussi de l'immobilier, si rentable que les investisseurs institutionnels (dont les fonds de pension anglo-saxons) se battent pour y investir. Les grandes enseignes françaises l'ont bien compris qui, dans les années 1990, se sont toutes dotées de sociétés immobilières chargées de la gestion des locaux.

La loi Royer qui devait préserver le petit commerce et permettre un aménagement harmonieux du territoire a échoué sur tous les fronts. Elle n'a pas su éviter le développement hypertrophique des périphéries urbaines, la désertification des centres urbains, le bétonnage des terres agricoles et la dégradation des entrées de ville, et 400 000 petits commerces ont disparu. Une commune française sur deux n'a plus de commerce de proximité. Dans les zones montagnardes et rurales isolées, les villages n'ont plus de boulangeries, plus d'épiceries, de boucheries, plus de bars tabac ni de distributeurs de journaux. Dans les zones touristiques, les collectivités territoriales pallient ces carences en subventionnant des bars-épiceries-gîtes d'étape qui sont les derniers lieux de convivialité. Il faut en moyenne quinze minutes de voiture aux habitants des zones désertifiées pour se rendre aux premiers centres commerciaux. Une épreuve pour les plus âgés qui ne peuvent plus prendre le volant, un coût pour les plus défavorisés qui n'ont parfois pas accès à un transport collectif. Actuellement, en zone urbaine, 62 % du chiffre d'affaires des commerces sont réalisés en périphérie, 25 % en centre-ville et 13 % dans les quartiers. Victimes de la concurrence des grandes surfaces, les commerces de proximité meurent les uns après les autres. Dans les rues des centres anciens, les rideaux de fer baissés, recouverts d'affiches délavées, succèdent aux vitrines badigeonnées arborant le panonceau « À vendre ou à louer ».

En août 2005, une loi signée Renaud Dutreil, ministre des PME, du Commerce, de l'Artisanat et des Professions libérales de Jacques Chirac, donne aux municipalités le droit de préempter les fonds artisanaux et commerciaux dans le cadre d'un « périmètre de sauvegarde » destiné à lutter contre la paupérisation des centres et à inciter le secteur des services à reprendre les points de vente abandonnés.

Apparemment, la France a pris conscience de la gravité du problème. Apparemment seulement, car le décret d'application de la loi Dutreil ne sera signé que deux ans plus tard, deux ans de perdus, et aucune loi de finances ne viendra débloquer les fonds qui auraient été nécessaires pour stopper la machine à vider les centres-villes.

Les commerçants sont une espèce menacée. Mais rien ne bouge, aucune voix connue ne s'élève pour exiger des pouvoirs publics que soit calculé et pris en compte le coût social de cette disparition annoncée.

C'est que les commerçants sont les mal-aimés de la société française. Dans un rapport sur le commerce et la ville rédigé en 2008, Robert Rochefort, le patron du Centre de recherche, étude et documentation des conditions de vie (CRÉDOC) s'est penché sur cette désaffection : « Pour un peuple comme le nôtre, qui a une culture économique insuffisante, a longtemps prévalu le sentiment que la marge commerciale est un vol, que le seul prix qui se justifie est celui de la fabrication, de la sortie d'usine. »

À ce « sentiment » s'ajoutent les rancœurs bien ancrées venues d'un temps où le petit commerce régnait en maître sur l'approvisionnement des foyers, et ce, de façon pas toujours adroite ni sensible aux difficultés économiques de ses clients. Une amie sexagénaire se souvient très bien, alors que cet épisode date des années 1950, de l'humiliation de sa grand-mère lorsqu'il lui fallait demander au boucher « un beefsteak un peu moins épais s'il vous plaît ».

Ce désamour ne date pas d'hier : dans l'Antiquité le dieu du commerce était aussi celui des voleurs, Hermès en Grèce, Mercure à Rome. L'aristocratie puis les intellectuels ont affiché leur mépris des « boutiquiers » et autres petits-bourgeois, et la littérature a fait de notre profession des portraits terribles. Lisez ou relisez *L'Épicier*, tel que le décrit Balzac en 1840 – Balzac qui disait d'ailleurs que « les gens généreux ne font pas de bons commerçants ». Lisez ou relisez *Au bon beurre*, le roman de Jean Dutourd qui dépeint un couple odieux de crémiers parisiens pendant l'Occupation. Cet ouvrage paraît en 1952. Six mois plus tard, Pierre Poujade fonde son Union de défense des commerçants et artisans, l'UDCA, qui jettera dans la rue des dizaines de milliers de petits commerçants affolés par la hausse soudaine de leurs impôts et par la transformation de la société française. Aux élections de 1956, l'UDCA, proche des partisans de l'Algérie française et hostile au traité de Rome qui va fonder l'Europe, remporte 12 % des suffrages et fait élire 52 députés, parmi lesquels un certain Jean-Marie Le Pen. Désormais le terme de « poujadisme » va désigner tous les mouvements populistes, anti-intellectuels et proches de l'extrême droite. La France s'affole à nouveau lorsqu'en 1969, Gérard Nicoud crée le CIDUNATI. Aujourd'hui, soixante ans après Poujade, quarante ans après Nicoud, la peur est toujours aussi vivace. Nous nous faisons régulièrement traiter de « poujadistes ». Parlant de nous à un tiers, un agent de la DDCCRF a lâché, méprisant : « Ce ne sont que des poujadistes de bas étage. »

À gauche, la méfiance envers les petits commerçants est ancienne. Lorsque Zola dans *Au bonheur des dames* raconte l'arrivée des grands magasins dans le paysage urbain de Paris, il y voit « le triomphe de l'activité moderne ». La disparition du petit commerce, tout émouvante qu'elle puisse être, est le produit du « siècle en mouvement ». En cette fin du XIXe siècle se développe le mouvement des coopératives de consommation créées par les canuts des filatures lyonnaises pour combattre l'épouvantable misère qui était le lot du monde ouvrier dans les années 1830. Ces groupements, qui achètent en gros et revendent à bas prix à leurs sociétaires les produits d'alimentation nécessaires au quotidien des ménages, suscitent dans les partis et mouvements de gauche une adhésion et une sympathie refusées aux petits commerçants. Le mouvement coopératif est en train de naître. Regroupant coopératives de production, de consommation, agricoles et de crédit, il constitue au côté des associations et des fondations le socle de l'économie sociale et solidaire d'aujourd'hui.

À partir des années 1920, les coopératives ouvrières de consommation disparaissent progressivement pour laisser la place aux coopératives de commerçants, groupements au fonctionnement proche des actuelles centrales d'achat. En 1973, ce mouvement coopératif donne naissance à Système U et s'intègre dans la grande distribution française. Les groupes capitalistes règnent aujourd'hui en maîtres quasi absolus sur toute l'organisation commerciale française sans que cela perturbe les élus locaux de tout bord qui, dans les commissions départementales, autorisent sans état d'âme les implantations de nouvelles grandes surfaces. Sans état d'âme et sans prendre en compte l'activité économique et la redistribution des richesses opérée par le petit commerce : les loyers pour les propriétaires bailleurs, les salaires pour les employés et les apprentis, les achats du commerçant lui-même, souvent porté sur une consommation de qualité. Les commerçants n'étant pas des salariés, ils ne sont pas comptabilisés parmi les emplois supprimés lorsque l'installation d'une grande surface fait tomber les rideaux de fer des boutiques. Pourtant, on estime que deux emplois créés dans la grande distribution entraînent la supression de sept emplois, directs ou induits dans le petit commerce et ses fournisseurs.

À droite, la situation est ambiguë. Les partis politiques sont sociologiquement et idéologiquement proches des artisans et des commerçants ainsi que des patrons de PME et des exploitants agricoles rudoyés par les grandes surfaces. Mais ils sont aussi très sensibles aux chants des sirènes ultralibérales volontiers entonnés par les très grands patrons que sont les dirigeants de la grande distribution. Des grands patrons richissimes. Le clan familial Mulliez arrive avec un patrimoine de 38 milliards d'euros au premier rang du classement des plus grosses fortunes de France devant Bernard Arnaud et Liliane Bettencourt. La famille Bourriez (Cora, Truffaut) annonce une fortune de 2 milliards d'euros, les familles Defforey et Fournier (Carrefour) 1,3 milliard, Jean-Charles Naouri (Casino, Monoprix, Franprix, Leader Price) 840 millions d'euros, et Michel Leclercq (Décathlon), cousin germain de Gérard Mulliez, 800 millions. En France plus d'une grosse fortune sur trois a son origine dans le secteur de la distribution.

Cette ambiguïté des partis de droite, nous avons pu la vérifier avec le premier gouvernement Chirac. Nous sommes dans les années 1990. Les grandes enseignes sont florissantes. Elles se livrent à une concurrence féroce aboutissant à une vague importante de concentrations. Auchan rachète Atac et Mammouth, Casino reprend Franprix, Leader Price et une partie de Monoprix, Carrefour engloutit Stoc, Continent, Champion et Shopi. En 1995, le Syndicat national des associations de commerçants demande à chaque candidat à l'élection présidentielle de prendre position sur l'évolution de l'équipement commercial et ses conséquences pour le commerce indépendant. Jacques Chirac, qui s'est engagé à plusieurs reprises à apporter un coup d'arrêt au développement des grandes surfaces, lui répond que « la loi Royer ne suffit plus », qu'il faut « avancer dans trois directions : permettre au commerce de centre-ville de se regrouper en incitant à la création d'unions commerciales propres à lui donner une nouvelle dynamique » ; ensuite, qu'il faut « réformer le droit de la concurrence pour mieux prévenir les abus manifestes » ; et enfin, que « naturellement la maîtrise de l'urbanisme commercial est un enjeu pour l'aménagement de notre territoire, comme l'est dans les zones rurales, le maintien d'un commerce et d'un artisanat dynamiques ».

Ces belles paroles rassurent les petits commerçants. Lesquels se réjouissent, le 12 avril 1996, de la décision de Jacques Chirac de suspendre pour six mois toute ouverture de nouvelle grande surface, puis le 5 juillet de la même année, de l'adoption de la loi Raffarin dont nous mettrons beaucoup de temps à discerner toute la perfidie. Aujourd'hui, je le dis et le redis, cette loi a été un coup de poignard dans le dos des petits commerçants. Et un rude coup porté aux agriculteurs et aux défenseurs de l'environnement.

L'histoire de cette loi débute avec l'arrivée en France des magasins de discount Aldi. Lancé par les frères Albrecht, géants allemands de la grande distribution (Aldi est l'abréviation d'Albrecht Discount), le hard discount est un magasin libre-service à prédominance alimentaire qui se caractérise par des prix en dessous de la moyenne, une petite surface de vente et un assortiment de produits très restreint (600 à 700 références) sur moins de 1 000 m² et qui donc n'a pas besoin d'une autorisation d'exploitation commerciale.

Le premier Aldi ouvre dans la banlieue lilloise en 1988. La présentation des produits est sommaire, le choix limité (produits sans marque ou produits de la marque distributeur), le service offert au client est inexistant, mais les prix sont de 20 % à 30 % inférieurs à ce qui se pratique ailleurs. Le succès est immédiat et la progression impressionnante.

Entre 1990 et 2000, 50 % des créations de magasins concernent des discounts qui conquièrent ainsi 13 % du marché. « Le supermarché du pauvre », c'est là que se retrouvent les interdits bancaires, ceux qui n'ont plus droit aux carnets de chèques et cartes de paiement. Les mères de famille en difficulté apprécient que seuls les produits de première nécessité y soient référencés, ce qui supprime les achats impulsifs et limite le montant à débourser. Cette rationalisation de la consommation est ressentie comme une mise en danger de la grande distribution traditionnelle qui, après avoir créé ses propres filiales discount (Leader Price, Ed, Le Mutant) et lancé des produits premiers prix pour concurrencer les discounts, demande à Jean-Pierre Raffarin, alors ministre des PME, du Commerce et de l'Artisanat, d'abaisser de 1 000 à 300 m² le seuil de déclenchement de la procédure d'autorisation, de façon à freiner leur progression.

Ce qui est fait avec la loi du 5 juillet 1996. Désormais les créateurs de hard discount doivent demander une autorisation d'exploitation aux CDEC. Les petits commerçants applaudissent. À tort. Ils ignorent alors qu'un piège s'est glissé dans la nouvelle loi : la suppression du certificat d'urbanisme de la liste des documents et informations demandés par les commissions.

Car le certificat d'urbanisme est un document primordial. Délivré par les mairies, il apporte la preuve qu'un projet est conforme aux règlements de l'urbanisme et au plan de prévention des risques. Sa suppression (effectuée sans la moindre protestation de la ministre de l'Environnement de l'époque, l'avocate Corinne Lepage) a levé le dernier obstacle à l'installation de grandes surfaces sur les plus beaux sites des communes, terres agricoles ou parcelles concernées par les dispositifs de gestion et préservation de l'environnement tels que Natura 2000[5]. Au passage, notons que la grande

5. L'une des conditions de recevabilité des dossiers de demande constituait un changement significatif introduit par la loi Raffarin : disparaît en effet l'obligation de déposer un certificat d'urbanisme déclarant que le terrain pouvait être utilisé pour l'opération envisagée. Ainsi la loi Raffarin affirmait le principe d'indépendance des législations de nouveau applicable dans toute sa rigueur entre, d'une part, les autorisations délivrées au titre de la réglementation de l'urbanisme et, d'autre part, celles délivrées au titre de la réglementation de l'équipement commercial. Grâce à la loi du 5 juillet 1996, les commissions ont ainsi pu délivrer des autorisations d'exploitation commerciale sans exigence d'un certificat d'urbanisme positif, pour des projets prévus sur des terrains inconstructibles. La conséquence en a été de fortes pressions sur les communes d'implantation, afin que celles-ci modifient leurs POS ou leurs plans de lotissement, ou qu'elles suppriment les limites administratives au droit de propriété.

distribution a un faible pour les surfaces planes, faciles à imperméabiliser. Comme cette plaine de la Crau pour laquelle nous nous sommes battus huit années durant.

Cette histoire commence en 2003, quand nous sommes sollicités par des adhérents d'ETF pour deux projets commerciaux de grande ampleur : la zone d'aménagement concerté (ZAC) des Gabins à Salon-de-Provence et la zone commerciale des Paluns à Grans. Au mois de juin, le maire PS de Salon, Michel Tonon, propose la création d'une ZAC de plus de dix hectares. Objectif proclamé : « Éviter le départ des Salonais vers les zones plus dynamiques du sud du département, Vitrolles et Plan de Campagne. »

Le secteur des Gabins où doit s'implanter cette zone est situé sur la rive nord de l'autoroute A54. La zone des Paluns s'étend le long de la rive sud. C'est là que le maire PRG de Grans, Yves Vidal, veut implanter sa zone de 19 hectares dont la pièce maîtresse serait un hypermarché Carrefour. Lui aussi évoque la nécessité de bloquer l'argent des consommateurs. Ce n'est pas la première fois qu'Yves Vidal tente le coup. En 1994, il avait lancé un premier projet autour du Géant Casino de Salon. Un premier projet refusé par la CDEC.

C'est que la plaine des Paluns se compose en partie de terres agricoles où pousse le célèbre foin de Crau et qui ont été rendues urbanisables par une modification du POS de Grans, mais aussi de terres protégées par le dispositif Natura 2000. Si la loi Raffarin n'avait pas supprimé l'obligation du certificat d'urbanisme, ce document officiel et opposable aurait démontré aux membres de la commission que rien ne pouvait s'y construire.

Soutenus par l'association de défense de l'environnement de Grans, nous avons réussi à bloquer le projet de Grans. La municipalité s'est vue obligée de reclasser les terres en zone agricole inconstructible. À Salon-de-Provence le projet a été provisoirement abandonné, mais nos adhérents et les défenseurs de l'environnement restent sur le qui-vive.

Depuis cette aventure en plaine de Crau je suis persuadée que la lutte contre les abus de la grande distribution ne peut se faire que dans le cadre d'une union sacrée entre tous les partenaires impliqués, commerçants, consommateurs, agriculteurs et défenseurs de l'environnement. Dans ce combat collectif, les commerçants ont également découvert qu'ils ne sont pas forcément les mal-aimés de la société française.

Élaborer des stratégies, faire face aux représailles

En Toute Franchise n'est pas un syndicat mais une association (loi de 1901) que ses statuts cantonnent au domaine de l'urbanisme commercial.

Nous avons choisi cette forme juridique parce qu'elle nous permet d'accueillir des adhérents de toute activité commerciale, du photographe au boulanger, du fleuriste au gérant de supérette et au directeur de société commerciale.

Nos adhérents, en revanche, font le plus souvent également partie d'un syndicat patronal tel que le CIDUNATI, la Confédération générale des PME (CGPME) et le CDCA. Ces organisations défendent et conseillent les commerçants dans l'exercice de leur activité (gestion, formation, apprentissage et formation sociale) et les représentent au sein des chambres consulaires, c'est-à-dire la chambre de commerce et industrie (CCI) et la chambre de métiers et de l'artisanat (CMA).

Les associations qui se battent contre les implantations de grandes surfaces ne sont pas légion, nous n'avons jamais rencontré de concurrence dans le domaine qui est le nôtre. Et je dois ajouter, qu'à mon grand regret, nous ne pouvons pas toujours compter sur le soutien des groupements patronaux et des chambres consulaires quand nous faisons face à la grande distribution.

Les membres élus des CCI sont pourtant censés représenter les intérêts de tous leurs ressortissants. En tant que « personnes publiques associées », ces chambres participent aux travaux des ODEC et à l'élaboration du schéma directeur d'aménagement du territoire. Les CCI ont instruit les POS puis, après 2000, les PLU. Ces trois missions confèrent à leurs membres l'accès à des informations de première main sur les éventuelles implantations de grandes surfaces. Et pourtant, ils sont rares ceux qui ont averti les commerçants locaux d'un projet pouvant menacer leurs activités.

Dans les années 1990, les CCI auxquelles j'ai eu affaire ont pourtant joué leur rôle. Elles réunissaient régulièrement les élus des commerçants pour obtenir leur avis sur les projets de modification des POS, avis qui doit être joint au dossier de l'enquête publique préalable à cette modification. Aujourd'hui, j'ai eu à maintes reprises l'occasion de le déplorer, de nombreux dossiers ne comportent même pas l'avis des CCI !

Par « manque de temps » disent les personnels des CCI. Par manque d'intérêt plutôt. Les dossiers des commerçants n'intéressent pas grand monde, pas même les commerçants eux-mêmes. Seulement 8 % d'entre eux ont voté en 2010 pour élire leurs représentants aux chambres consulaires (la prochaine élection doit avoir lieu en juin 2016), alors que chez les chefs d'entreprise,

PME et PMI, le taux de participation variait entre 17 et 20 %.

Ce désintérêt des commerçants, je l'ai constaté lors des deux élections auxquelles j'ai participé en tant que déléguée consulaire à la CCI de Marseille. Il faut dire à leur décharge que les CCI ne font guère d'efforts pour promouvoir les petits commerces et leur assurer la visibilité nécessaire à leur activité. J'ajouterais qu'aucun programme d'aucune organisation n'aborde la réalité vécue par les petits commerçants depuis les années 1960, à savoir : leur disparition programmée. C'est probablement la raison pour laquelle la propagande des organisations syndicales finit le plus souvent à la corbeille des papiers à recycler…

Les CCI affichant la plus grande discrétion (il est vrai que nombre d'entre elles sont présidées ou « vice-présidées » par des patrons de grande surface), c'est parfois par un conseiller municipal opposé au projet, mais le plus souvent par la presse locale que les commerçants apprennent l'arrivée prochaine d'un supermarché ou d'un hyper sur leur territoire.

Pour nous, l'histoire commence par un courrier, un mail ou un coup de fil de commerçants qui nous appellent à l'aide. Nous nous sommes fixé une règle que nous avons toujours respectée : nous nous rendons sur place avant de prendre une décision. J'ai besoin de rencontrer les hommes et les femmes pour lesquels je vais devoir me battre. Si le temps presse, par exemple si le délai de recours contre une autorisation d'exploitation commerciale est sur le point de s'achever, nous n'hésitons pas à abandonner momentanément les dossiers que nous suivons pour répondre à cette urgence. Aussi n'est-il pas rare que nous ayons plusieurs fers au feu.

Sur la route, grâce à Internet, les sites de Géoportail, de la presse quotidienne, du cadastre, de la mairie, des plans de prévention des risques et des plans locaux d'urbanisme, nous entamons le défrichage du dossier. Le plus souvent, à notre arrivée, les commerçants locaux ont été réunis par leur association et nous attendent. Nous leur présentons ETF, ils nous expliquent la situation et nous emmènent sur le terrain. S'ils ont déjà des notions d'urbanisme, ils vont d'eux-mêmes me fournir les renseignements et documents nécessaires. Sinon, je dois faire un passage par les services municipaux et surtout envisager une formation expresse des commerçants aux textes de l'urbanisme commercial.

Avant de présenter la stratégie du combat à venir, j'adresse d'abord aux commerçants un discours liminaire aux accents très churchilliens. Je leur explique que l'arrivée d'une grande surface entraîne systématiquement une diminution minimale de 30 % du chiffre d'affaires. Que s'ils choisissent de se battre, ils ont 50 % de chances de gagner ou de perdre. Que les coups vont tomber, que rien ne sera simple. Je leur conseille de prendre l'habitude de se rendre aux conseils municipaux, de lire la presse locale et de communiquer entre eux.

J'identifie aisément les commerçants les plus concernés par le projet de grande surface. Ce sont ceux qui posent le plus de questions, qui proposent le plus de solutions, pétitions, rassemblements de protestation. Les professionnels des quartiers ou des villages voisins constituent le deuxième cercle. Ils savent que même si leurs boutiques ne sont pas directement menacées par la grande surface à venir, ils seront victimes de ce que j'appelle l'effet « rideau de fer » induit par les fermetures de commerces. Il n'y a plus de vitrines, plus d'animation, plus de concurrence, bref, plus de synergie, et, de rue en rue, la déshérence gagne l'ensemble des magasins et les condamne à une mort plus ou moins rapide. Le troisième cercle se sent modérément concerné, il pense pouvoir passer entre les gouttes. Le rôle d'ETF est bien sûr de leur faire comprendre qu'il n'y aura pas de miracle.

L'ouverture d'un nouveau dossier n'est jamais une opération simple : il faut aller à la mairie demander communication du POS ou du PLU ; aller à la préfecture pour prendre le dossier examiné en commission départementale ; il faut se rendre sur le site d'implantation et photographier les parcelles, leur environnement, le réseau routier, la circulation. Je photographie également les magasins du tissu commercial existant. Il s'agit de démontrer la vivacité, le dynamisme des boutiques avant l'ouverture de la grande surface.

Ces allées et venues font que notre présence sur un lieu d'implantation commerciale ne passe jamais inaperçue. Avant même qu'elle soit annoncée par des articles dans la presse locale, elle suscite des réactions, étranges sinon hostiles, de la part de certains élus. Il y a en a qui interdisent à leurs agents de nous communiquer les documents d'urbanisme. Il y a ceux qui veulent savoir « à quoi ça va servir d'abord », ceux qui refusent carrément de nous en donner copie. Il y a des mairies où il nous a fallu appeler les gendarmes et menacer d'occuper l'hôtel de ville pour la nuit avant d'obtenir satisfaction.

Renâcler à communiquer des documents d'urbanisme, c'est un moindre mal. L'hostilité des élus locaux va parfois beaucoup plus loin, ce qui explique la réticence des commerçants à s'engager, à visage découvert, dans le combat contre la grande distribution. Ils craignent les représailles, leurs conséquences désastreuses sur leurs commerces et sur leur clientèle. Nombre de nos adhérents en ont été victimes. Pendant plusieurs mois, le maire et les élus d'une bourgade des Landes ont boycotté les boutiques de nos adhérents. Pourtant, il leur fallait faire six kilomètres aller et retour pour acheter fruits et légumes, pain, journaux et cigarettes. Dans un village de l'Isère, la mairie a fait poser des poteaux interdisant le stationnement devant les boutiques dont les commerçants avaient voté contre l'extension du supermarché local. En Normandie, une boulangère, ayant récemment adhéré à ETF et militant contre un projet de grande surface, a été contrainte par le maire de son village de prendre son jour de congé l'avant-veille de Noël et du jour de l'an aux motifs qu'il s'agissait de son jour de congé habituel et qu'il entendait ainsi faire respecter un arrêté préfectoral, soit pour la commerçante une perte sèche importante dans son chiffre d'affaires 2014. La menace vise parfois la vie privée de nos adhérents. Un maire du Sud-Est a proféré à l'intention d'un ami commerçant : « Je te préviens, si tu adhères à En Toute Franchise, tu peux toujours courir pour le permis de ta maison. »

Si nous pouvons, Claude et moi, sillonner la France, aller des Landes aux Alpes-Maritimes et des Bouches-du-Rhône au Loiret nous battre pour ETF, c'est que nous avons déjà tout perdu, à Vitrolles comme à Saint-Victoret. Nous pouvons nous exposer tant et plus dans les colonnes des journaux et devant les caméras de télévision en nom et place des adhérents et militants d'ETF qui, eux, exploitent un magasin, ont des salariés à préserver et des crédits à rembourser.

Les élus ne sont pas toujours tendres avec nous, c'est un euphémisme. Commençons par le maire de notre ville de Marignane, Éric Le Dissès qui, devant une journaliste de *La Provence*, en réponse au salut de Claude, lui a intimé cet ordre étonnant : « Dorénavant je vous interdis de me dire bonjour. » Ce à quoi Claude a rétorqué : « Vous êtes le premier magistrat de la commune, et je continuerai à vous saluer chaque fois que je vous croiserai. » Celui d'Orthez nous a apostrophés en ces termes : « N'oubliez pas que je suis Béarnais et que je peux vous faire passer par le pont. » Renseignements pris, nous avons cru comprendre que Thierry Issartel se référait aux prêtres catholiques lancés dans le gave de Pau depuis le Pont-Vieux par les troupes huguenotes de Montgomery le 24 août 1569. Nous souhaitait-il vraiment le même sort ?

En 2003, plusieurs maires des Bouches-du-Rhône se sont unis pour réagir aux actions d'ETF contre leurs projets commerciaux. Sur les ondes de France Bleu Provence, le plus virulent d'entre eux (Yves Vidal, maire de Grans) nous a traités de « nuisibles » et s'en est pris à ETF, exigeant « plus de transparence de la part de cette association. Où prennent-ils leur argent ? Il en faut pour monter des dossiers et aller au tribunal. Je veux savoir où ils prennent les sous, qu'ils montrent leur comptabilité ». Dans les colonnes de l'hebdomadaire *Le Régional*, il détaille : « On va les emmerder. Je ferai deux à trois mandats de plus s'il le faut, mais tant qu'ils ne seront pas en caleçon, je les attaquerai. » Le collectif de maires a rédigé une proposition de loi « visant à une moralisation du droit de recours. Selon leur vœu, pour être recevable, un recours devrait répondre à trois critères : le plaignant doit avoir un lien direct avec l'affaire ; son siège social doit être implanté dans un périmètre cohérent ; le plaignant doit répondre à des critères de solvabilité pour les dépôts de caution. La menace, heureusement pour ETF, ne s'est pas concrétisée. Le droit de recours, rappelons-le, est un droit garanti par la Constitution, c'est à peu près le seul dont jouissent les commerçants…

Les élus ne sont pas les seuls à savoir rendre la monnaie de la pièce. L'administration n'est pas en reste. En octobre 1995, rappelez-vous, le préfet des Bouches-du-Rhône a demandé à la DDCCRF de procéder au mesurage des surfaces de vente, licites et illicites de Carrefour Vitrolles. Le résultat final (564 m²) nous a semblé si décalé de la réalité que nous avons attaqué la DDCCRF pour « faute lourde ». D'abord devant le tribunal de grande instance de Marseille, puis devant les juges administratifs. Nous avons tout perdu dans cette procédure, devant la cour d'appel puis le Conseil d'État. Mais en 2006, l'administration a décidé de porter plainte contre notre association. En tant que présidente, j'ai été convoquée au commissariat de police de Marignane, puis par le médiateur de la République, avant que l'affaire se termine par un non-lieu.

Je viens d'écrire qu'ayant déjà tout perdu, Claude et moi pouvions nous permettre d'être combatifs. J'oubliais qu'il me restait quelque à chose à perdre, le revenu minimum d'insertion (RMI). Il m'a été ôté pendant près de trois ans. Voici l'histoire. En décembre 1999, je suis expulsée de mon magasin de Saint-Victoret. Claude, ruiné, est malade, et moi sans le moindre sou. Je vais frapper à la porte d'une assistante sociale de la ville de Carry-le-Rouet. Je lui raconte tout, les procès, la caravane, nos biens saisis. Elle décide de me faire bénéficier du RMI. Début 2000, je reçois ma première allocation, d'environ 4 500 francs. Les versements vont durer environ deux ans, jusqu'à un matin de mars 2002 quand j'apprends par un courrier signé du préfet que l'allocation m'est supprimée. Il m'est expliqué que j'ai fait l'objet d'une enquête. L'enquêtrice de la caisse d'allocations familiales (CAF) a découvert que je vivais « maritalement » et que j'avais une « communauté d'intérêts économiques » avec Claude Diot dont les revenus[6] auraient dû être pris en considération dans le calcul de mes ressources. Par conséquent, la commission départementale d'aide sociale m'a rayée de la liste des ayants droit au RMI.

L'enquête de la CAF, effectuée à la demande du préfet des Bouches-du-Rhône, assure que j'habite rue François-Boucher à Marignane (le siège social de notre association), que je ne suis à la caravane que les week-ends et que le travail bénévole que j'assure pour ETF est incompatible avec un projet d'insertion. Bref, un tissu de fariboles dont il m'est aisé de démontrer l'inanité. Le 28 mai 2004, je fais part de mes conclusions à la Commission centrale d'aide

6. Claude ayant toujours été salarié, il a cotisé à diverses caisses de chômage et a été indemnisé après son expulsion de Vitrolles.

sociale et je gagne. Les fonctionnaires de la Commission déclarent que le préfet « a commis une erreur de droit » en « prétextant » que nous avions une communauté d'intérêts.

En 2005, le RMI est transféré de l'administration d'État au conseil général. Il m'est rendu à hauteur de 699 euros et, pendant treize mois, je vais percevoir l'allocation. Puis, un matin de juin 2006, alors que je travaille sur un dossier de jardinerie illégale, une terrible douleur me vrille l'estomac, puis le dos. C'est un infarctus. Je suis hospitalisée à la clinique de Marignane. Quand j'en sors, cinq jours plus tard, je ne suis plus considérée comme apte au travail. La commission entraide du conseil général me classe parmi les personnes handicapées, j'y resterai jusqu'à ma retraite deux années plus tard.

Plus destructeurs que la perte d'une allocation, il y a la vilaine rumeur, les bruits infamants que l'on fait circuler. Nous en avons souvent été victimes. Périodiquement, notre association est soupçonnée d'être financée par une enseigne de la grande distribution, ladite enseigne pouvant varier d'un département à l'autre, d'une année à l'autre.

Il nous a été reproché à maintes reprises d'être d'affreux « corporatistes », accusation proférée par des parlementaires faisant valoir leur sens de la défense de l'intérêt général. Nous avons également été traités de « poujadistes de bas étage », épithète décernée par un chef de service à la DDCCRF, à Marseille. Enfin, nous avons été plusieurs fois accusés d'être militants du Front national ou d'être manipulés par le FN. C'est pour nos adversaires l'argument ultime, celui qui est supposé clore le débat, enfoncer toute résistance et nous annihiler à jamais.

Le recours au peuple

Le 21 octobre 2003, le téléphone sonne au garage-quartier général d'ETF à Marignane. Notre interlocuteur se présente ; il s'appelle Jean-Noël Mora, a 38 ans, est gérant d'une supérette 8 à Huit dans les Landes. Il suit dans la presse les combats que nous menons actuellement dans les Landes, à Amou et à Aire-sur-l'Adour. Il nous demande de l'aider à faire échouer un projet de supermarché de 1 200 m² dans son village de Castets.

Tandis que mon interlocuteur me résume le dossier, sur l'écran de mon ordinateur je fais venir une carte des Landes. J'y découvre Castets (prononcer « casse-tête »), village de 1 880 habitants, blotti au cœur de l'immense forêt de pins, au carrefour de l'axe Bordeaux-Bayonne et des routes qui mènent de la façade atlantique à Mont-de-Marsan et Dax.

En 1977, un contournement a été réalisé pour éloigner du bourg la route nationale 10 qui traversait Castets depuis les années 1950. L'opération a été vivement appréciée des habitants, heureux d'être débarrassés du flot incessant, dangereux, polluant et bruyant, des camions et voitures descendant vers l'Espagne et le Portugal. Mais en 1998, les Landais apprennent que la route nationale, entre-temps devenue départementale, doit être transformée d'ici à l'année 2003 en autoroute A63, ce qui signifie que chaque commune aura un seul échangeur au lieu d'avoir une sortie nord et une sortie sud. De plus, à Castets, la création de l'échangeur doit s'accompagner de l'ouverture d'un centre routier offrant une station-service, deux restaurants, des sanitaires, ainsi qu'une vaste aire de stationnement pour les poids lourds à destination de la péninsule ibérique.

Le village n'ayant aucun charme particulier, aucun attrait touristique, les commerces vivent des locaux, mais aussi de la clientèle de passage que le nouvel agencement de l'autoroute risque de faire fondre comme neige au soleil. Les commerçants, alarmés, se regroupent en association des commerçants et artisans de Castets, l'ACAC (dont Jean-Noël Mora prend la présidence), et recherchent une alternative au déclin des magasins du bourg.

En mai 2001, ils font une proposition au maire Jean-Pierre Béguéry, à la CCI des Landes et à la chambre de métiers : le transfert des commerces du bourg vers un terrain de 3 885 m² situé à proximité du centre routier. Jean-Noël se dit partant pour faire passer sa supérette de 200 à 400 m². Le maire explique au président de l'ACAC qu'il veut attendre les résultats de l'étude sur le devenir de Castets que le conseil municipal va commander à la société AID Observatoire de Lyon. AID est invitée à travailler sur deux hypothèses. L'une avec une population de 3 000 à 5 000 habitants à l'horizon 2010, l'autre avec une population de 5 000 à 7 000 habitants à cette même échéance. (Précisons qu'en 2012, la population n'avait pas dépassé les 1 900 habitants.)

En mars 2002, AID rend son rapport à la municipalité, elle conclut à la difficulté de développer le commerce en centre-bourg. En juin toutefois, le maire propose à la société Mora un vaste local que la municipalité vient d'acquérir en centre-bourg pour y créer une supérette de 600 m². Le loyer serait de 3 050 euros mensuels. Jean-Noël refuse la proposition, l'opération lui semble « manquer de visibilité » et la somme est trop importante pour que la décision puisse être prise à la légère.

Dans les mois qui suivent, le maire trouve un terrain des plus intéressants, un domaine de 2,6 hectares le long de la rue Jean-de-Nasse qui conduit du bourg au centre routier, et qui appartient à une vieille famille castésienne. Il en fait part à Jean-Noël. Celui-ci prend les contacts nécessaires, élabore un projet de lotissement commercial qu'il va présenter au maire. Mais, entre-temps, au mois de juillet, la SNC DEPRA représentant Intermarché est créée pour proposer un projet de supermarché, avec 25 emplois nouveaux à la clé. Intermarché, c'est déjà un poids lourd sur la commune, avec sa base logistique qui emploie 350 personnes, ce qui en fait le premier fournisseur de taxe professionnelle et le premier employeur de Castets. En août 2003, la commune acquiert les parcelles de la rue Jean-de-Nasse. Pour Jean-Noël Mora et l'association des commerçants et artisans, cela ne fait plus de doute, la municipalité a choisi Intermarché. D'où l'appel au secours lancé à ETF au mois d'octobre.

Le 6 décembre 2003, nous sommes à Amou lorsque Jean-Noël nous lance un nouvel appel au secours. Nous débarquons le soir même à Castets. Nous installons notre cantonnement dans un hôtel de la départementale 10.

Nous avons rendez-vous avec les commerçants de Castets au restaurant Le Cutiot ; « cutiot » est un mot landais qui désigne le petit pot glissé sous l'écorce entaillée des pins pour en récolter la résine. Le restaurant appartient au vice-président de l'association des commerçants, André Carretier. Son restaurant, qui fleure bon le bois du sol au plafond, est réputé pour ses soirées pizzas qui attirent les jeunes ouvriers de la zone d'activité récemment créée à Castets.

Une quinzaine de commerçants nous y attendent, il y a Jean-Noël Mora, sa compagne Isabelle Benquet, conseillère municipale et institutrice, sa sœur Bernadette Mora, également élue municipale, le restaurateur André Carretier qui lui aussi siège au conseil, les libraires, les garagistes, les boulangers. Plusieurs commerçants sont venus du village voisin de Linxe. Ils craignent les effets collatéraux de l'Intermarché castésien sur leur activité, ils ignorent que trois mois plus tard, ils auront à contrer l'installation d'un supermarché Leclerc.

Jean-Noël Mora et André Carretier nous exposent les derniers développements du dossier : le maire se préparerait à céder les terrains de la rue Jean-de-Nasse à la SNC DEPRA ayant comme gérant la société Intermarché ITM Sud-Ouest. Nous leur conseillons d'interpeller la municipalité sur les obligations que la loi Royer crée aux élus de préserver l'équilibre entre les différentes formes de commerce. Aussitôt dit, aussitôt fait, nous adressons au maire une lettre recommandée qui lui remet en mémoire le critère de densité commerciale et lui demande de mettre tout en œuvre pour dynamiser le commerce du centre-bourg. Sa réponse nous sidère : il annonce qu'il va faire appel au vote populaire en organisant un référendum.

Nous conseillons à l'ACAC d'attaquer la délibération sur le référendum et de répliquer avec une pétition au texte lapidaire : « Non à une grande surface, oui à une zone commerciale au centre-bourg en préservant les commerces existants ». Notre pétition va recueillir 524 signatures et sera remise au maire le 18 décembre.

Nous faisons notre retour à Castets pour le conseil municipal extraordinaire du 23 décembre. Jean-Noël et Isabelle nous annoncent avec bonheur qu'ils attendent trois bébés pour l'été 2004. Nous nous installons chez la mère de Jean-Noël, Pierrette Mora. Elle nous accueille avec discrétion et patience, faisant semblant d'ignorer que nous avons transformé son salon en quartier général d'ETF. Nos piles de papiers remplacent ses napperons, la photocopieuse et l'ordinateur chassent le chat roux et aimable.

La salle du conseil de Castets est minuscule. Le 23 elle est pleine à craquer. Tous les commerçants sont présents, ainsi que des riverains inquiets des nuisances éventuelles de la grande surface et de la dévalorisation de leurs biens immobiliers. Une seule délibération figure à l'ordre du jour, l'adoption du projet de référendum local dont le texte est le suivant : « Souhaitez-vous que la commune vende un terrain à Intermarché ? »

André Carretier interpelle le maire sur la loi Royer, il rappelle le nécessaire équilibre entre les différentes formes de commerce. Le premier magistrat de la commune explique que « même après l'avoir lue deux fois », il a du mal « à comprendre la loi Royer » et que c'est « une affaire de spécialiste ». De quoi sidérer Isabelle Benquet, Bernadette Mora et André Carretier qui savent que Jean-Pierre Béguéry, ingénieur en agro-alimentaire, a été chef d'entreprise (il a dirigé un élevage de truites, puis un site de production de champignons) et qu'il a été pendant plusieurs années secrétaire de la CCI des Landes. À ce titre, il a participé à la CDEC qui a autorisé la création d'un Intermarché à Hagetmau. La loi Royer, il est supposé la connaître sur le bout des doigts !

Fin décembre, les trois élus proches de l'ACAC interrogent le préfet des Landes, Pierre Soubelet – que Claude et moi avons connu quand il était secrétaire général de la préfecture des Bouches-du-Rhône –, sur la légalité de ce référendum local. Il nous répond le 26 janvier que la délibération sur le référendum du 23 décembre a été jugée illégale parce qu'elle mentionnait le nom d'une enseigne et qu'elle a été remplacée par une délibération en date du 8 janvier 2004 adoptée lors d'un second conseil extraordinaire. Délibération que nous décidons d'attaquer devant le tribunal administratif pour diverses irrégularités. Ce sera fait le 22 janvier 2004 au tribunal de Pau. La requête en annulation, cosignée par 79 requérants, commerçants et riverains, est déposée par les trois élus castésiens.

Durant ce même mois de janvier, ETF et l'ACAC font circuler une deuxième pétition en forme de sondage cette fois. Nous demandons aux consommateurs de dire s'ils sont « pour un commerce à l'intérieur ou à l'extérieur du centre-bourg ». Environ 90 % des clients se prononcent pour l'intérieur du village.

Les deux clans – l'ACAC et Les Mousquetaires (autrement dit, Intermarché) – envoient leur propagande électorale aux Castésiens. La direction d'Intermarché fait valoir sa base logistique, la concurrence apportée par le projet de supermarché à Linxe, son intention de commercialiser le pain des boulangeries de Castets, sans oublier la création de 25 emplois (les chiffres de l'emploi sont analysés dans le cadre de l'étude d'impact prévue par les lois Royer et Raffarin).

Jean-Noël pour l'ACAC plaide pour « un centre-bourg actif », rappelant que c'était une des promesses du maire lors de sa campagne de 2001, ce qui lui avait valu le soutien des commerçants.

La campagne électorale est animée, intense même. Je me souviens de gigantesques « oui » tracés à la peinture bleue sur le bitume des rues du village, d'affichettes vert tilleul sur les panneaux d'affichage et sur les vitrines des boutiques fermées. Avec l'ACAC nous repassions derrière, avec de simples « non » de couleur bleu ciel.

« Souhaitez-vous que la commune vende un terrain situé sur la rue Jean-de-Nasse pour la création d'un supermarché d'environ 1 200 m² ? » Telle est la question à laquelle doivent répondre, le dimanche 14 février, les électeurs inscrits sur les listes électorales. Nous sommes arrivés la veille à Castets pour surveiller les deux bureaux de vote et le dépouillement. En fin de journée, il apparaît que 69 % des électeurs inscrits ont voté, 78 % ont dit oui au projet de supermarché.

Jean-Noël, André et leurs amis sont effondrés. Ils ont du mal à comprendre : deux mois auparavant, leurs clients ont voté à 90 % pour les commerces du bourg ! Le choc est violent. Parmi les partisans affichés du oui, les commerçants castésiens découvrent avec stupéfaction des habitués de leurs boutiques. « Combien de fois j'ai effacé leurs dettes ! » soupire l'un d'entre eux.

Le lendemain nous nous réunissons pour décider de la suite à donner « au cas Castets ». Nous proposons aux commerçants du bourg de demander l'annulation de la consultation par les juges administratifs. Ils ont un motif valable, l'arrêté municipal l'annonçant n'a pas été affiché trois semaines avant le scrutin comme le veut la loi. Claude, de son côté, s'adresse aux journalistes. « Ce n'est pas un oui au supermarché mais un non à la loi Royer », déclare-t-il à *Sud Ouest*, et il rappelle que selon cette loi les élus doivent éviter qu'une croissance désordonnée des formes nouvelles de distribution écrase la petite entreprise.

Le projet d'Intermarché est autorisé par la CDEC le 29 juin 2004. Le représentant de la chambre des métiers a voté contre, celui de la CCI s'est abstenu, quatre élus locaux ont voté pour. En septembre, nous déposons un recours auprès du tribunal administratif mais sans attendre les résultats de notre procédure, Intermarché lance les travaux de construction.

Le supermarché de Castets ouvre ses portes en novembre 2006, et, le 24 avril 2007, le tribunal administratif annule la décision de la CDEC. Les juges ont retenu le fait que l'ouverture du supermarché porte de 207 à 345 m² pour 1 000 habitants la densité moyenne des grandes surfaces dans la zone de chalandise concernée. Ce qui occasionne « un déséquilibre entre les différentes formes de commerce ».

En 2007, Intermarché dépose une nouvelle demande d'autorisation, qui est délivrée par la CDEC du 13 août. Pour la petite histoire, cette commission était présidée (le président ne prend pas part au vote) par un certain Boris Vallaud, alors jeune secrétaire général de la préfecture des Landes, aujourd'hui secrétaire général adjoint de l'Élysée et époux de la ministre de l'Éducation nationale du deuxième gouvernement Valls, Najat Vallaud-Belkacem. Comme la première fois, la chambre des métiers a voté contre, la CCI s'est abstenue, les élus ont dit oui à ce projet pourtant condamné par le tribunal administratif trois mois plus tôt…

Sans attendre, nous déposons le 7 septembre un deuxième recours. Cette fois, c'est à la cour d'appel administrative de Bordeaux qu'il revient de se prononcer. Elle confirme l'annulation de la première CDEC, ce qui aurait dû entraîner immédiatement la fermeture du magasin. D'autant plus qu'en 2009, la deuxième autorisation de la CDEC est annulée à son tour, d'abord par le tribunal puis par la cour d'appel. Mais, malgré toutes ces défaites successives, l'Intermarché était toujours ouvert.

Et il l'est resté ! En août 2008, Nicolas Sarkozy fait voter la loi de modernisation de l'économie (dite « loi LME ») qui supprime les autorisations préalables pour les surfaces de moins de 1 000 m^2. Ne restaient plus que 200 m^2 pour lesquels l'Intermarché de Castets bénéficie, depuis décembre 2009, d'une autorisation de vente au déballage délivrée par le maire. Une méthode déjà utilisée par le préfet des Bouches-du-Rhône pour permettre le fonctionnement de l'Intermarché de Miramas en 1999.

En 2007, quelques semaines après la première annulation de l'autorisation par le tribunal administratif, une association, baptisée AMIC (« ami » en catalan, mais surtout « association pour le maintien de l'Intermarché de Castets » !), est fondée par un certain Marc de Rycke, époux d'une conseillère municipale qui deviendra lui-même conseiller municipal en 2008. Il s'agit de « regrouper les consommateurs de l'Intermarché, réguliers ou occasionnels, promouvoir, encourager et développer toute initiative permettant de poursuivre le développement de l'offre commerciale déjà existante à Castets et plus particulièrement maintenir dans son intégralité l'activité commerciale de l'Intermarché ouvert en novembre 2006 ». Les réunions se déroulent dans des locaux municipaux.

Le 4 juin, les membres de l'AMIC créent un blog pour populariser et soutenir leur action. On peut y lire ce mot du responsable : « Depuis vingt-quatre heures, 100 personnes se sont connectées. Une petite déception, nous n'avons reçu que trois commentaires. N'hésitez pas à nous dire ce que vous pensez de notre initiative et nous faire partager vos idées pour que nous obtenions gain de cause en appel, et que notre supermarché continue de vivre en toute légalité. Qu'il ne prenne à personne l'idée d'exécuter le jugement du tribunal de Pau, ce serait une très mauvaise idée. » On peut y lire des commentaires comme celui-ci : « Si j'ai fait construire à Castets c'est bien que c'est [*sic*] un village agréable, paisible, avec de bonnes infrastructures (écoles, cinémas, associations) et bien sûr à cause de la présence d'un supermarché avec station-service. »

C'est dans les posts de ce blog que notre ami Mora a été traité de « mouche à m… », le 8 août 2007. Un premier post invite « M. Mora à bien protéger ses vitrines si jamais Intermarché devait fermer suite à ses interventions. Il va mettre le village en ébullition, faudra pas qu'il vienne se plaindre par la suite ». Ce à quoi, une certaine « Loulette » fait écho en interrogeant : « Si Inter fermait, ce serait jusqu'à la prochaine CDEC du 13 août ou définitivement ? Cervantès déchaîne les passions mais attention à ses fesses s'il déchaîne les foules. Vu son gabarit de poids mouche, voire de mouche à m…, il serait vite fait [*sic*] de l'écraser. »

Jean-Noël, qui est ici surnommé Cervantès, probablement en référence à Don Quichotte et ses vains combats contre les moulins, a fait constater l'injure par un huissier, puis il a porté plainte pour injure publique et responsabilité civile délictuelle : il était reproché à l'AMIC et à son blog d'aller contre une décision de justice. L'infamant blog a disparu de la Toile le 11 août 2007.

Depuis, au fil des jours, les langues se sont déliées. Les noms des rédacteurs et des commentateurs anonymes du blog ont circulé dans le village. Certains étaient proches de la base logistique d'Intermarché, d'autres du conseil municipal. Jean-Noël et André en connaissaient bien quelques-uns. Les plaies ouvertes par l'affaire de l'Intermarché ne se sont jamais refermées.

Aujourd'hui, les villageois n'en finissent plus de faire le bilan de l'opération. Sur les 25 emplois promis par l'enseigne devant la CEDC en 2004 et 2007, 14 seulement ont été créés, « tous tenus par des salariés venus d'ailleurs », nous jure un Castésien. Sept commerces sont morts, entraînant la disparition de 19 emplois. Et parmi les villageois qui se sont ostensiblement prononcés pour la création d'Intermarché, certains ont déjà repris la route des hypermarchés de Dax, déplorant haut et fort « les prix trop élevés » du supermarché local.

Le restaurant Le Cutiot a fermé ses portes, victime d'un quasi-boycott, les salariés de la zone d'activité de Castets auxquels il servait de cantine ayant mystérieusement cessé de fréquenter les lieux. Les associations qui se réunissaient au Cutiot sont allées tenir ailleurs leurs assemblées générales. Quant aux animations, soirées à thème et karaoké, elles n'avaient plus rien d'animé.

En octobre 2006, la rage au cœur, André Carretier a fermé son Cutiot. Cinq emplois ont été supprimés. L'ancien restaurateur travaille maintenant chez un boucher-charcutier-traiteur de Dax.

Pour lutter à « armes égales » contre le supermarché, Jean-Noël Mora a fait rénover sa supérette en 2004. À l'ouverture d'Intermarché, son chiffre d'affaires a entamé une plongée vertigineuse : moins 15 % en décembre 2006, moins 30 % fin 2007, et moins 60 % en 2008, date à laquelle Jean-Noël s'est résolu à licencier son personnel et fermer ses portes. En 2009, il a attaqué Intermarché pour concurrence déloyale et l'État français en la personne du préfet des Landes pour non-respect de décisions de justice. Et il a gagné. Depuis, Jean-Noël est boucher salarié dans une boucherie de Dax. Il partage sa vie entre ce travail, sa famille et les quelques rares copains qui lui restent au village. Se lancera-t-il à nouveau dans l'aventure du commerce indépendant ? Son épouse Isabelle et ses trois enfants, qui ont récemment fêté leurs dix ans, n'y sont pas favorables.

André et Jean-Noël veulent aujourd'hui tourner la page. Restent ces questions auxquelles personne ne semble vouloir apporter de réponse. Est-il normal, est-il moral d'avoir recours à une consultation populaire lorsqu'il s'agit de décider de l'implantation d'une grande surface ? N'y a-t-il pas conflit entre le rôle du maire, qui doit veiller à la bonne marche de la commune et à la protection des intérêts de chacun de ses concitoyens, et le rôle du consommateur qui donne la priorité à son seul pouvoir d'achat ? Sans oublier l'ambiguïté liée au fait que l'enseigne annoncée jouit déjà du statut de premier employeur du village.

Avec les rebelles de la Halle Nouvelle

Les commerçants d'Orthez font appel à nous à l'automne 2003. Ils nous demandent de contrer le projet du maire d'octroyer la magnifique halle de la ville à une grande surface culturelle Leclerc. Cette histoire commence bien plus tôt, lorsque la société Orthez Distribution, qui gère depuis 1980 un hypermarché Leclerc à l'entrée ouest de la ville, dépose en janvier 2001 un projet de galerie marchande avec création d'une grande surface culturelle de 800 m² devant la CDEC des Hautes-Pyrénées. Les représentants de la CCI et de la chambre des métiers votent contre, mais la CDEC donne pourtant son feu vert. Les associations de commerçants et artisans d'Orthez attaquent aussitôt la décision devant le tribunal administratif de Pau.

Le maire PS favorable au projet, René Ricarrère, va en payer le prix : aux municipales de mars 2001 il est battu par son adversaire Modem, Thierry Issartel qui, lui, s'est positionné contre. Dans sa propagande électorale, celui-ci a promis juré aux Orthéziens de « redynamiser le commerce du centre-ville, d'améliorer son attractivité et de rénover la halle Francis-Planté ».

Au lendemain de son élection, le nouveau maire lance un plan FISAC (Fonds d'intervention pour la sauvegarde de l'artisanat et du commerce). Créé par la loi Doubin du 31 décembre 1989 (art. 4), ce fonds est financé par des taxes prélevées sur les grandes surfaces. Il a majoritairement servi à financer les rénovations des centres-villes et centres-bourgs, en application de projets déterminés par les municipalités après consultation des commerçants et de leurs associations.

À Orthez, la consultation s'est faite à l'été 2001. Le projet s'est ainsi précisé, portant sur la présentation des stands, l'amélioration des accès, de la signalétique et des sanitaires de la halle. En mars 2002, le projet est si bien avancé qu'il est adopté par le conseil municipal. Tout semble aller pour le mieux dans le meilleur des mondes, et ce, jusqu'à ce jour de janvier 2003 où le maire convoque les commerçants de Francis-Planté pour leur annoncer qu'il n'a pas réussi à lutter contre la désertification de la halle et qu'il abandonne donc le projet de rénovation FISAC avant même qu'il ait commencé. La municipalité se résoudrait donc à accorder l'usage de l'édifice soit à un hard discount alimentaire, soit à une grande surface culturelle.

Au mois de mars, le journal *Sud Ouest* donne des précisions sur le déroulé du nouveau projet municipal : la halle accueillera la surface culturelle, le hard discount ira s'installer dans la salle de basket d'un quartier voisin, la Moutète, et une galerie commerciale sera construite en continuité de ce quartier pour accueillir les marchands de Francis-Planté. Première phase de l'opération : la construction d'une salle de sport pour les entraînements et les matches de l'école de basket de l'Union Sportive Orthez et de l'équipe vedette qui, plus tard, prendra le nom d'Élan béarnais Pau-Lacq-Orthez. Deuxième phase, la transformation de la salle de basket de la Moutète en halle de marché. En attendant la fin de tous ces travaux, les commerçants du marché devront quitter la halle, transférer leurs boutiques dans une structure provisoire dressée à proximité, de façon à permettre les travaux préalables à l'installation du Leclerc culturel.

Le 23 mai 2003, Thierry Manescau, P.-D.G. de la société Orthez Distribution dépose à la préfecture de Pau le dossier de demande d'autorisation. Cette fois, les représentants des chambres consulaires votent en faveur du projet. Il faudra attendre la fin du mois d'août pour connaître la décision de la CDEC. C'est oui. Les commerçants de Francis-Planté décident d'attaquer la décision par le biais de leur association Idées Halles et prennent un avocat. Malheureusement, celui-ci laisse passer le délai de recours. Au mois de novembre, les commerçants d'Orthez font appel à ETF.

Lorsque nous arrivons, le 9 décembre, trois personnes nous accueillent, Edmond Dupuy le boucher de la halle, Guy Tahon, le libraire de la rue piétonne, et Pascal Peyrusaubes dit « PP le crémier ». Tous trois sont engagés dans la vie de leur cité. Pascal, ancien rugbyman, joue du tuba dans l'harmonie municipale. Edmond, est au côté de ses clients, restaurateurs et particuliers, un ardent promoteur de la gastronomie béarnaise. Guy a fait de sa maison de la presse le cœur de l'actualité culturelle orthézienne. Leur accueil est chaleureux. Le premier soir, ils nous emmènent dîner dans un restaurant voisin et nous présentent leur ville. Pour commencer, ils nous expliquent la place emblématique des halles dans l'histoire de la cité.

Situées place Marcadieu, à côté de la belle église Saint-Pierre, les halles ont toujours été et sont encore le centre névralgique, le cœur de la ville. Au début du XXe siècle, il y en avait deux. La « Vieille » qui servait pour les foires à bestiaux, et, juste à côté, la « Nouvelle » construite en 1843. Une halle de marché vraiment pas comme les autres car à son premier étage, elle abritait les classes de l'école primaire supérieure du Bourg Vieux. En 1952, la Halle Vieille est démolie pour créer le premier « parc à automobiles » comme on disait alors et, en 1982, la Nouvelle fait l'objet d'une vaste rénovation : l'école primaire est remplacée par un théâtre qui fait la fierté des Orthéziens et la mairie y ouvre une école de musique. Mais le rez-de-chaussée de l'édifice, rebaptisé halle Francis-Planté en l'honneur du grand pianiste natif d'Orthez, continue à accueillir les commerçants forains des marchés bi-hebdomadaires ainsi que dix boutiques dont quatre sont permanentes : boucherie, fromagerie, poissonnerie, fruits et légumes. Depuis 1983, des baux commerciaux passés par la ville avec chacun des commerçants officialisent cette occupation.

Nos hôtes nous font part de leur tristesse et de leur colère de devoir quitter ce monument d'histoire qu'est la halle. Et de leur incertitude quant à leur avenir proche et lointain. Combien de temps devront-ils tenir sous le chapiteau avant d'emménager à la Moutète ? Quels investissements devront-ils y réaliser ? À quel prix ? Quels loyers leur seront demandés ? Et surtout, parviendront-ils à faire face à tous ces frais alors qu'ils auront comme proche voisin un hard discount alimentaire ? Ces questions les taraudent.

Le 10 décembre, nous nous mettons au travail. Nous écoutons les commerçants impliqués dans cette histoire, rassemblons les informations, construisons une stratégie et faisons le point avec les journalistes des quotidiens locaux, *La République des Pyrénées* et *Sud Ouest*. Je découvre rapidement une anomalie de taille dans le dossier Leclerc. La loi Royer exige des créateurs de grande surface qu'ils fassent preuve d'un titre de maîtrise du foncier lorsqu'ils demandent une autorisation d'exploitation commerciale. Or, c'est loin d'être le cas d'Orthez Distribution. En effet, la municipalité a tout fait à l'envers. C'est seulement après le passage devant la commission que le dossier de la halle Francis-Planté a été soumis au conseil municipal.

Le 30 septembre, en effet, il est proposé aux élus de déclasser la halle Francis-Planté, c'est-à-dire de lui faire quitter le domaine public pour l'intégrer au domaine privé communal de façon à pouvoir signer avec la société Orthez Distribution un bail emphytéotique, bail immobilier de très longue durée qui confère au preneur un droit réel sur le bien loué à charge pour lui d'améliorer le fonds et de payer un loyer modique. Je jubile. L'absence de maîtrise du foncier est un excellent motif pour attaquer la décision de la CDEC alors même que le délai de recours est épuisé.

Avec les commerçants de la halle, je me livre à un exercice de commentaire juridique. Je leur rappelle que leurs fonds de commerce s'appuient depuis 1983 sur des baux commerciaux rédigés devant notaire et approuvés par les municipalités successives. Ce qui implique que la halle est déjà un espace privé communal et que son déclassement n'a pas lieu d'être. À moins qu'il ne s'agisse de faire croire que la halle était forcément vide puisqu'elle était publique !

Edmond Dupuy, le boucher, sort alors de sa serviette une copie de son bail commercial qu'il me demande de lire. J'y découvre une lettre adressée par le maire de l'époque (avril 1999) au notaire chargé de la rédaction de l'acte : « J'ai l'honneur de vous informer que la SARL Dupuy peut s'installer sur l'emplacement de son prédécesseur, la SARL Sotravia, aux halles Francis-Planté. » C'est bien la preuve que le maire d'alors savait que la halle n'était pas vide. Que la comédie du déclassement de la halle a effectivement pour but de nier les droits des commerçants du marché ! Nous quittons Orthez le soir même, mais restons informés de l'évolution du dossier.

Le 17 décembre, le conseil municipal autorise le maire à signer un bail emphytéotique avec Leclerc (bail qui aurait dû faire partie du dossier déposé le 23 mai à la préfecture de Pau !) et autorise l'installation du chapiteau destiné à accueillir les commerçants de Francis-Planté pendant les travaux de la Moutète. La délibération précise que les commerçants y seront « exonérés des droits d'occupation du domaine public ». Au cours de longues conversations téléphoniques, Marie-Christine Gil, la poissonnière, et Edmond Dupuy me font part de leur réticence à quitter leurs boutiques récemment mises aux normes en termes d'équipement frigorifique (un investissement important pour chacun d'eux) pour une structure provisoire où ils craignent de ne pouvoir répondre aux normes d'hygiène.

Le 13 janvier 2004, nous sommes de retour à Orthez pour plusieurs jours. Pascal nous offre l'hospitalité dans sa maison du quartier Saint-Pierre. Il nous installe dans l'appartement de sa mère situé au-dessus du sien. Arlette Peyrusaubes est une femme vive, énergique et amicale. « C'est elle qui m'a donné l'amour du métier, j'étais mécanicien, elle m'a proposé de reprendre sa boutique et m'a tout enseigné », confie Pascal. Arlette a dû être une pédagogue hors pair car son fils est imbattable non seulement sur le mode de production des quelque 400 fromages français, mais aussi sur les chèvres, brebis, vaches et bufflonnes auxquelles nous les devons.

Le boucher de la rue des Jacobins nous propose une pièce de son arrière-boutique pour en faire le quartier général d'ETF. Pour nous y rendre, il nous faut traverser l'atelier où il cuisine ses confits, conserves, cassoulets et autres merveilles gustatives qui nous mettent l'eau à la bouche du matin au soir.

Le 15 janvier, ETF dépose deux recours auprès du tribunal administratif de Pau. Un contre la CDEC d'août 2003, l'autre contre les deux délibérations votées en décembre par le conseil municipal : celle qui autorise le maire à signer le bail emphytéotique et celle qui transfère les commerçants de la halle Francis-Planté sous le chapiteau. Nous faisons valoir qu'elle transforme de facto leurs baux commerciaux en baux précaires sans que cette transformation ait fait l'objet d'une délibération expresse du conseil municipal. Nous connaîtrons le résultat de cette procédure des années plus tard seulement.

Au nom de l'association Idées Halles, Edmond et Pascal ont eux aussi déposé des recours devant le tribunal administratif. Ils font part aux journalistes de leur détermination à ne pas quitter la halle. Pascal est le plus virulent. « Ce qui me choque, explique-t-il aux journalistes, c'est la différence de traitement. Les basketteurs ont fait savoir à la mairie qu'il n'était pas question pour eux d'abandonner leur fief avant l'achèvement de la future salle de sport qui leur est destinée. Tandis que nous, petits commerçants, on nous demande de quitter les lieux sans attendre afin que Leclerc puisse s'installer et on veut nous mettre sous un chapiteau pour une durée de combien ? Deux ans, trois ans ? »

Pendant plusieurs semaines, nous nous sommes partagés entre Castets, Amou et Orthez. Mais, début mars, nous comprenons que nous ne pouvons plus délaisser les « rebelles de la Halle Nouvelle » comme les ont surnommés les journalistes. Nous consacrons nos journées avec les commerçants à constituer les dossiers des procédures et les dossiers de presse pour les journalistes.

Nous passons aussi beaucoup de temps sur les routes, pour aller dans les tribunaux, à la préfecture, aux différents services des archives, et pour nous rendre chez notre avocat, dans le Gers. D'Orthez à Auch, la route est longue et sinueuse. Entassés à six dans le van-bureau, nous discutons stratégie, recours, communication. Mais aussi de la vie de chacun, espoirs et peurs mêlés. Ces centaines de kilomètres parcourus dans le piémont pyrénéen ont tricoté une amitié indéfectible entre nous tous.

Le 18 mars, un jour de marché, nous photographions la halle sous toutes ses coutures. Les boutiques, les stands, les commerçants et les clients qui s'y prêtent volontiers, affichant joyeusement leur soutien à Edmond, Pascal, et les autres. Ce reportage n'est pas destiné à la presse mais à la justice. En effet, le 22 mars, nous allons au tribunal de grande instance de Pau pour porter plainte auprès du procureur de la République pour fausse déclaration dans le dossier de CDEC. Nous faisons valoir que le demandeur (Leclerc) n'avait pas de titre de propriété ou de location lorsqu'il a déposé son dossier et qu'il a omis de signaler que la halle était occupée par des commerçants bel et bien titulaires, eux, d'un bail en bonne et due forme. Ce que prouvent nos photos. Sur la route qui nous ramène à Orthez, je fais part de mon optimisme à Claude et à nos amis commerçants, je suis alors persuadée que nous ne pouvons que gagner la partie. Je leur conseille toutefois de se « munir de billes » pour s'opposer au transfert de leurs boutiques dans la structure provisoire.

Nous décidons d'étudier les caractéristiques du chapiteau, de son système de chauffage par soufflerie. Nous consultons la direction des services vétérinaires. Pascal leur livre ses craintes par cette formule choc : « L'été il fera 50 °C, on vendra de la fondue savoyarde, l'hiver il fera moins 5 °C, on ne pourra plus couper le fromage… » Nous faisons appel à un bureau d'études spécialisé qui nous livre ses conclusions : « Les puissances frigorifiques ainsi que les débits d'air à mettre en œuvre pour maintenir éventuellement les conditions requises sont incompatibles avec la bâche actuelle de couverture (résistance thermique insuffisante), le niveau de bruit acceptable pour le voisinage et le niveau d'empoussièrement en milieu de vente alimentaire (mouvements d'air engendrés par les caissons de ventilation). » Édifiant.

Edmond Dupuy, qui a obtenu le Label rouge « bœuf de Chalosse » pour sa boucherie, est informé par son association de tutelle que la vente sous chapiteau n'est pas compatible avec le cahier des charges Label rouge. Nous faisons part de nos craintes à la municipalité. Extraite d'un article de *Sud Ouest*, voici la réponse qui nous a été faite : « La mairie est tenue de mettre à disposition des structures aux normes pour les commerçants (le chapiteau), à charge pour ces derniers d'assurer la qualité des produits vendus (conditions de conservation, nettoyage, mesures d'hygiène en général). » Autrement dit, débrouillez-vous... Pour Pascal, Edmond et les autres, la messe est dite : ils n'iront pas sous le chapiteau.

Leclerc doit prendre possession de la halle le 1er avril. Le mercredi 31 mars, un arrêté municipal annonce que les travaux de rénovation préalables à l'installation de l'espace culturel débuteront lundi 5 avril et que pour cette raison les portes de l'édifice fermeront à midi le jeudi 1er. Réponse du berger à la bergère, les commerçants de Francis-Planté répliquent en invitant la population à un gigantesque apéro-buffet pour lequel ils ont mis sur les tables ce que chacun produit et vend de meilleur. Selon la presse, quelque 250 personnes s'y retrouvent. Pascal Peyrusaubes et Edmond Dupuy font alors part de leur décision : « Nous ne quitterons pas Francis-Planté avant la livraison de la Moutète. »

Bien sûr, les portes de la halle sont restées ouvertes pendant le grand apéro-buffet, le maire ne pouvait pas faire autrement. Mais le jour même, il autorise les entreprises à installer des échafaudages. Des ouvriers viennent arracher les câbles électriques qui alimentent les éclairages et, ce qui est autrement plus grave, les chambres froides de nos amis. Au volant du van-bureau, je fonce à Pau demander aux juges administratifs d'annuler immédiatement l'arrêté municipal. En vain.

Après ces journées d'intense activité, le soir nous retrouvons Arlette. Derrière la porte cochère en bois cloûté, au fond d'une cour pavée, la maison Peyrusaubes est silencieuse. La mère de Pascal n'a plus le moral. Sa vie durant elle a été crémière, elle a passé le flambeau à son fils, elle craint qu'il ne puisse continuer à exercer le métier. Nous la rassurons du mieux que nous pouvons, mais ce n'est pas toujours efficace. Nous consacrons beaucoup de notre temps libre à Edmond et Marie-Laure Dupuy. Depuis des années, le boucher et la marchande de primeurs travaillent du petit matin à la nuit tombée pour que, dans un avenir proche, leurs fils, tous deux excellents élèves, puissent faire des études supérieures. Edmond se lève à une heure du matin pour aller au marché d'intérêt national de Pau (qui depuis a fermé ses portes) acheter les fruits et légumes qui seront vendus par son épouse. À son retour il les dispose sur des étals, puis avec ses commis bouchers, il prépare ses viandes. L'après-midi, il entretient un grand jardin où il fait pousser des légumes d'exception. Enfin, le soir, il ferme les deux magasins avant de rejoindre son épouse et ses enfants. Depuis que leurs boutiques sont menacées, Edmond et Marie-Laure sont tenaillés par la peur de tout perdre, cette angoisse se transmet à leurs fils et affecte leurs résultats scolaires.

Samedi 3 avril, la structure provisoire ouvre ses portes. Les « réfractaires », les « rebelles », restent « sous la halle » comme disent les gens d'Orthez. Deux commerçants seulement ont accepté de s'installer sous le chapiteau blanc qui semble bien vide.

Le lundi suivant, à la mairie, une réunion de la dernière chance met en face les représentants d'Idées Halles et le maire. *Sud Ouest* évoque « un protocole qui doit être signé dans les quarante-huit heures », mais en réalité chacun reste campé sur ses positions. Inconciliables. Les commerçants qui ne veulent pas quitter la halle demandent le rachat de leurs fonds de commerce. Le maire qui veut les voir partir promet que le chapiteau sera isolé pendant les chaleurs de l'été mais refuse de racheter les fonds de commerce, estimant que les baux commerciaux ne sont pas valides. Et c'est reparti pour un tour d'arguties juridiques sur le caractère privé ou public de la halle Francis-Planté.

Le samedi 9 avril, une sommation de déguerpir interpellative est distribuée par voie d'huissier à Edmond, Pascal, Marie-Laure et Marie-Christine. Il leur est ordonné de quitter la halle d'ici à quarante-huit heures. S'ils n'obtempèrent pas, le maire engagera devant le tribunal une procédure en référé en vue de leur expulsion. Les quatre commerçants sont effondrés, Marie-Christine fond en larmes, les autres laissent éclater leur colère. À partir de ce jour, ils ne vont plus quitter leurs commerces. Chacun d'eux a installé un matelas et un sac de couchage dans sa boutique. Nuit et jour ils restent en place. Les commerçants d'Orthez distribuent des tracts, font circuler des pétitions, les journalistes, presse écrite et audiovisuelle, se succèdent dans la halle, et les Orthéziens manifestent leur soutien. Claude et moi ne quittons plus nos amis.

Le 16 avril, au nom des « réfractaires », nous portons plainte pour voie de fait. Une plainte qui vise les arrachages de câbles électriques au-dessus des boutiques le 2 avril. En urgence, je tente de joindre François Bayrou, patron du Modem, et homme fort de la région. Un coup d'épée dans l'eau car il renvoie notre courrier à Thierry Issartel…

Après, tout ira très vite. Le 28 avril, le tribunal administratif rejette notre demande d'annulation de la CDEC pour cause de « recours tardif » et le tribunal de grande instance condamne les commerçants à quitter la halle sous quatre jours. Ils seront expulsés deux jours plus tard.

Le 30 avril c'est la fête du Travail pour les journalistes de presse quotidienne car leurs journaux ne paraissent pas le lendemain 1er mai. Malgré cela, à 6 heures, les reporters de *Sud Ouest* et de *La République des Pyrénées* sont présents lorsque l'huissier et les 18 gendarmes arrivent à la halle pour en chasser le fromager, le boucher, la poissonnière et la marchande de primeurs. Claude et moi savons, pour l'avoir vécu, que les expulsions se font de bonne heure. C'est pourquoi nous sommes là depuis 5 heures du matin. Émus aux larmes.

Nous sommes là quand les gendarmes s'emparent des biens de Pascal, Edmond, Marie-Laure et Marie-Christine. Ce mercredi est jour de marché. Je suis horrifiée de voir que pas un des commerçants forains présents sur le parvis n'a eu le moindre geste de solidarité. Je leur crie mon indignation, je compare leur indifférence à celle de ces bons Français qui ont fermé les yeux sur les rafles des juifs pendant l'été 1942. Suis-je allée trop loin ? Peut-être. Peut-être pas. Je revois et j'entends encore ce marchand de légumes installant benoîtement ses cageots sur son stand et me disant : « Moi, madame, je travaille ! »

J'ai retrouvé le récit qu'en a fait Pierre Pénin dans *Sud Ouest* : « 6 h 30, le jour se lève sur l'épisode aussi pathétique que prévisible du consternant feuilleton des halles. L'ex-crémier des halles Pascal Peyrusaubes, son camarade Edmond Dupuy font des allers-retours, les bras chargés de matériel. Ils sont aidés par des employés municipaux dans la besogne. Le déménagement forcé se passe dans le calme sous l'œil des gendarmes. Dans quelques heures l'état des lieux de Francis-Planté sera possible pour Leclerc, le nouveau locataire. »

La halle de la Moutète a ouvert ses portes en 2006. À côté du magasin de hard discount Lidl, quatre commerçants indépendants se sont installés. Aujourd'hui, il n'en reste plus qu'un, une poissonnerie ouverte seulement deux fois par semaine, les mardis et vendredis matin. La galerie commerciale bat de l'aile, les habitués de l'ancien marché ne se sont jamais reportés sur la Moutète. « C'est trop loin pour y aller à pied, nous explique une Orthézienne, et pas assez intéressant pour prendre la voiture et y faire un gros ravitaillement. » Selon un article paru en décembre 2014 dans *Sud Ouest*, une étude de marché réalisée pour une grande enseigne se termine par ces mots : « Il n'existe à Orthez ni centre-ville attractif ni zone périphérique cohérente. »

Marie-Laure et Edmond Dupuy estiment à 100 000 euros le montant des investissements (un camion frigorifique, une voiture, deux magasins) perdus dans cette sombre aventure. Mais ils s'estiment heureux, leur maison n'a pas été saisie, ni le grand jardin où Edmond cultivait ses légumes et où maintenant paissent deux ânes et cinq chèvres. Edmond travaille désormais dans un abattoir. Au rythme de cinq bêtes par minute, il abat et éviscère des porcs de 5 h 30 à 13 h 30. Après de longs mois de dépression durant lesquels elle ne quittait plus son canapé, enfermée dans le noir, Marie-Laure a elle aussi trouvé un emploi à l'abattoir. Elle est responsable de l'étiquetage des carcasses.

Pascal le crémier, après son expulsion de la halle, a pris un sac à dos, il est monté dans les Pyrénées, faire, « le temps d'une transhumance, un break avec les bergers, les vaches et les brebis ». Quand il est redescendu en ville, il s'est créé son boulot. Il compose des plateaux de fromage pour des occasions spéciales, fêtes, mariages, séminaires. Il a même appris à sculpter les légumes pour offrir des plats inédits à ses clients. « PP le crémier » assure avoir retrouvé un élan et son sens de l'humour. Aux journalistes qui l'interviewent, il sert la même formule : « Je suis SDF, sans domicile pour le fromage. » Car effectivement, depuis son départ de Francis-Planté, il n'a plus de local professionnel, seulement un camion réfrigéré. Marie-Christine la poissonnière n'avait pas retrouvé d'emploi la dernière fois que je l'ai eue au téléphone.

Enfin, la maison de la presse de notre ami Guy Tahon, dans la rue piétonne, a brutalement fermé ses portes en décembre 2013. Avec un chiffre d'affaires en baisse de 30 à 40 % depuis l'ouverture de l'espace culturel, sa librairie ne pouvait que mourir. Dans l'aventure, Guy a perdu quelque 300 000 euros et un peu de sa santé. Son cœur a flanché à plusieurs reprises.

J'écris ces lignes au printemps 2015, plus de dix ans après les faits. J'ai devant moi les 15 gros classeurs qui contiennent l'histoire des commerçants d'Orthez. Dans le classeur « Expulsion » je retrouve les courriers que nous avons expédiés à tous les décideurs du pays, de Sarkozy à Chirac et Raffarin et leurs réponses, toutes plus creuses les unes que les autres. À évoquer le petit matin de l'expulsion, l'émotion qui s'empare de moi est toujours aussi forte. Et la révolte aussi. Oui, la presse nous a aidés, oui les Orthéziens ont sur le coup manifesté leur soutien aux quatre commerçants, mais après l'événement, quand la fièvre est retombée, personne n'est venu les aider à refaire surface.

La loi ne prévoit pas que les travailleurs indépendants cotisent aux caisses de chômage. La société estime que le magasin et le fonds de commerce constituent un capital supposé les protéger en cas de coup dur. Mais, lorsque ces coups durs sont du niveau de ceux qui ont été assénés aux commerçants d'Orthez, alors plus rien ne les protège car en quelques instants, ils perdent tout : le magasin dont ils sont expulsés, les véhicules professionnels et la maison qui servent de garantie aux emprunts contractés pour acheter le fonds de commerce. Il ne leur reste plus rien, que leur seul courage.

L'affaire d'Orthez m'a convaincue de la nécessité de réfléchir à la redéfinition du statut du commerçant afin qu'il soit tenu compte du fait qu'il s'engage sur ses fonds propres pour créer son travail.

De la directive Bolkestein à la loi LME

En janvier 2006, l'ex-femme de Claude prend sa retraite. Elle quitte la maison de Marignane et la Provence pour retourner vivre dans sa Bretagne natale, rendant les lieux à Claude qui en a toujours été le propriétaire. Nous abandonnons sans regret la caravane, le camping et la Côte Bleue. Après quatorze années passées dans dix mètres carrés, nous retrouvons avec plaisir le confort d'une maison en dur, avec une cuisine, des toilettes, une salle de bains. Mais ce que j'apprécie le plus est le fait d'habiter à très exactement six pas du garage-quartier général d'ETF.

Des rayonnages chargés de classeurs aux couleurs différentes selon les spécificités, une photocopieuse, une imprimante, trois ordinateurs, deux bureaux recouverts de dossiers. Sur le haut de la pile, il y a Barcelonne-du-Gers, Grans dans les Bouches-du-Rhône, Saint-Éloi dans la Nièvre, des dossiers où nous avons stoppé l'implantation de grandes surfaces en utilisant l'argument de la densité commerciale. Et où nous avons gagné à chaque fois. Mais le temps nous est compté. Car à Bruxelles, se prépare la loi de modernisation de l'économie (LME) qui va tout bouleverser en retirant la densité commerciale des critères à prendre en compte. Un désastre absolu pour les commerçants indépendants.

À l'origine de la loi LME, il y a cette visite que les frères Albrecht, patrons de la société de hard discount allemand Aldi, vont faire au siège de la Communauté européenne en 2001 à Bruxelles Ils portent plainte contre la France et plus précisément contre les effets de la loi du 5 juillet 1996 dite « loi Raffarin ». Ils se plaignent qu'elle freine l'implantation de leurs magasins, que les frais de dossier pour obtenir l'autorisation d'exploiter 300 m² sont trop onéreux et que pour une supérette le jeu n'en vaut pas la chandelle. Ils font aussi valoir que la France est le seul pays européen où les prix des denrées alimentaires sont toujours à la hausse au début des années 2000. Ils demandent par conséquent à l'Europe de faire en sorte que Paris remonte de 300 à 1 000 m² le seuil d'autorisation.

Les Albrecht sont favorablement entendus et leur plainte fait l'objet d'une instruction. En 2005, dans un rapport d'enquête adressé au ministère français des Affaires étrangères, les fonctionnaires européens confirment le diagnostic des Albrecht. Ils déplorent la complexité de la procédure d'autorisation, son coût élevé qu'ils estiment à 20 000 euros, et l'incertitude quant au résultat final qui pèse sur les investisseurs et donc ralentit le développement du commerce de hard discount. Ils concluent à une nécessaire modification de la loi.

Le 13 juillet 2005, la France est mise en demeure de modifier la loi Raffarin. Dix-huit mois plus tard, comme elle n'a pas obtempéré, l'Europe émet un « avis motivé » auquel notre pays doit se conformer sous peine de se voir traîner devant la Cour de justice des Communautés européennes (CJCE)[7].

Nous sommes alors en décembre 2006, et, de la Pologne à l'Irlande, l'Europe discute des termes de la directive « relative aux services dans le marché intérieur » dite « directive Bolkestein » du nom de son rapporteur, le Néerlandais Frits Bolkestein. Ce texte qui établit les conditions à respecter pour assurer « la liberté d'établissement » (en français courant on dirait plutôt la liberté d'entreprendre) a déclenché de vives polémiques dans tous les pays membres et particulièrement en France où l'on a craint qu'il ne remette en question les services publics et les soumette à l'ordre marchand.

Pour nous ETF, la plus terrible de ses dispositions est celle qui découle de l'article 14, lequel interdit « l'application au cas par cas d'un texte économique consistant à conditionner l'octroi d'une autorisation à la preuve de l'existence d'un besoin économique ». Ce qui revient à dire que les études d'impact et la densité commerciale sont à supprimer de la liste des critères examinés par les commissions départementales. Et c'est bien ce que fera la loi de modernisation de l'économie (LME), loi que Nicolas Sarkozy fera voter le 4 août 2008 et dont nous combattons aujourd'hui encore les effets pervers

7. La Cour de justice des Communautés européennes (CJCE) change de nom lors de l'entrée en vigueur du traité de Lisbonne, le 1er décembre 2009, pour s'appeler à compter de cette date la Cour de justice de l'Union européenne (CJUE).

en termes de développement anarchique des grandes surfaces et d'atteintes à l'environnement.

Pourtant, il aurait été possible de contourner l'article 14. Ne serait-ce qu'en vertu de l'article 1 de cette même directive. Ce premier article prévoit en effet que la liberté d'entreprendre ne peut affecter « les droits fondamentaux » reconnus dans chacun des États membres et il énumère les raisons impérieuses qui permettent à chaque nation d'ajuster le texte. On y trouve la nécessité d'assurer l'ordre public et la sécurité, la santé publique et la préservation du budget de la Sécurité sociale, la protection des consommateurs, des destinataires de service et des travailleurs. Sans oublier la lutte contre les fraudes, la préservation de l'environnement, la santé des animaux, la propriété intellectuelle, la conservation du patrimoine national et les objectifs de politique sociale et culturelle.

Avec un tout petit peu de ténacité, il aurait été possible aux rédacteurs de la loi LME de trouver dans ce vaste fourre-tout une bonne raison de contourner l'article 14.

De même, les auteurs de la loi LME auraient pu invoquer l'article 15 de la directive Bolkestein qui reconnaît aux États de l'Union européenne le droit de fixer « au prétexte de raisons impérieuses d'intérêt général, des limites quantitatives ou territoriales sous forme notamment de limites fixées en fonction de la population ou d'une distance géographique minimum entre prestataires ». Il n'y a là rien d'extraordinaire pour des Français. C'est ce qui se pratique pour déterminer par exemple les implantations de pharmacies. C'est aussi une notion que l'on retrouve dans la définition des « bassins de vie » des SCOT de la loi SRU.

Quant à la « raison impérieuse d'intérêt général », elle était facile à trouver : la préservation de l'intérêt des travailleurs indépendants, telle que la garantissent l'article 1 de la directive Bolkestein et plus largement encore l'article 82 (anciennement art. 86) du traité instituant la Communauté européenne (traité de Rome, 1957) sur l'abus de position dominante dont les termes seront repris par l'article 102 du traité de fonctionnement de l'Union européenne (traité de Lisbonne, 2009) sur l'illégalité de « l'exploitation abusive d'une position dominante ».

J'ai bien conscience que les lecteurs étrangers aux beautés du droit communautaire auront du mal à suivre ma démonstration. Mais je leur demande de m'accorder toutefois cinq minutes pour aller à la découverte de cet article 102 du traité européen qui interdit « le fait d'exploiter de façon abusive une position dominante sur le marché intérieur ou dans une partie substantielle de celui-ci ». Les rédacteurs de l'article ont poussé la gentillesse jusqu'à nous donner une définition de « l'exploitation abusive ». C'est par exemple « imposer de façon directe ou indirecte des prix d'achat ou de vente ou d'autres conditions de transaction non équitables » ou encore « limiter la production, les débouchés ou le développement technique au préjudice des consommateurs ». On imagine aisément tout ce qu'il aurait été possible de faire dès 2008 dans le cadre de la loi LME sur la base de l'article 82 du traité instituant la Communauté européenne, ou depuis le 1er décembre 2009 sur la base des dispostions de l'article 102 du traité de fonctionnement de l'Union européenne, si l'on avait voulu protéger le commerce indépendant de la toute-puissance de la grande distribution !

La directive Bolkestein a été adoptée le 23 décembre 2006. Ses principales dispositions ont été transposées dans le droit français sous la forme du premier volet de la loi LME, également très inspirée par les travaux de la commission Attali sur la relance de l'économie française. Il s'agissait « d'encourager les entrepreneurs tout au long de leur parcours, relancer la concurrence pour faire baisser les prix, renforcer l'attractivité du territoire et améliorer le financement de l'économie ». D'ailleurs, quand en janvier 2008, Nicolas Sarkozy a voulu supprimer l'autorisation d'exploitation commerciale, il a demandé la suppression des lois Royer et Raffarin. C'était une des *300 décisions pour changer la France* (La Documentation française, 2008) contenues dans le rapport éponyme de la Commission pour la libération de la croissance française sous la présidence de Jacques Attali. Une vigoureuse levée de boucliers – associations, partis, syndicats, toutes les organisations sont montées au créneau – a douché l'enthousiasme présidentiel et permis le maintien de l'autorisation préalable.

Le projet de loi LME a été présenté aux parlementaires en avril 2008 et discuté pendant trois mois. Trois mois pendant lesquels je n'ai pas décollé de mon téléviseur, suivant en direct les retransmissions des débats à l'Assemblée nationale et au Sénat. Dès les premiers jours de ces débats, il m'apparaît très clairement que la protection de l'espèce menacée des petits commerçants ne figure pas parmi les objectifs de la loi LME. Qu'à l'inverse la future loi fait la part belle aux patrons de grandes surfaces. Il nous faut donc intervenir de toute urgence. Nous décidons d'utiliser le buzz créé par la discussion de la loi LME pour sensibiliser les parlementaires aux réalités du commerce français.

Le 28 avril, nous envoyons à chaque député et sénateur un colis composé d'un DVD de l'émission *Les dossiers noirs de la grande distribution* diffusée en janvier 2006 par France 2, un CD reprenant nos principales actions contre les mètres carrés de surface de vente illégaux, et une lettre dans laquelle nous demandons la transposition de l'article 15 de la directive Bolkestein dans la loi LME. Avec une certaine naïveté, nous pensons encore pouvoir nous opposer à la suppression du critère de densité commerciale – et cet article 15 qui prévoit de fixer « des limites quantitatives ou territoriales en fonction de la population ou d'une distance géographique minimum entre prestataires » nous semble être une arme efficace dans notre lutte contre la grande distribution. C'était mal connaître la noirceur des desseins que s'était fixés Nicolas Sarkozy !

Nous décidons de nous rendre à Bruxelles pour expliquer aux eurodéputés de la commission Marché intérieur (celle qui a dénoncé les effets de la loi Raffarin) que « l'État français n'a plus aucun pouvoir pour maîtriser les abus de la grande distribution concernant les fraudes et les implantations anarchiques de grandes surfaces ainsi que le respect des procédures administratives d'annulation des autorisations » et que cette « situation catastrophique » du commerce français va empirer si l'article 15 de la directive n'est pas intégré à la loi LME. Nous leur remettons un dossier avec une lettre (dont les citations ci-dessus sont extraites) et les mêmes CD qu'aux parlementaires hexagonaux.

La loi de modernisation de l'économie (LME) est votée le 4 juillet et promulguée le 4 août 2008. La plupart de ses dispositions sont très défavorables au petit commerce. Comme la suppression des représentants des commerçants au sein des commissions départementales d'aménagement commercial (CDAC) ; la suppression de l'étude d'impact (qui analysait notamment les effets en termes d'emplois salariés et non salariés de tout projet d'implantation d'une grande surface) et de la densité commerciale parmi les critères examinés par les CDAC ; et la remontée à 1 000 m² du seuil d'autorisation. Mais aussi la création du statut d'auto-entrepreneur qui va entraîner une concurrence que nous estimons déloyale aux commerçants et artisans, ou encore l'instauration de soldes flottants. Les seules dispositions que nous approuvons sont, d'une part, le renforcement du pouvoir des municipalités dans le cadre des périmètres urbains de sauvegarde, et, d'autre part, la protection du patrimoine de l'entrepreneur individuel qui ne peut plus être saisi en cas de faillite à la condition qu'il ait fait les démarches préalables nécessaires et qu'il n'ait pas auparavant contracté des emprunts l'assujettissant.

La loi LME est supposée « lever les contraintes qui empêchent certains secteurs de se développer, de créer des emplois et de faire baisser les prix ». Dans cet objectif, la loi veut affaiblir les positions dominantes que se sont octroyées certaines enseignes. De ce fait, l'autorisation d'exploitation ne sera plus donnée en fonction de la densité commerciale ou de l'impact sur l'offre commerciale existante résultant de l'arrivée d'une nouvelle enseigne, mais en fonction des documents d'urbanisme que la loi LME a puisés dans l'attirail de la loi SRU : les schémas de cohérence territoriale (SCOT), les plans de développement commercial et les documents d'aménagement commercial (DAC) rédigés à partir des inventaires que les ODEC dressent chaque année.

La loi LME a été adoptée – c'est souvent le cas pour les textes polémiques – pendant les vacances d'été. À la rentrée de septembre 2008, nous faisons le point avec nos adhérents sur les dossiers en cours. La situation se révèle catastrophique. L'abrogation de l'étude d'impact va nous faire perdre, devant la CNAC et le Conseil d'État, la procédure engagée contre le projet de « Village de marques » de Miramas et celle engagée contre le projet d'extension de l'hypermarché Auchan à Martigues.

Comment faire désormais ? C'est la question que se posent et nous posent les militants. Nous leur répondons que maintenant il faudra se placer sur le terrain de la défense de l'environnement et de l'aménagement du territoire. Une problématique qui sera abordée dans le volet 2 de la loi LME dont la rédaction a été confiée au député du Loiret Jean-Paul Charié. Celui-ci est décédé à l'automne 2009, et le deuxième volet de la loi – des textes votés à la va-vite en mars 2011 – n'a jamais été promulgué et, donc, jamais appliqué.

Nous avons pensé, un moment, pouvoir nous appuyer sur la Charte de l'environnement inscrite en 2006 par Jacques Chirac dans le marbre de la Constitution française. Mais elle n'a pas eu les effets escomptés par son instigateur.

Nous avons pendant quelques mois cru au Grenelle de l'environnement et à la convention – très médiatisée – « des engagements pris par les entreprises du commerce et de la distribution ». Cosignataires avec Jean-Louis Borloo, ministre de l'Environnement, et sa secrétaire d'État Nathalie Kosciusko-Morizet 11 patrons de la grande distribution s'engageaient à réduire les gaz à effet de serre liés à leur activité et développer les énergies renouvelables, limiter les impacts visuels sur le paysage, veiller au respect des écosystèmes environnants, réduire les déchets liés aux emballages ainsi que l'usage des sacs en plastique. Certains de ces engagements ont été respectés. Des portes ont été posées aux meubles des surgelés, les sacs plastiques gratuits ont été supprimés, la vente en vrac a fait son apparition, la qualité des bâtiments s'est améliorée. Toutefois, le va-et-vient des véhicules de livraison et les automobiles des consommateurs font que la grande distribution reste fortement émettrice de gaz à effet de serre. Quant à la consommation d'énergie, un mètre carré d'hyper continue à utiliser cinq fois plus d'électricité qu'un mètre carré habitable et les nouveaux magasins ne respectent pas tous (même si leurs propriétaires s'y engagent devant la CDAC et la municipalité) l'obligation de se doter d'une centrale photovoltaïque qui les rendrait autonomes en énergie.

Il est vrai qu'une convention n'a aucune valeur juridique. C'était bien à la loi LME qu'il revenait de transformer ces objectifs ambitieux en obligations. Mais l'ambition a fait pschitt et les belles intentions ont pris la forme de quelques lignes d'un décret d'application pris en novembre 2008 qui énumère les renseignements à fournir dans la demande d'autorisation d'exploitation commerciale (AEC).

En 2009, en complément de ce décret, un arrêté[8] est pris pour lister les documents à fournir obligatoirement dans le dossier de demande d'AEC. Y figurent notamment la carte qui explique comment le projet s'intègre dans la zone de chalandise, le plan de masse qui présente l'organisation du magasin et des annexes (stations-service, cafétérias, « drives »), et prouve que le projet est bien conforme au plan de prévention des risques technologiques et naturels. Cet arrêté A 752-1, sera, hélas, jugé illégal par le Conseil d'État au prétexte qu'il va plus loin, qu'il est plus précis, plus exigeant que le décret qu'il doit compléter. Nous l'avons découvert à l'été en bataillant contre l'hypermarché Leclerc de Marignane. C'est un de nos plus gros dossiers, il est emblématique des méthodes employées par la grande distribution pour contourner et échapper aux lois qui protègent notre environnement. C'est pourquoi je souhaite à présent vous raconter, en y prenant le temps nécessaire, l'histoire de cette grande « bataille ».

Leclerc s'est installé à Marignane en juin 1987 sous la forme d'un supermarché de 1 000 m². En 1990, il passe à 2 400 m² et, en février 2007, il reçoit l'autorisation de s'étendre à 4 077 m². Notre association fait annuler cette autorisation deux ans plus tard par la cour administrative d'appel de Marseille en raison de la densité commerciale, déjà beaucoup plus élevée dans la zone de chalandise Marignane-Vitrolles que dans le reste du département.

8. Il s'agit de l'arrêté du 21 août 2009 fixant le contenu de la demande d'autorisation d'exploitation de certains magasins de commerce de détail (article A 752-1 du Code de commerce et ses annexes).

Dans la foulée, la direction annonce un nouveau projet, de plus grande envergure. L'ancien magasin sera démoli et à la place sera réalisé un hyper de 5 000 m² de surface de vente – avec une galerie marchande de 1 500 m². Le terrain où doit s'élever le centre commercial est situé le long de la Cadière, petit fleuve côtier sujet à de vifs débordements comme tous les cours d'eau de la zone méditerranéenne. La cote maximale, c'est-à-dire la hauteur à laquelle sont montées ses eaux lors de la dernière crue centennale, est de 5,40 mètres au-dessus de son niveau habituel, d'où l'obligation pour les constructions riveraines de se faire sur pilotis.

En décembre 2009, Leclerc reçoit l'autorisation de s'agrandir. Affolés, les commerçants marignanais nous demandent de faire un recours auprès de la CNAC pour en obtenir l'annulation. Au mois d'avril 2010, à Paris, je fais valoir les risques que cette vaste extension ferait peser sur le commerce du centre-ville marignanais, déjà gravement touché par les nombreuses grandes surfaces voisines.

Nous déposons, deux adhérents et moi, au nom d'ETF, un recours auprès du tribunal administratif avec toujours le même argument : la destruction inéluctable du tissu commercial local. En 2011 toutefois, constatant que les ministres du Commerce et de l'Écologie, n'ont pas donné leur avis – obligatoire – sur le projet instruit par la CDAC, la direction de Leclerc Marignane décide de renoncer à cette autorisation et d'en demander une deuxième. Mais au même endroit. Le long de la Cadière. La CDAC lui donnera son feu vert en octobre 2011.

Entre-temps, en juin 2010, Leclerc a déposé une demande de permis de construire qui sera suivie par l'association Étang nouveau. Lors de l'enquête publique, un dossier est mis à la disposition des Marignanais. Il est riche en bizarreries... D'abord, le projet s'est considérablement étoffé. Depuis son passage en commission, il a gagné deux annexes : un parking aérien de 4 886 m² construit en continuité de l'hypermarché au premier étage, et, en rez-de-chaussée, un « drive » de 5 000 m² avec aire de stockage et réserves.

Ensuite, il y a la situation du terrain de 38 017 m² sur lequel doit s'implanter le nouvel hyper par rapport au plan de prévention des risques de la commune. Sur le dossier de l'enquête, il est déclaré que le terrain est aux deux tiers en zone UCI, inondable avec un coefficient de constructibilité de 30 %, le reste étant en zone UC, constructible avec un taux de 40 %. C'est à la publication de l'arrêté municipal du permis de construire que nous découvrirons, avec les militants d'Étang nouveau, qu'une partie du terrain de Leclerc est situé en zone NDI, zone naturelle inondable, non constructible, classée rouge par le plan de prévention des risques.

Deuxième découverte étonnante, la façon de calculer l'emprise au sol. Ainsi le bâtiment principal qui mesure 13 342 m² est comptabilisé avec une emprise au sol de 6 900 m² représentant les parkings, les entrepôts, le guichet du « drive » et... 104 poteaux de 70 x 70 centimètres, soit 50,96 m² à la place du parking aérien que ces poteaux supportent.

En février 2012, m'appuyant sur le bienvenu arrêté A 752-1, je livre ces constatations et bien d'autres à la sagacité du Conseil d'État. Je fais valoir que le projet Leclerc ne respecte ni le plan de prévention des risques ni le plan local d'urbanisme. Deux ans plus tard, en mars 2014, à ma grande surprise, les juges me font savoir que « ce moyen est inopérant », ils rejettent ma demande et nous condamnent, les adhérents et moi, à 4 500 euros de frais de justice. Et ce, sans la moindre explication !

Entre-temps, le 10 janvier 2013, Leclerc a demandé à la CDAC une extension de 300 m^2 pour créer un magasin de jeans dans la galerie marchande. Je demande le dossier et je constate qu'à nouveau la zone naturelle NDI a été occultée. Je découvre aussi que plusieurs boutiques ont été ouvertes au rez-de-chaussée, donc potentiellement inondables. Je dépose un nouveau recours devant le Conseil d'État.

Au cours de cette même période, nous sommes invités par des adhérents du Loiret à intervenir contre un projet d'hypermarché Leclerc à Saint-Pryvé-Saint-Mesmin. Dans le plan de prévention des risques d'inondation (PPRI) de l'agglomération orléanaise, je trouve cette définition de l'emprise au sol : « projection verticale de la totalité des constructions situées au-dessus du sol, à l'exception des petits éléments en surplomb tels que balcons, marquises, avancées de toiture, et non la somme des sections des piliers en cas de constructions sur pilotis ».

Le PPRI d'Orléans a été instruit et validé par la DDE du Loiret. Le permis de construire et le dossier de demande d'autorisation en CDAC du Leclerc marignanais ont également été instruits et validés par une DDE, celle des Bouches-du-Rhône, entre-temps devenue direction départementale des territoires et de la mer (DDTM).

Alors, pourquoi ce qui est interdit dans le Loiret est-il acceptable et validé dans les Bouches-du-Rhône ? Pour en avoir le cœur net, en juillet 2013, nous posons la question à tous les parlementaires français. Une dizaine d'entre eux m'ont répondu, mais un seul a osé poser la question à un membre du gouvernement, en l'occurrence Cécile Duflot. La ministre du Logement et de l'Égalité des territoires nous a répondu quinze mois plus tard que le calcul de l'emprise au sol variait selon les départements et l'intensité des inondations, « crues lentes, crues torrentielles, remontées de nappes et ruissellement et dont les conséquences potentielles sur l'activité humaine varient ». Une réponse à envoyer d'urgence aux dernières victimes des inondations catastrophiques du Var, du Gard et de la façade océanique – et qui m'a estomaquée.

Sans attendre, en nous appuyant à nouveau sur l'arrêté A 752-1, nous avons déposé en janvier 2014 un nouveau recours auprès du Conseil d'État. La réponse nous est parvenue au mois de juin : à nouveau « ce moyen est inopérant » et, ce coup-ci, nous devons payer 3 000 euros de frais de justice ! Cette fois, c'en est trop. J'appelle le sénateur du Loiret, Jean-Pierre Sueur, qui nous suit depuis le décès du député du Loiret Jean-Paul Charié. Il m'obtient aussitôt un rendez-vous avec les conseillers techniques de trois ministres : Arnaud Montebourg au Redressement productif, Sylvia Pinel, secrétaire d'État au commerce, et Ségolène Royal, ministre de l'Environnement.

Le 11 juillet, Claude et moi, nous montons à Paris en voiture. Nous sommes reçus au ministère de l'Économie et des Finances, à Bercy, dans la « tour des ministres ». Les trois conseillers sont assis en face de nous, aimables, attentifs. Je leur rappelle l'histoire de mes recours contre le projet Leclerc et leur redis ma stupéfaction d'être renvoyée dans les cordes pour cause de « moyen inopérant » et, pire que tout, condamnée !

Enfin j'ai ma réponse ! C'est le conseiller technique de Montebourg qui me la donne : « Allez chercher l'arrêt n° 337 887 du 30 janvier 2012 du Conseil d'État. Les juges déclarent que l'arrêté A 752-1 est illégal parce qu'il impose des formalités autres que celles résultant du décret de novembre 2008 qu'il est censé compléter. » Sonnée, je reste un moment sans voix. Puis l'énergie me revenant, d'un seul coup d'un seul, je leur crie mon indignation. Il me semble me souvenir que Claude, lui, a violemment frappé du poing sur la table (j'adresse mes excuses aux responsables du Mobilier national). Mais notre colère est légitime. Depuis deux ans et demi le site Internet de l'État, Légifrance, continue à publier l'arrêté A 752-1, il laisse les Français s'engager dans des actions en justice aussi inutiles que coûteuses. La réponse des conseillers me scandalise, ils me suggèrent tout bonnement « de me désister de toutes les actions » que j'ai engagées sur la base de cet arrêté.

Après avoir quitté Bercy, nous prenons la route d'Orléans où les adhérents du Loiret nous attendent pour travailler sur le dossier Saint-Pryvé-Saint-Mesmin. Nous leur faisons part des conclusions de l'entretien, et avec eux nous partons sur Internet en quête de l'arrêt n° 337 887 du Conseil d'État. C'est l'aboutissement d'un conflit survenu entre une chaîne alsacienne de supermarchés et l'enseigne Leclerc qui voulait ouvrir un centre commercial dans une commune du Bas-Rhin. Le défenseur de la chaîne a fait valoir que le dossier de demande d'autorisation déposé par l'enseigne de grande distribution était incomplet au regard des dispositions de l'arrêté A 752-1. Argument repoussé par les juges de la plus haute juridiction administrative pour la raison que nous connaissons maintenant, l'arrêté ne peut pas être plus exigeant et plus précis que le décret.

Au mois de juillet 2014, nous sommes obligés de le constater : plus rien ne peut faire obstacle à l'hyper Leclerc de Marignane qui d'ailleurs a ouvert ses portes en juin 2013 sans même attendre le résultat des procédures engagées. Au même moment, nous perdons également devant le Conseil d'État contre le projet d'hypermarché à Saint-Pryvé-Saint-Mesmin. Nous n'avons plus d'outil pour protéger l'environnement contre les implantations abusives de grandes surfaces. Il nous faudra attendre que soit publié le décret d'application de la loi sur l'urbanisme commercial (loi Pinel), sur laquelle nous avons tant travaillé.

Avant de refermer ce chapitre consacré à la loi de modernisation de l'économie, je voudrais présenter les quatre « gros cadeaux » faits par le gouvernement de Nicolas Sarkozy à la grande distribution.

– Le premier, c'est la circulaire d'août 2008. Vous vous rappelez qu'en réaction à la loi Raffarin et pour répondre aux demandes insistantes de l'Europe, la loi LME a remonté le seuil d'autorisation à 1 000 m². Conséquence logique de cette disposition, la loi prévoit que les travaux d'extension portant les surfaces de 300 à 1 000 m² peuvent se faire sans autorisation. Mais, le 28 août 2008, une circulaire est publiée par la Direction de l'économie, du commerce et des services : elle annonce que tous les établissements ayant déjà atteint les 1 000 m² peuvent réaliser 1 000 m² supplémentaires sans autorisation, mais avec l'accord de la commission départementale de sécurité et incendie !

Si les patrons de grandes surfaces nagent dans le bonheur, ils réalisent toutefois que cette opportunité va déclencher la colère des commerçants et que la circulaire sera bientôt contestée. Qu'il faut donc sans perdre de temps engager tous les travaux ne nécessitant pas de permis, tels les décloisonnements et réaménagements de surfaces existantes, ainsi que les installations de chapiteaux. Pendant plusieurs semaines, les entreprises vont tourner à plein régime pour satisfaire les commandes des patrons de la grande distribution. Quatre millions de mètres carrés sont créés en deux mois !

ETF réagit dès le 18 septembre et forme un recours devant le service contentieux du Conseil d'État. Je fais valoir que la circulaire va au-delà de la loi qu'elle est censée compléter et je demande que les mètres carrés de vente créés au titre de la circulaire soient déclarés illégaux. Le 24 octobre, nous gagnons le premier round : la circulaire est retirée. La Fédération des entreprises du commerce et de la distribution (FCD) entre dans la danse à son tour en déposant le 24 décembre un recours contre la circulaire qui annonce la suppression de la circulaire du 28 août. Le 26 mai 2010, le Conseil d'État déboute la FCD mais refuse de statuer sur notre demande de considérer les mètres carrés comme illégaux. Nous allons toutefois continuer le combat. Nous demandons aux parlementaires de nous aider en posant des questions écrites au gouvernement.

À la demande des commerçants de plusieurs villes de France, nous procédons au mesurage des extensions.

Nous faisons ainsi la preuve que la plupart du temps les patrons ne se sont pas limités aux seuls 1 000 m² prévus par la circulaire, certains ont doublé et même triplé la dose. Quel est le statut de ces mètres carrés créés sans autorisation ? Quelle autorité est habilitée à les déclarer illégaux ? Doivent-ils être régularisés ou supprimés ? Nous posons ces questions à Christine Lagarde, ministre de l'Économie de Nicolas Sarkozy. Un de ses conseillers nous répond que « ces surfaces doivent être régularisées lorsqu'elles ont été créées avec l'autorisation de la commission de sécurité ». Quant aux millions de mètres carrés construits sans l'avis des pompiers, à l'heure où nous nous apprêtons à envoyer ce manuscrit à notre éditeur, nous n'avons toujours pas eu de réponse, et il est fort probable que nous n'en aurons jamais.

– C'est à partir de cette circulaire de 2008 que les ODEC mis en place par la loi Sapin ont cessé de fonctionner. Les commissions chargées de réaliser les inventaires et d'analyser l'évolution de l'équipement commercial ont cessé d'exister, ce qui a ajouté à l'invisibilité des millions de mètres carrés construits sans autorisation après la circulaire et rendu impossible toute poursuite pénale envers les gestionnaires de ces mètres carrés. C'est le deuxième cadeau de Sarkozy à la grande distribution.

– Le troisième, c'est en août 2009 la loi Maillé sur l'ouverture dominicale des périmètres d'usage et de consommation exceptionnels (PUCE). Un dossier que nous connaissons bien, car c'est dans les Bouches-du-Rhône, le département de notre siège social, qu'est située l'immense zone commerciale de Plan de Campagne. Dédiée au départ à l'équipement de la maison, cette zone ouverte en 1966 aux portes de Marseille s'est fait connaître par son gigantisme et son ouverture dominicale. Les magasins étaient fermés du dimanche soir au mardi midi et les deux pôles alimentaires de Plan de Campagne, Casino et sa galerie marchande ainsi que Leclerc, restaient fermés le dimanche mais ouvraient leurs portes le lundi. Il y avait donc comme un statu quo qu'ont fait voler en éclats, d'une part, l'extension de la zone et son évolution vers le secteur de l'équipement de la personne qui ont largement concurrencé les commerces des centres-villes, et, d'autre part, la loi Maillé qui a renforcé cette concurrence en légalisant l'ouverture dominicale. Dès lors, l'hyper Leclerc a pu fonctionner sept jours sur sept. Hors Plan de Campagne, la loi Maillé aurait entraîné la régularisation en PUCE d'une quinzaine de pôles commerciaux.

– Le quatrième cadeau de Sarkozy aux patrons de la grande distribution, c'est en 2010 la suppression de la taxe professionnelle. Créée en 1975 par le gouvernement Chirac pour remplacer la patente qui pesait plus sur les petits commerçants que sur les gros industriels, la « TP » faisait partie des « Quatre vieilles », quatre impôts directs créés par la Révolution française et perçus par les collectivités territoriales. C'était la seule à ne concerner que les entreprises, tandis que les trois autres, taxes foncières sur le bâti et sur le non bâti et taxe d'habitation concernaient également les ménages.

Accusée de nuire à la compétitivité des entreprises et donc de contribuer à la hausse du chômage, la taxe professionnelle était sur la sellette depuis 2004. À l'automne 2009, c'est chose faite, la suppression de la

TP est votée au grand dam des collectivités territoriales dont elle représentait 50 % des ressources fiscales. Elle est remplacée par la contribution économique territoriale (CET) qui se compose de la cotisation sur la valeur ajoutée des entreprises et de la cotisation foncière des entreprises (CFE). Comme la TP dont elle reprend l'essentiel des règles, la CFE est due dans chaque commune où l'entreprise dispose de locaux et de terrains. Basée uniquement sur les biens soumis à la taxe foncière, la CFE est calculée à partir de la valeur locative. Elle est donc beaucoup plus élevée pour les professionnels travaillant en centre-ville que pour ceux dont les locaux sont en périphérie. Un mode de calcul qui profite à la grande distribution dont les magasins, centres commerciaux et centres logistiques sont presque exclusivement situés en périphérie.

Cette réforme de la TP s'est accompagnée du transfert de la taxe sur les surfaces commerciales (TASCOM) de l'État vers les collectivités territoriales. Elle s'est traduite par une baisse globale de la fiscalité locale dont le produit est passé de 31 à 23 milliards d'euros. Les plus pénalisés étant les communes et les établissements publics de coopération intercommunale dont les ressources fiscales sont passées de 18,8 à 11,3 milliards. L'État a compensé les pertes enregistrées par les communes. L'impôt, jusqu'alors assumé par les seules entreprises, est donc maintenant en partie supporté par les ménages. En 2012, une enquête menée conjointement par l'Assemblée nationale et le Sénat établit à 4,5 milliards le coût à payer pour les finances publiques.

Combattre sur le terrain de l'environnement

À Marseille, comme à Mézidon-Canon dans le Calvados, Fronton dans la Haute-Garonne et Saint-Pryvé-Saint-Mesmin dans le Loiret, nous avons eu à affronter des enseignes différentes, avec des stratégies et des méthodes différentes. Nous nous sommes adaptés. Nous avons évolué.

Privés par la loi de modernisation de l'économie de notre outil préféré, le critère de densité commerciale, nous avons lutté pour ces quatre dossiers, eu recours aux armes des défenseurs de l'environnement : les plans d'occupation des sols, plans locaux d'urbanisme, et plans de prévention des risques naturels et industriels.

À Marseille, bidouillages sur le centre commercial du stade Vélodrome

Depuis son inauguration le 13 juin 1937, le mythique stade Vélodrome est le terrain de jeu de l'Olympique de Marseille. Construit pour 35 000 places, dans le

8e arrondissement de Marseille, le long du boulevard Michelet, il comptait alors une piste cycliste, d'où son nom. Elle a disparu à l'arrivée de Bernard Tapie à la présidence du club. Une première grande rénovation du « Vél' », comme disent les Marseillais, a été lancée pour la Coupe du monde de football de 1998. Le stade passe alors à 60 000 places. En 2010, dans l'objectif de la Coupe d'Europe de 2016, une deuxième rénovation est engagée pour lui donner un toit et le porter à 74 000 places. Cette opération, qui s'est achevée en juin 2014, entrait dans le cadre d'un programme global baptisé « Reconfiguration du stade Vélodrome et de ses abords » : un projet de 273 millions d'euros et de 100 000 m² réalisé en partenariat public-privé par la société Arema (Bouygues Construction) qui doit en assurer l'exploitation pendant trente-cinq ans. Elle comprend un volet habitat, (logements étudiants et familiaux) et un volet commercial, avec un centre commercial de 20 000 m² entre le stade Vélodrome et le rond-point du Prado : un grand magasin de 8 500 m², trois grandes surfaces spécialisées et une galerie marchande d'une quarantaine de boutiques.

En juillet 2012, je reçois un coup de fil d'un adhérent d'ETF. Un commerçant du quartier Michelet, qui veut me parler du projet stade Vélodrome et souhaite que « la rencontre soit discrète » car il craint pour son activité professionnelle. L'Olympique de Marseille, la mairie de Marseille, ces entités supermédiatisées le glacent d'effroi. « Je peux tout vous expliquer, je peux vous tenir informée de ce qui se passe, me promet-il, mais ne comptez pas sur moi pour agir en justice à vos côtés. C'est trop dangereux. »

Ce qu'il veut m'expliquer, c'est que le projet de centre commercial tel qu'il a été présenté aux membres de la CDAC ne serait pas le même que celui qui, deux ans plus tôt, a été présenté aux Marseillais par Arema lors de l'enquête publique préalable à l'adoption du projet.

L'affaire semble incroyable. À la préfecture, je me fais communiquer le dossier fourni à la CDAC. Afin de compléter mes informations, je consulte les registres de l'enquête publique. Je souhaite notamment savoir comment la zone commerciale s'inscrit dans le cadre du plan local d'urbanisme (PLU) et du plan de prévention des risques naturels. Je sais que le stade Vélodrome est proche de l'Huveaune et que ce petit fleuve côtier est sujet à des crues aussi violentes que rapides. Lors de sa dernière grande crue, l'Huveaune est montée à 10,54 mètres au-dessus de son lit.

La directive européenne « inondation » de 2007 oblige les villes d'Europe à actualiser leurs PPRI avec la prise en compte de trois catégories de risques : fréquent (tous les dix à trente ans), moyen (crues centennales) et rare (événement extrême). Disponible sur le site Internet de la ville, la cartographie de Marseille dessine en bleu clair (risque fréquent) et en bleu foncé (risque moyen) les zones inondables de la commune. Dans le bleu clair, le PLU interdit le stationnement enterré. Dans le bleu foncé, il exige que les constructions ne présentent aucune ouverture (fenêtres, portes) en dessous de la cote maximale de la dernière crue centennale. Le stade de l'OM et une partie des terrains prévus pour le futur centre commercial sont dans la zone bleu foncé.

Le projet de reconfiguration du stade Vélodrome et ses abords, présenté aux Marseillais lors de l'enquête publique en 2010, respectait les impératifs du PLU. Le centre commercial y était dessiné sous la forme d'une soucoupe volante accessible par l'esplanade qui désormais conduit aux portes du stade Vélodrome. Projet qui a reçu l'avis favorable du commissaire enquêteur.

Notre adhérent a raison. Dans le dossier CDAC constitué en 2012 par Massalia Shopping Mail, il n'est plus question de soucoupe. C'est maintenant un parallélépipède qui est figuré le long de l'esplanade du Vélodrome. Un bâtiment de cinq étages dont la notice précise que la grande surface alimentaire sera située au premier sous-sol et que les six autres sous-sols serviront de parking. Alors que le PLU interdit le stationnement en sous-sol et les ouvertures dans les constructions !

Le projet commercial du stade Vélodrome passe en CDAC le 27 juin 2012. L'autorisation est accordée. Le risque d'inondation n'a pas été retenu. D'ailleurs seul le représentant de la DDTM l'évoque. « Le projet est concerné par le risque inondation avec zone de prescriptions. Cependant, le dossier ne fait pas apparaître les dispositions prises pour assurer le respect de ces prescriptions, notamment en ce qui concerne les aménagements en sous-sol de parkings (portes étanches, notice de gestion du risque inondation, dispositifs de pompage. Enfin, l'aménagement de la moyenne surface alimentaire en R –1, même n'étant pas formellement prescrit, pose question au regard du risque inondation identifié [...] » Ces réserves n'ont toutefois pas empêché l'homme de la DDTM de rendre un avis favorable au projet, estimant que cette question se posera à nouveau et devra alors être réglée lors de l'instruction du permis de construire...

Même si nous regrettons qu'ils refusent d'être à nos côtés, nous décidons de donner suite aux demandes de nos adhérents marseillais et nous passons immédiatement à l'offensive. Avec un recours auprès de la CNAC et une présence constante dans les médias. Les journalistes sont preneurs, car l'intérêt pour l'OM et son stade dépasse largement le cadre de l'aire métropolitaine marseillaise.

À plusieurs reprises, les journalistes opposent mes affirmations à celles d'Yves Moraine, le maire UMP du IVe secteur de Marseille. Dans une interview télévisée, celui-ci n'hésite pas à accuser notre association de travailler contre le projet du stade Vélodrome dans l'intérêt des centres commerciaux du reste du département. Il va jusqu'à qualifier de « crapuleux » notre recours. Blessés, de nombreux adhérents d'ETF nous confient leur colère et nous demandent de réagir publiquement à cette infamie. Je leur réponds que ma priorité est ailleurs, c'est la prévention du risque d'inondation.

À ce sujet, Yves Moraine déclare qu'il est inexistant puisque chaque semaine ce lieu attire des dizaines de milliers d'amoureux du foot. J'aurais aimé pouvoir lui dire en face que les jours de fortes pluies, lorsque les eaux menacent de déborder, les matchs de football sont reportés, mais qu'il ne sera pas facile de fermer un centre commercial en cas de hausse des eaux de l'Huveaune. Les défenseurs du projet font également valoir que les autres boutiques et bureaux du boulevard Michelet sont situés au rez-de-chaussée des immeubles et que personne ne leur demande de fermer. Ce à quoi je réponds qu'il faudra bien qu'un jour le plan de prévention des risques entre en application !

Le passage en CNAC se fait le 12 décembre 2012. Entre 11 heures et 12 heures. Cette belle série de 12 ne nous porte pas chance, le dossier est validé par la Commission nationale. Nous déposons un nouveau recours, auprès du Conseil d'État. Il rend son arrêt deux ans plus tard, le 7 novembre 2014. Nous sommes déboutés. Les juges estiment que le fait qu'il soit situé en zone inondable ne justifie pas le refus du projet. Le projet du stade Vélodrome a reçu son autorisation avant que le nouveau PPRI de Marseille ait été finalisé et adopté. Reste à espérer qu'après celles de 1935 et 1978, l'Huveaune ne s'offre pas dans les années à venir une nouvelle et spectaculaire inondation trentennale.

Fronton, un dossier tronçonné pour échapper à l'enquête publique

Fronton est une petite ville de Haute-Garonne, entre Toulouse et Montauban. Nous connaissons bien le département. ETF Haute-Garonne existe depuis 2004 avec une trentaine d'adhérents actifs et engagés dans leurs professions comme dans leur militantisme. C'est avec grand plaisir que nous les retrouvons à l'automne 2014.

Le projet (présenté par ITM – Intermarché) qui les inquiète doit se réaliser au sud de Fronton. Il s'agit dans un premier temps de déplacer un Intermarché existant de quelques dizaines de mètres et de doubler ainsi sa surface de vente de 1 300 à 2 500 m², de rénover les locaux qu'il abandonne pour y créer un Bricomarché, et enfin de construire deux nouveaux bâtiments pour trois moyennes surfaces et deux boutiques. « C'est beaucoup d'un seul coup pour une ville de 5 000 habitants » objectent nos adhérents. Lorsqu'ils font appel à nous, l'Intermarché a déjà déménagé, et la CDAC vient de donner son autorisation pour entamer les travaux de rénovation et construction.

Le plus actif dans ce dossier – et le plus concerné – est le patron d'une moyenne surface de bricolage. Son magasin est situé sur le même parking que le futur Bricomarché. Quelques dizaines de mètres séparent les deux bâtiments. Notre adhérent sait que les consommateurs vont toujours vers la nouveauté, que son enseigne se trouve de ce fait condamnée, sinon à mort, du moins à une longue et pénible agonie. M. X a déjà entamé un recours devant la CNAC, il nous demande de déclencher une « intervention volontaire » c'est-à-dire qu'ETF participe en soutien à sa procédure.

Les arguments que je prépare pour la CNAC s'appuient sur le PLU et sur le SCOT Nord Toulousain. Je découvre que la zone UBA où est construit le nouvel Intermarché est une « zone d'habitat existant à dominante pavillonnaire ». Que la zone d'aménagement commercial qui va accueillir le Bricomarché et les grandes surfaces doit, selon le SCOT, permettre « la diversification de l'offre commerciale actuelle » avec des services de proximité pour les habitants des pavillons voisins. Or, primo, c'est une deuxième surface de bricolage qui est au programme et, secundo, rien n'est prévu dans le projet pour aider l'offre existante à se diversifier et se structurer.

Je découvre ensuite que le projet a été « tronçonné » en deux parties. La première, qui fait 4 200 m² concerne l'Intermarché, la seconde de 5 800 m² concerne Bricomarché et les moyennes surfaces. Pourquoi ce découpage ? Parce que la loi prévoit pour tout projet commercial dépassant 10 000 m^2 qu'une enquête publique doit être organisée, avec la réalisation d'une étude d'impact sur l'environnement. Coupé en deux, le projet échappe à l'enquête !

L'argument suivant, je le trouve dans les critères que doit examiner la CDAC avant d'accorder une autorisation. Concernant les mesures à prendre pour préserver l'environnement, l'auteur du projet doit évaluer les flux de voitures qu'engendrera son activité. Je m'aperçois que l'estimatif présenté ne concerne que les consommateurs de la grande surface de bricolage. Aucune estimation n'a été réalisée et communiquée pour l'Intermarché. Normal, puisque le projet a été tronçonné ! Je calcule que le nombre de voitures par jour devrait atteindre 1 600 alors qu'il est annoncé à seulement 600. Les risques liés à la sécurité routière et à la pollution atmosphérique ont donc été largement sous-estimés.

Après nous avoir entendus, le 10 septembre 2014, les membres de la CNAC font part de leurs craintes de voir le projet participer à l'étalement urbain et nuire ainsi à un « aménagement équilibré » du territoire. Ils évoquent notamment le risque élevé de saturation de l'axe routier Toulouse-Montauban. Le projet est refusé. Pas lassé, le patron du Bricomarché revient à la charge en mai 2015, avec un nouveau projet. Et écope d'un nouveau refus.

À Mézidon-Canon, la zone était réservée à l'habitat

L'histoire suivante se déroule en Normandie. Mézidon-Canon, ville de 5 000 habitants dans le Calvados, est connue pour être une importante gare de triage. L'histoire commence par un appel à notre association lancé par le syndicat de l'épicerie française et de l'alimentation générale (SEFAG). Le SEFAG assure une aide juridique et comptable à ses adhérents, il les conseille dans leurs relations avec leurs réseaux de franchise ou chaînes succursalistes. Lorsque les dossiers sortent du cadre de ces activités, le SEFAG nous contacte. C'est ce qui se passe au printemps 2013. Lorsqu'un épicier de Mézidon-Canon se trouve en difficulté du fait de l'implantation d'un Intermarché, c'est vers nous que se tourne le SEFAG. Profitant d'un recours déposé devant la CNAC et donc d'un voyage à Paris, nous faisons le détour par le Calvados. Mézidon-Canon est située à quelques encablures au sud-est de Caen. Nous faisons connaissance avec les commerçants de la ville.

Nous organisons une première réunion qui attire dans un café du centre une quinzaine des quelque quarante commerçants que compte la petite ville. Ils sont fort remontés contre l'arrivée d'un Intermarché de 2 000 m² et sa galerie marchande de 465 m², soit huit boutiques. Ils nous expliquent qu'il y a déjà trois enseignes alimentaires et nous demandent de faire le nécessaire pour bloquer l'installation d'une potentielle quatrième.

Le 21 mai 2013, nous déposons un recours auprès de la CNAC. Nous dénonçons le fait que, dans le PLU, la zone où est prévu l'Intermarché est destinée prioritairement à l'habitat. Nous faisons également observer aux membres de la CNAC que dans le schéma de cohérence territoriale adopté en octobre 2011, la zone de Mézidon-Canon est principalement dévouée aux activités de la gare de triage et au trafic ferroviaire. Le SCOT prévoit en effet la création d'un pôle logistique desservant les villes portuaires voisines de Cherbourg et Caen. La zone d'habitat créée par le PLU serait réservée aux personnels de ce pôle.

Le 11 juillet 2013, Intermarché retire son projet au grand dam du maire de Mézidon-Canon qui voit d'un bon œil l'implantation d'une nouvelle grande surface dans sa ville et n'entend pas en rester là. Il reçoit l'aide d'un collectif d'habitants qui eux font valoir la lutte contre le chômage (une quarantaine d'emplois seraient créés) et l'animation que la grande surface apporterait à la commune. Mais surtout, ils dénoncent le fait qu'aucun représentant des consommateurs ne siégeait lors de l'examen du dossier en commission départementale.

Le collectif rédige et fait circuler une pétition. Il recueille un millier de signatures enthousiastes. Ce n'est pas la première fois qu'on nous oppose la demande des consommateurs. Nous savons qu'elle correspond à un souhait rarement exaucé : celui d'un centre commercial luxueux, façon « séries américaines », avec des bons restaurants, des bars exotiques, des animations marchandes et même culturelles de qualité. Lorsque la grande surface est construite, qu'elle est inaugurée, la plupart des consommateurs déchantent : « Comment, ce n'est que ça ? » Eh oui, ce n'est que ça. C'est d'autant plus flagrant qu'à Mézidon-Canon l'offre commerciale existant dans le joli centre-ville de la commune est déjà importante et diversifiée : un Carrefour Market, un Dia et un Coccinelle fraîchement rénové.

Le 12 septembre, Intermarché dépose un nouveau dossier en CDAC. Le projet est légèrement différent, la station-service a changé de place. La CDAC donne son feu vert, en l'absence, toujours, du représentant des consommateurs.

À la demande des commerçants locaux, nous faisons un deuxième recours en Commission nationale. En février 2014, la CNAC confirme l'autorisation. Au mépris des documents d'urbanisme. Au mépris des nécessités de l'aménagement du territoire.

Au mois de janvier 2015, un nouvel épisode est venu s'ajouter au feuilleton normand. Le patron de l'Intermarché, souhaitant prendre sa retraite, a vendu son établissement à Leclerc. Problème : une autorisation d'exploiter n'est ni cessible, ni transmissible. Nous retournerons à Mézidon-Canon.

À Saint-Pryvé-Saint-Mesmin : un supermarché en zone inondable

Depuis 1972, chaque année, l'Organisation des Nations unies pour l'éducation, les sciences et la culture (UNESCO) intègre au patrimoine mondial les biens, culturels ou naturels, présentant une valeur universelle exceptionnelle et accorde des fonds pour organiser leur protection et leur valorisation. L'histoire de Saint-Pryvé-Saint-Mesmin nous montre que le classement au patrimoine mondial ne pèse pas lourd face aux convoitises de la grande distribution.

Jusqu'en 1805 Saint-Pryvé et Saint-Mesmin (du nom de deux saints de l'époque mérovingienne) étaient deux jolis petits villages situés au sud d'Orléans à la confluence de la Loire et de l'affluent qui donne le nom à son département, le Loiret. Réunis pour un destin commun par Napoléon Ier, ils ont grandi à l'ombre d'Orléans, protégés des excès de l'urbanisation par les dangers que font courir aux activités humaines et aux constructions les caractéristiques du sol argileux abritant de profondes cavités naturelles qui lui ont valu le surnom de « gruyère ».

Entre la Loire et le village s'étendent des terres propices au maraîchage, qui ont valu à cette contrée son renom de « jardin de la France ». Les asperges et les fraises y sont particulièrement goûteuses. C'est pourtant là, au lieudit Les Quinze Pierres, qu'en mars 2012, un établissement Leclerc choisit de s'installer. Nous sommes appelés à l'aide par des commerçants proches du site. Ils se tiennent à notre disposition pour nous informer sur le dossier et son contexte mais ils ne veulent pas s'engager. « Par peur des représailles », disent-ils.

La société à l'origine de ce projet est la SCI Quinze Pierres dont le P.-D.G., Philippe Boutron, est une personnalité dans le monde de la grande distribution. Après avoir été président du groupe ITM (Intermarché, Écomarché et Netto), il est passé en 2011 au groupe concurrent Leclerc, entraînant à sa suite ses six Intermarché du Loiret dont celui de Chécy qui était jusqu'alors le plus grand Intermarché de France. Il est par ailleurs vice-président délégué au commerce de la CCI d'Orléans. Il est à ce titre le représentant des commerçants indépendants du Loiret.

Le premier projet présenté par la SCI Quinze Pierres en mars 2012 affiche 5 300 m² de surface de vente. Soit un hypermarché de 2 500 m² et 17 boutiques dont une moyenne surface à vocation culturelle. Le projet global s'étend sur 60 895 m² dont 28 912 m², quasiment la moitié, seront imperméabilisés pour créer les voies et les parkings.

Or, sur le plan local de l'urbanisme, il est indiqué que le site où doit s'installer le magasin Leclerc est en zone inondable à « aléa fort », avec un risque de submersion d'une profondeur supérieure à deux mètres. De ce fait, le PLU limite à 30 % le coefficient d'imperméabilisation des sols. Pourtant le projet est à près de 50 % de surface goudronnée ou bétonnée. En parade à cette objection, l'auteur du projet répond que les toits du centre commercial seront végétalisés, ce qui ramènerait le taux d'imperméabilisation aux 30 % exigés par le PLU. Compenser le goudron du sol par des fleurs sur le toit, l'idée peut sembler cocasse, en tout cas elle n'a pas dérangé les membres de la CDAC puisqu'en mars 2012, ils donnent leur autorisation au projet.

Le 28 avril, nous déposons un recours devant la Commission nationale. Nous faisons valoir les dangers liés au fort risque d'inondation ainsi que le plan de revitalisation du centre-ville en cours dans la commune de Saint Pryvé-Saint-Mesmin. C'est ce dernier argument qui convainc les membres de la CNAC et les décide à refuser l'autorisation le 11 juillet 2012. Au mois de novembre, la SCI Quinze Pierres revient avec un deuxième projet. La surface de vente est diminuée, passant à 4 433 m². Certaines boutiques ont été remplacées par des services pour lesquels il n'est pas besoin d'autorisation. La CDAC donne son feu vert.

Nous déposons un nouveau recours en CNAC. Nous faisons à nouveau valoir les dangers de submersion et le plan FISAC, mais cette fois la Commission nationale accorde l'autorisation au prétexte que le seul magasin alimentaire restant au centre-ville a fermé ses portes. L'argument ne tenait pas puisqu'il s'agissait d'un congé de brève durée dû à un changement de gérant. Donc, nous entamons une procédure devant le Conseil d'État. Aux juges, je rappelle que les paysages qui seront détruits par le supermarché sont classés UNESCO. Que deux effondrements créant des cavités spectaculaires ont eu lieu à Saint-Pryvé-Saint-Mesmin en 2010 et 2012. Enfin, je rappelle les prescriptions des documents d'urbanisme concernant les risques de submersion. Ce à quoi le défendeur du projet rétorque que les bâtiments ont été conçus pour être inondables, qu'en cas de fortes inondations, le supermarché ouvrirait grand ses portes de façon à permettre le passage de l'eau, comme le prévoit le PLU. J'imagine le flot se ruant sur les gondoles pour emporter au loin paquets de gaufrettes, sachets de chips et tablettes de chocolat.

Le 21 mars 2014, je reçois la décision du Conseil d'État. Mes arguments sont déclarés « inopérants » et je suis condamnée à verser 3 000 euros au patron de Leclerc. La faute encore une fois à l'arrêté A 752-1, comme je l'apprendrai quelques mois plus tard. Sur le terrain, les adhérents nous annoncent le début des travaux et l'ouverture du magasin pour 2016. Mais lorsque nous retournons à Saint-Pryvé-Saint-Mesmin en avril 2015, nous découvrons que le site est intact. Derrière le panneau de chantier se référant à un permis de construire délivré le 14 septembre 2014, des serres de maraîchage sont toujours debout où croissent des milliers de laitues blondes. Les travaux auraient été repoussés à la demande des promoteurs. Ce répit nous permettra-t-il de sauver les paysages du Val de Loire ?

Notre ami Jean-Jacques Cimadore en est persuadé. « Cima », c'est un des « personnages » d'En Toute Franchise. C'est par son intermédiaire que nous avons rencontré le député UMP du Loiret Jean-Paul Charié et le sénateur PS d'Orléans Jean-Pierre Sueur. C'est à Sandillon, autre village du Val de Loire menacé par l'arrivée d'un supermarché, que nous avons fait la connaissance de Jean-Jacques et Annick Cimadore. Tapissiers à Marcilly-en-Villette, au sud-est d'Orléans, ils ont adhéré à ETF en 2004. Auparavant, Jean-Jacques a présidé le CIDUNATI du Loiret (il est encore membre de la collégiale nationale) et siégé à divers organismes professionnels, notamment au régime social des indépendants (RSI). Il a sauvé de la misère de nombreux commerçants incapables de constituer leur dossier auprès du RSI. En 2007, il s'est battu sans compter pour contrer un projet de supermarché Leclerc à La Chapelle-Saint-Mesmin. Soutenus par des associations écologiques et citoyennes qui demandaient que sur le terrain réservé à Leclerc soient édifiés des logements sociaux, nos adhérents du Loiret ont attaqué le projet devant le Conseil d'État. Aux élections municipales de 2008, les militants de ces associations ont monté une liste, ils ont gagné et ils ont modifié le POS pour réserver les parcelles à l'habitat social.

Un PPRI est en cours d'élaboration sur la région orléanaise. « Cima » nous fait le compte rendu de chaque étape.

Ils doivent 418 milliards à l'État

Depuis sa fondation, notre association se bat pour que soit respecté le texte fondamental sur l'urbanisme commercial, la loi Royer, et que soit sanctionnée l'absence d'autorisation d'exploitation commerciale.

Pour défendre les commerçants devant les abus de la grande distribution et les détournements de la loi Royer, nous pouvons nous appuyer sur l'ordonnance de décembre 1986 qui garantit « le respect du principe de la liberté de commerce et de l'industrie au sein d'une économie de marché ». Ce texte qui a permis de mettre fin à toutes sortes de pratiques frauduleuses telles que la vente à perte, la vente au déballage, à prix coûtant, etc., va jusqu'à préciser les droits des enquêteurs lorsqu'ils effectuent ces contrôles. Trois ans plus tard, le ministre Doubin franchit une étape supplémentaire en demandant aux préfets, par une circulaire du 27 juin 1989, de vérifier systématiquement lors de l'ouverture d'une grande surface que les superficies inaugurées correspondent bien aux surfaces de vente annoncées à la commission départementale.

Cet arsenal devait être insuffisant puisqu'en 1993 de nouvelles mesures sont mises en place par la loi Sapin. Dans le viseur figurent notamment les textes de l'urbanisme commercial ou plutôt les dérives qui en ont résulté. Pour maints spécialistes du commerce français (Gérard Cliquet dans *50 ans de grandes surfaces en France,* Christian Jacquiau dans *Les Coulisses des grandes surfaces,* Vincent Lecoq dans *Toujours moins cher*), il est incontestable que la loi Royer, en faisant dépendre l'installation et l'extension des grandes surfaces des élus locaux, a favorisé et encouragé la corruption qui va de la simple participation à la construction de ronds-points ou de bretelles de voies rapides au financement occulte des grands partis politiques. Si le rôle des politiques a été amplement décrit et déploré, on est resté très discret sur celui des patrons de grande surface. Il n'est pourtant pas de corrompus sans corrupteurs.

Le décret pris pour l'application de la loi Sapin précise les peines encourues par ceux qui trichent sur les mètres carrés de vente : « Est puni de l'amende prévue pour les contraventions de cinquième classe le fait pour quiconque, sans être titulaire de l'autorisation requise, ou en méconnaissance de ces prescriptions, soit d'entreprendre ou de faire entreprendre des travaux aux fins de réaliser un des projets prévus à l'article 29 de la loi Royer, soit d'exploiter ou faire exploiter un magasin soumis aux obligations fixées par cet article. Dans ce dernier cas, chaque jour d'exploitation constitue une infraction [...] » Le tarif de la contravention de cinquième classe est fixé par l'article 131-13 du Code pénal : « 1 500 euros, montant qui peut être porté à 3 000 euros en cas de récidive ».

Et l'article L 752-23 du Code de commerce précise que la sanction est applicable par mètre carré et par jour d'infraction.

N'oublions pas que le décret d'application de la loi Sapin vient s'ajouter aux « sanctions prévues par le Code de l'urbanisme ». Pour qui ne respecte pas les prescriptions imposées par un permis de construire, comme l'obligation d'avoir reçu une autorisation d'exploitation commerciale pour les grandes surfaces, l'article L 480-4 inflige une amende allant de 1 200 à 6 000 euros par mètre carré. En outre, l'absence de permis de construire est sanctionnée par l'arrêt des travaux s'ils sont en cours et par la démolition des bâtiments s'ils sont réalisés. Mais il s'agit là d'une menace purement formelle car nul adhérent d'ETF, jamais, ne nous a signalé de grandes surfaces livrées aux bulldozers.

Je l'ai déjà raconté dans le chapitre consacré aux débuts d'En Toute Franchise, notre association de commerçants n'entre pas dans la liste des organisations non déclarées d'utilité publique habilitées (par l'article 2 du Code de procédure pénale) à porter plainte auprès des autorités judiciaires. Et comme aucun procureur n'a jamais trouvé nos dossiers suffisamment convaincants pour s'autosaisir, la seule possibilité qui nous restait (jusqu'à la décision de la Cour de cassation concernant les biens mal acquis) était de signaler aux préfets les infractions constatées par nos militants, de façon que ces représentants de l'État puissent faire leur travail et lancer leurs brigades de contrôle.

C'est ce que nous avons fait en 1995 pour les surfaces illégales de Carrefour Vitrolles. La suite, vous la connaissez : les enquêteurs de la DDCCRF qui à notre grande déception et notre immense colère ne découvrent que 564 m² illicites. C'était notre première affaire. Depuis, les dossiers se sont entassés dans notre bureau-garage de Marignane : des magasins construits ou agrandis sans autorisation d'exploitation commerciale, ou sans permis de construire, voire sans l'un et l'autre. Nous avons aussi des cas de ventes au déballage, des soldes permanents, etc.

Chaque fois que c'est nécessaire, nous transmettons à la préfecture le dossier complet, avec toutes les pièces nécessaires y compris le procès-verbal des commissions de sécurité qui présente une caractéristique intéressante pour nous : le plan de l'établissement y est annexé et toutes les surfaces de vente y sont précisées !

Généralement, le préfet nous annonce très rapidement qu'il a bien reçu notre courrier et qu'il a saisi le service de la répression des fraudes. Mais après, plus rien. Un mois passe, six mois, parfois même deux ans, sans que nous ayons la moindre information sur notre action en cours. Et soudain, dans les annonces légales de la presse locale, nos adhérents découvrent que la grande surface incriminée vient de régulariser sa situation.

C'est-à-dire que la société gestionnaire a déposé un nouveau dossier de demande d'exploitation et que l'autorisation lui a été accordée… Ce qui absout et élimine rétroactivement toutes les infractions. Aucune amende, jamais, ne sera infligée, les millions, les milliards d'euros que l'État aurait pu récupérer disparaissent dans le ciel de l'infinie miséricorde de l'État envers les grands patrons pécheurs de la grande distribution.

Premier exemple, celui de l'hypermarché Carrefour de Châteauneuf-les-Martigues, petite ville pavillonnaire d'environ 12 000 habitants, à mi-chemin entre Marignane et Martigues sur les rives de l'étang de Berre.

Créé par un commerçant indépendant, ce magasin a ouvert ses portes en 1973. Sa surface de vente, autorisée par une CDUC de décembre 1969, est alors de 4 500 m² auxquels s'ajoutent 4 500 m² d'entrepôts. En 1987, il est racheté par l'Immobilière Carrefour. En janvier 2006, l'hyper obtient une autorisation d'extension de 2 030 m² sur la base d'un rapport dressé par la DGCCRF. À la lecture de ce rapport, je découvre que la DGCCRF ne reconnaît que la loi Royer. Qu'elle ignore celle qui l'a précédée, la loi n° 69-1263 du 31 décembre 1969, texte particulièrement important que la présidence de l'Assemblée nationale m'avait communiqué lorsque je faisais l'historique de l'urbanisme commercial. Un adhérent de Martigues nous alerte. Il assure que dans le dossier déposé à la CDEC la direction de Carrefour déclare une surface de vente de 6 470 m² mais ne souffle mot des 1 880 m² de la galerie marchande.

Mais, au fait, par quel mystère les 4 500 m² de 1973 se sont-ils commués en 6 470 ? La superficie de la galerie marchande aurait-elle été intégrée dans celle de l'hyper ? Pour en avoir le cœur net, je me plonge dans mes archives et je retrouve le procès-verbal de la commission de sécurité. Les chiffres des pompiers sont identiques aux miens, la galerie est bien restée une entité à part. Donc, entre 1973 et 2005, c'est sans autorisation que l'hyper s'est agrandi.

Je me dis que de tels travaux ont forcément laissé des traces au service de l'urbanisme. Je demande à la mairie de Châteauneuf de me communiquer l'ensemble des pièces concernant les permis accordés à Carrefour. Mais non, je ne trouve rien qui concerne l'augmentation d'une surface de vente. Ce que me confirme d'ailleurs un courrier de l'adjointe déléguée à l'urbanisme. En revanche, dans l'énorme dossier de photocopies désormais en notre possession je déniche une lettre signée du premier adjoint qui autorise le centre à ouvrir ses portes le 7 août 1973 mais qui exclut de cette autorisation « l'expo meubles, la cafétéria et la galerie marchande ! »

Bien évidemment, malgré ce refus, ces équipements sont ouverts au public depuis plus de quarante ans. Ne serions-nous pas devant un cas flagrant d'infraction continue ?

Et ce n'est pas fini ! Dans les échanges de courriers que je compulse, je découvre qu'en 1977 le gérant de l'expo meubles décide de « régulariser » sa situation auprès de la CDUC, c'est-à-dire de demander une autorisation a posteriori pour ses 2 744 m² vente. Une fois l'autorisation obtenue, cette surface prendra le nom d'une chaîne de magasins de meubles (But) qui se crée en 1978.

J'ai dans mon dossier un plan qui démontre qu'à cette occasion, Carrefour a agrandi son bâtiment de 1 700 m² permettant l'extension de la galerie marchande mais aussi de l'hypermarché qui double alors le nombre de ses caisses ! Prenons la calculette et faisons les comptes : le magasin est illégal pour ses 1 970 m² supplémentaires mais aussi pour les 1 880 m² de la galerie marchande. Soit 3 850 m2 à 1 500 euros par mètre carré et par jour d'infraction de 1973 à l'extension de 2006 en comptant 300 jours ouvrés par an, soit 57,6 milliards d'euros.

Puis 5 880 m² de 2006 à 2014, soit 21,1 milliards. Au total, 78,7 milliards !

À la demande des adhérents de Châteauneuf, Martigues, Marignane et de la Côte Bleue, ETF intervient pour stopper l'extension de l'hyper et décide de révéler aux pouvoirs publics que près de la moitié des surfaces de vente sont illicites.

Première procédure, nous demandons au tribunal d'administratif de Marseille d'annuler l'autorisation d'extension. Carrefour n'en a cure et, sans attendre, agrandit ses bâtiments. Nous perdons en 2009, nous faisons appel, et, en juin 2012, la cour d'appel administrative de Marseille nous donne raison, au motif justement qu'il y a des surfaces illicites.

Carrefour contre-attaque avec un pourvoi en Conseil d'État, pourvoi rejeté en avril 2014. Notre position est donc confirmée. Mais avec un bémol, de taille pour notre association qui ne roule pas sur l'or : les juges administratifs ne nous accordent pas le bénéfice de l'article 761 sur le remboursement des frais de justice.

L'histoire, hélas, ne s'arrête pas là.

Car avant même d'avoir eu la notification officielle de l'arrêt du Conseil d'État, Carrefour demande en octobre 2013 une autorisation d'exploitation commerciale pour la création de son hypermarché. Alors que l'hyper a quarante ans, oui, oui, vous avez bien lu, c'est bien le mot création qui est utilisé par Carrefour dans le dossier déposé à la CDAC. La commission donne son feu vert.

Pour nous, c'est inadmissible, nous protestons avec vigueur devant la CNAC au mois de janvier 2014, et cette fois, incroyable mais vrai, nous sommes déboutés. Alors que le Conseil d'État nous a donné raison, la CNAC, elle, prend parti pour Carrefour. Et le plus fort est le « considérant » annoncé : « Au motif que le magasin est exploité de façon "régulière" » !!!

À la lecture de cette décision, en août 2014, je m'étrangle d'indignation. Comment peut-on qualifier de « régulière » la situation de cet hypermarché dont la moitié des surfaces est restée illicite pendant des décennies ? Je ne peux en rester là, je demande à mon avocat de déposer un recours devant la cour d'appel administrative de Marseille.

Le 18 mai 2015, la décision des juges administratifs me plonge dans le plus grand désarroi. En effet, ils déclarent que « le projet ne consiste pas en l'extension d'un bâtiment existant mais en la régularisation de la situation administrative d'un hypermarché disposant d'une surface de vente de 8 500 m² et qu'elle doit donc être regardée comme portant sur une création nouvelle ».

Je ne sais plus quoi penser, car pour moi, la notion de régularisation n'existe pas, ni dans le Code de commerce ni dans le droit de l'urbanisme commercial ! La loi Royer prévoit que les commissions départementales accordent une autorisation préalable pour les seules réalisations à venir et elle interdit à quiconque de se présenter en situation irrégulière devant une commission. Alors, d'où provient cette « régularisation de la situation administrative » évoquée par les juges marseillais ? J'ai posé la question à la présidence de la République, au ministère de la Justice, je n'ai à ce jour jamais eu de réponse.

Rappelons que les préfets peuvent mettre en demeure les exploitants de fermer au public les surfaces de vente exploitées illégalement lorsqu'il s'agit d'une création. Nous avons donc demandé au préfet qu'il nous communique copie de la mise en demeure qu'il doit avoir envoyée à Carrefour dès réception du dossier de « régularisation ». Le haut fonctionnaire ne nous a pas répondu et la commission d'accès aux documents administratifs (CADA) nous a assuré qu'il n'était pas obligé de le faire au motif que « la divulgation de ce document » pourrait « porter préjudice » à son destinataire.

Un autre exemple, tout aussi frappant, celui du centre commercial Liourat Cigales, à Vitrolles. Situé à proximité du Carrefour où Claude et moi tenions un commerce, ce centre, ouvert en 1989, compte neuf enseignes totalisant 7 320 m² de surface de vente.

En 2002, pour un adhérent vitrollais qui veut céder son fonds de commerce, je demande au préfet des Bouches-du-Rhône copie de l'autorisation d'exploitation commerciale. Je découvre ainsi que l'AEC n'existe pas (elle a été refusée au promoteur le 15 juillet 1987) ce qui n'a pas empêché la mairie de délivrer un permis de construire en 1989. Les 7 320 m² du Liourat, que fréquentent chaque jour des milliers de consommateurs, sont illégaux.

Je fais part de ma découverte au préfet, lequel, comme d'habitude, « demande à la DGCCRF d'enquêter sur la situation de ce centre commercial illégal ». Et après ? Rien. Ni sanction, ni fermeture. Entre 2003 et 2006, l'une après l'autre, les neuf boutiques ont demandé la régularisation de leurs surfaces.

Pendant quatorze ans, le centre a fonctionné en toute illégalité. Montant des amendes qui auraient dû être infligées aux commerçants du Liourat : 46 milliards d'euros.

Un dernier exemple, encore dans les Bouches-du-Rhône, celui du magasin Leclerc de Plan de Campagne. Comme beaucoup de magasins de cette zone commerciale, il s'agit d'un ancien « hangar à usage d'entrepôt ». Construit en 1968, modifié en 1984 à la faveur d'une circulaire de 1981 dont ETF a toujours contesté la valeur juridique, le magasin Leclerc a ouvert ses portes en 1988 sans le moindre document autorisant son ouverture au public. Cette infraction continue aurait dû être sanctionnée d'amendes atteignant 39,7 milliards d'euros. Dont bien sûr l'État n'a jamais vu le moindre centime.

Absurde ? Injuste ? Révoltant ? Les mots ne suffisant pas, en septembre 2004, notre association réunie en assemblée générale décide de lancer une procédure contre l'État. Notre objectif : dénoncer son inertie, ou plutôt celle de ses agents. Faire en sorte que les sanctions prévues par la loi soient appliquées, que les amendes soient infligées et payées.

Nous rassemblons les dossiers les plus emblématiques dont nous disposons dans les Bouches-du-Rhône. On y retrouve des noms et des cas déjà évoqués dans ce livre, à Vitrolles, Plan de Campagne, Marignane, Marseille, Saint-Victoret, Salon-de-Provence et Ventabren, d'autres qui font ici leur apparition, Carry-le-Rouet, Éguilles et Martigues.

Le 22 décembre 2004, nous faisons délivrer une assignation sur le fond à l'État français, plus précisément au préfet des Bouches-du-Rhône et aux agents du Trésor que sont les fonctionnaires de la DGCCRF.

L'assignation sur le fond, c'est une procédure judiciaire qui demande au juge de se prononcer sur le fond du droit. Nous avons choisi cette action parce qu'elle implique une réflexion sur les principes fondamentaux qui dirigent notre militantisme associatif et qui devraient diriger les actions des agents de la DGCCRF.

Notre avocat rappelle aux juges que, depuis sa création, ETF suit le développement des centres commerciaux, que les nombreuses irrégularités qu'elle a constatées dans leur fonctionnement ont pour conséquence une concurrence irrégulière et donc déloyale faite aux petits commerçants. Nous expliquons que nous avons fait annuler les autorisations litigieuses par les tribunaux administratifs mais que ces décisions de justice n'ont jamais été appliquées, que les magasins sont restés ouverts. C'est pourquoi nous avons demandé au préfet d'actionner les services de l'État pour que les magasins en cause soient sanctionnés et fermés. Mais que là encore rien n'avait été fait malgré nos interventions répétées et pressantes ! Les établissements en infraction ont continué à fonctionner et nos adhérents à souffrir de concurrence déloyale. Nous leur livrons les 14 dossiers que nous avons constitués comprenant reportages photographiques, échanges de courriers avec la préfecture et le service de répression des fraudes, constats d'huissiers, etc.

En conclusion nous demandons aux juges de constater la carence de l'État. Nous faisons observer que ces démarches nous ont coûté très cher en frais de justice (33 806 euros, justificatifs fournis) dont nous demandons le remboursement ainsi que le versement de 20 000 euros d'indemnités pour préjudice moral à nos adhérents victimes depuis si longtemps de concurrence déloyale.

Notre avocat observe qu'en cas de faute lourde (une faute commise sur influence d'une erreur tellement grossière qu'un magistrat normalement soucieux de ses devoirs, n'y aurait pas été entraîné) l'article L 781-1 du Code de l'organisation judiciaire engage la responsabilité de l'État pour les frais causés par les dysfonctionnements de ses services.

En cette fin d'année 2004, lorsque nous arrivons au tribunal de grande instance de Marseille, avec 13 kilos de dossiers, notre association a presque onze ans. Même si j'ose alors déclarer aux journalistes que je suis confiante, qu'« après des années favorables à la grande distribution, le vent tourne », Claude et moi avons malgré tout perdu la splendide naïveté de nos débuts. Nous nous doutons bien qu'une procédure contre l'État ne peut être un long fleuve tranquille, et que les fonctionnaires du Trésor ne se mettront pas du jour au lendemain à engranger les milliards d'euros d'amendes ni à fermer ou faire détruire les surfaces illicites. Et pourtant, nous avons été surpris par le mépris avec lequel le monde judiciaire a traité notre petite association de commerçants comme un interlocuteur non valable et non crédible.

Pour commencer, la DGCCRF s'est livrée à ce qu'il est convenu d'appeler des « procédés dilatoires ». Elle a contesté le choix du tribunal de grande instance puis, après avoir obtenu le transfert du dossier au tribunal administratif, a cette fois contesté le choix de ce même tribunal administratif ! Les juges, heureusement, se sont déclarés compétents, mais c'était en 2009. Après cinq années perdues à attendre.

Ensuite, les juges nous ont dédaignés, ont ignoré notre travail. Pendant toute la procédure, le défenseur des agents du Trésor s'est appuyé sur deux documents retraçant l'activité de la DGCCRF des Bouches-du-Rhône en 2003 et 2004. D'une part, la liste des 186 entreprises contrôlées, d'autre part, la liste des 37 établissements (dont huit signalés par nos militants) ayant fait l'objet d'un procès-verbal transmis au procureur. À aucun moment les juges n'ont ouvert nos 14 dossiers pour confronter l'activité des agents du Trésor aux dizaines de questions que pose chacun de ces dossiers.

Par exemple. Dans la liste des 37 procès-verbaux figure un des neuf magasins du centre Liourat Cigales à Vitrolles. Les agents de la DGCCRF le contrôlent en août 2004 alors qu'il est en infraction depuis 1989. Le juge aurait dû demander aux agents du Trésor pourquoi ils ont tant attendu pour effectuer le contrôle ? Pourquoi la mairie de Vitrolles a-t-elle octroyé un permis de construire à un établissement dont l'autorisation avait été refusée ?

Le document fourni par l'avocat de la DGCCRF ne répond bien sûr à aucune de ces questions, les juges ne lui ont d'ailleurs pas demandé d'y répondre. Rien n'indique non plus quelle contravention a été relevée par les agents et quelle suite le parquet concerné, en l'occurrence celui d'Aix, compte donner à cette infraction vieille de quinze ans !

Pourtant, lorsqu'en 2009 les juges du tribunal administratif se prononcent sur notre cas, c'est curieusement à nous qu'ils reprochent de ne pas avoir apporté « assez d'éléments pour permettre d'établir la faute de la DGCCRF ». Ils estiment que « les préjudices invoqués ne sont pas assez établis », que « le lien de causalité entre la faute supposée et les préjudices allégués n'est pas suffisamment direct pour engager la responsabilité de l'État ». Bref, que nos dossiers ne tiennent pas debout.

Nous ne nous laissons pas faire. Nous allons devant la cour d'appel administrative avec du nouveau dans nos dossiers : la preuve par la «régularisation » dont on ne dira jamais assez qu'elle n'existe pas en urbanisme commercial et que le Code de commerce n'y consacre pas le moindre article. Si des grandes surfaces que nous accusons d'exploiter des mètres carrés illicites déposent un dossier auprès de la commission départementale pour obtenir l'autorisation de créer ou agrandir une surface de vente dont la superficie correspond pile-poil à celle que nous avons dénoncée, n'est-ce pas la preuve que notre dossier était fondé ? Que le magasin n'était pas en règle ?

Par exemple ce magasin de la Côte Bleue que les adhérents d'ETF me signalent en avril 2003. J'adresse ce dossier au préfet qui me répond sept mois plus tard que ses services n'ont pas trouvé d'infraction à la réglementation. Mais, le 7 décembre 2004, ledit magasin demande à la commission départementale la régularisation des mètres carrés litigieux que nous avions signalés... Bizarre non ?

La justesse de notre démonstration ne convaincra pas les juges de la cour d'appel qui rejettent notre requête en décembre 2012. Pas question pour eux de nous prendre au sérieux et de rendre crédible cette petite association qui ose défier la grande distribution ! David contre Goliath, le pot de terre contre le pot de fer, les métaphores des journalistes ne sont pas usurpées.

Il nous reste encore la possibilité de nous pourvoir auprès du Conseil d'État en faisant valoir que la cour d'appel n'a pas tenu compte des 14 dossiers que nous lui avions soumis. Mais à l'été 2014, le Conseil d'État rejettera notre pourvoi, l'estimant infondé.

Entre-temps, l'affaire est sortie des prétoires pour aller sur le terrain médiatique. C'est une journaliste d'une petite maison de production parisienne qui nous en a donné l'idée au mois de juillet 2012. Elle enquête sur les constructions illégales dans le sud de la France et notre dossier entre dans le cadre de son reportage. À sa demande, nous effectuons la multiplication des jours d'amende par mètres carrés illicites et c'est là que pour la première fois nous arrivons au chiffre de 418 milliards.

L'utilisation qu'en fait ensuite Brigitte Rossigneux du *Canard enchaîné* nous convainc de la nécessité d'utiliser les médias pour sensibiliser l'opinion publique au combat que nous allons perdre – un mois plus tard – sur le plan judiciaire. Il est bien évident que ce chiffre n'est qu'une goutte d'eau dans l'océan des sommes dues pour infractions puisqu'il ne concerne que le Loiret, les Alpes-Maritimes, les Landes et les Bouches-du-Rhône. Et surtout qu'il ne prend pas en compte les quatre millions de mètres carrés illicites créés entre le 28 août et le 24 octobre, date à laquelle la circulaire du 28 août 2008 a été retirée à la suite du combat d'ETF (voir supra le chapitre 11), ce qui donnerait 11,5 milliards de milliards d'euros. Une somme trop énorme pour notre entendement.

Les quelque 418 milliards, en revanche, voilà un chiffre qui parle ! C'est une fois et demie les ressources fiscales de l'État français, ou cinq années d'impôt sur le revenu. Ou encore dix fois le montant des économies que doit faire la France pour rentrer dans les clous fixés par l'Europe. Ou encore 30 fois le trou de la Sécurité sociale.

C'est aussi six fois le montant des hausses d'impôt enregistrées depuis 2011. Des hausses qui touchent durement les classes moyennes et suscitent un lancinant sentiment d'injustice chez ceux qui en sont frappés.

Alors la question se pose : pourquoi les pouvoirs publics ne sanctionnent-ils pas les infractions commises par la grande distribution ? Pourquoi les agents de l'État ne vont-ils pas chercher l'argent qui dort dans les coffres-forts des hypermarchés ? Faut-il y voir la preuve de la complaisance de l'appareil étatique envers les plus grosses fortunes du pays ? D'une complicité de l'administration décentralisée et des collectivités locales avec les plus gros pourvoyeurs d'emplois, de taxes et de coups de main discrets dans l'aménagement du territoire ?

En janvier 2013, nous nous lançons dans une vaste campagne de presse. Notre angle d'attaque est le suivant : les milliards non récupérés sont autant de subventions de l'État à la grande distribution alors que la majorité des grandes fortunes françaises sont issues de ce secteur par ailleurs réputé pour offrir des taux de rentabilité à deux chiffres à ses actionnaires. Plusieurs médias se montrent intéressés. Nous sommes accueillis dans l'émission matinale de Sophie Davant sur France 2, *C'est au programme*. Je suis interrogée par le journaliste David Artur qui réussit à rendre accessible ce dossier juridique complexe.

Cette campagne sur les milliards des mètres carrés illicites que nous avons menée de décembre 2004 à juillet 2014 a mis en exergue les privilèges exorbitants de la grande distribution qui exploite des millions de mètres carrés illicites (9 % des surfaces existantes selon la DGCCRF) sans jamais avoir été inquiétée. Elle a mis en lumière l'inquiétante inertie des services de la répression des fraudes et des préfectures, qui ne neutralisent pas les surfaces illicites, ainsi que la complaisance des commissions départementales, qui acceptent de « régulariser » les mètres carrés illicites.

À notre grand regret, le chiffre de 418 milliards a vite été emporté par le tourbillon médiatique. Nous avions d'autres urgences, notamment la préparation de la loi du 18 juin 2014 dont nous attendions beaucoup pour assainir le secteur du commerce.

La loi qui pourrait tout changer

Pour les commerçants l'année 2015 commence mal avec la suppression, le 1er janvier, de l'indemnité compensatrice de départ à la retraite pour les indépendants aux revenus modestes et dont le fonds de commerce a perdu sa valeur. Cette indemnité forfaitaire date des années 1970 quand, à l'appel du CIDUNATI, les commerçants en colère envahissent les rues des villes de France, manifestant contre les grandes surfaces qui ruinent leur activité et rend impossible leur départ en retraite, mais aussi contre diverses mesures qui modifient le régime d'assurance maladie et retraite des indépendants. Georges Pompidou est président de la République, Jacques Chaban-Delmas puis Pierre Messmer sont Premiers ministres. Le gouvernement prend toute une série de mesures pour apaiser les petits commerçants, de la loi de décembre 1969 et de la création de la contribution sociale de solidarité en 1970 à la loi Royer en 1973, en passant par la taxe d'aide au commerce et à l'artisanat (TACA) en 1972.

Le montant de cette taxe, payée par la grande distribution en fonction du chiffre d'affaires et des surfaces de vente supérieures à 400 m^2 (créées depuis 1960), est versé aux organismes collecteurs, ORGANIC pour les commerçants et AVA (assurance vieillesse des artisans) pour les artisans – les deux organismes fusionneront en 2005 pour donner naissance au régime social des indépendants (RSI). C'est à eux qu'il revient de verser l'indemnité compensatrice de départ à la retraite, un capital de 7 500 à 10 000 euros.

En 2008, la loi de modernisation de l'économie remplace la TACA par la TASCOM, taxe sur les surfaces commerciales. En 2010, à la suite de la suppression de la taxe professionnelle, la TASCOM est collectée par l'État puis transférée aux communes et établissements publics de coopération intercommunale. Depuis, c'est l'État qui finance l'indemnité. En 2013, année terrible pour le petit commerce avec 8 500 fermetures de points de vente, le montant de cette aide versée à 1 330 personnes atteint 12,66 millions d'euros, soit une moyenne de 9 551 euros par personne. C'est peu – à peine le prix d'une automobile bas de gamme – mais c'est apparemment encore trop puisque l'année suivante les parlementaires votent la suppression de cette indemnité.

Le secrétariat d'État au commerce confie au fonds d'action sociale du RSI le soin de soutenir « par une aide individualisée [...] les commerçants et artisans en situation difficile pendant leur période d'activité et au-delà ». En décembre 2014 à Dunkerque, les administrateurs du RSI ont entériné la mise en place de ce fonds de soutien. Depuis le 1er janvier 2015, dans chaque département, une commission ad hoc attribue aux commerçants en difficulté une aide propre à leur permettre de faire la transition entre vie active et retraite. L'aide à la retraite (ADR), calculée en fonction des revenus et du patrimoine, est particulièrement indispensable à ceux qui vivent dans leur local commercial, dans un deux pièces à l'étage, dans l'arrière-boutique, et – croyez-le, il y en a beaucoup ! – dans le magasin même ! Je les repère aux rideaux et aux pots de fleurs dont ils ornent leurs fenêtres…

En tant que présidente d'ETF et administratrice du RSI, je joins ma voix au (modeste) concert de protestations qui marque la fin de l'indemnité compensatrice. Je crains un nouveau rabotement des aides destinées aux commerçants.

Cette année, donc mal entamée, va pourtant nous apporter une bonne surprise avec la signature, le 12 février, du décret d'application de la loi du 18 juin 2014 sur l'artisanat, le commerce et les très petites entreprises (ACTPE). Une loi importante dont nous avons suivi la longue gestation et dont plusieurs articles doivent beaucoup à nos interventions auprès de la ministre Sylvia Pinel, puis auprès de Carole Delga, et de ses conseillers.

Revenons en arrière. En août 2008, les parlementaires adoptent le premier volet de la loi LME. Il s'agit de répondre aux injonctions de l'Europe notamment en modifiant la loi Raffarin et en transposant dans le droit français la fameuse directive Bolkestein. Aux députés qui s'inquiètent du contenu de cette loi, particulièrement défavorable aux commerçants indépendants, le gouvernement promet un deuxième volet concernant l'urbanisme dans les six mois à venir. La préparation de ce texte est confiée à Jean-Paul Charié, député du Loiret.

Ce dernier, que nous avons rencontré avec notre ami Cimadore dans la région d'Orléans, tient les délais et rend en mars 2009, un rapport intitulé « Avec le commerce, mieux vivre ensemble ». Ce texte dresse un portrait accablant de l'état du petit commerce et ne passe pas inaperçu. La presse en fait de larges citations : « Depuis 1973 nos résultats sont décevants ! La loi Royer, dont c'était les principaux objectifs, n'a ni entravé le développement anarchique des grandes surfaces ni pérennisé le commerce de proximité et d'intérêt public ». Ou encore : « Depuis 1973, en nous concentrant sur la taille et les formats des points de vente nous avons laissé faire des pratiques commerciales déloyales. La concurrence déloyale n'est pas liée à la taille du concurrent. Les grands magasins de centre-ville étaient bien des grandes surfaces de vente et ils étaient source de vitalité, d'attractivité. Les grandes surfaces se sont enrichies, en ruinant les pompes à essence, les commerces de bouche, les drogueries, les quincailleries [...], des milliers de commerces conseils indépendants spécialisés ou de proximité, des milliers d'artisans [...], et même des milliers de producteurs et fournisseurs. Seules les villes de plus de 35 000 habitants peuvent espérer une réelle diversité et vitalité » !

Le député ne se contente pas de déplorer, il propose des solutions. Comme l'intégration de l'urbanisme commercial dans le droit de l'urbanisme général et la suppression de l'autorisation préalable. Il en résulte 18 programmes d'actions devant « améliorer les cœurs de ville et les entrées de ville ». Il ose des idées nouvelles, originales, telles que la création « d'unions commerciales professionnelles » et le développement de « la coopération transfrontalière », ou le partenariat « entre exploitants agricoles et centrales de distribution, mais aussi entre universités et commerces ». Plus étonnant encore, il suggère d'installer les centres logistiques au sein des villes avec des services de voituriers pour assurer les livraisons vers les magasins et supprimer ainsi les nuisances des camions de livraison !

Jean-Paul Charié remet à la commission économique de l'Assemblée nationale une proposition de loi en 11 articles mais, pendant l'été, il tombe gravement malade et meurt en novembre 2009. Le dossier est confié à Patrick Ollier. Les députés le votent au printemps 2010. Les sénateurs vont l'amender à plusieurs reprises avant de le renvoyer en janvier 2011 à l'Assemblée nationale où curieusement le texte disparaît. Ce n'est un mystère pour personne que Nicolas Sarkozy et sa ministre de l'Économie Christine Lagarde étaient hostiles à cette proposition de loi et qu'ils souhaitaient à l'inverse réduire les contraintes imposées aux entrepreneurs.

C'est ainsi que ce dossier, abandonné par l'équipe Sarkozy, se retrouve en mai 2012 sur le bureau de Sylvia Pinel, ministre du Commerce, de l'Artisanat et du Tourisme. La benjamine des gouvernements Ayrault ne se contente pas de puiser dans le rapport Charié. Elle veut apporter sa patte personnelle et, pour ce faire, met en place une vraie concertation. Entre juillet 2012 et mai 2013, nous nous rendons à plusieurs reprises à Bercy. Nous présentons aux conseillers de la ministre une plate-forme de revendications en cinq points essentiels.

Nous demandons :

1. le dépôt concomitant et à l'identique des dossiers de permis de construire et d'autorisation d'exploitation commerciale (AEC) ;

2. l'instauration du droit de recours pour les associations de commerçants contre les permis de construire liés à une AEC ;

3. la restauration des observatoires départementaux de l'équipement commercial ;

4. le maintien de la non-cessibilité et non-transmissibilité des AEC (ce qui oblige les promoteurs d'ensembles commerciaux à préciser à quelles enseignes seront revendus les locaux qu'ils construisent) ;

5. la réintégration du certificat d'urbanisme dans la liste des documents à fournir pour une AEC.

Ensuite, nous dévoilons aux conseillers de la ministre et aux députés ce que nous estimons être trois scandales d'envergure.

L'administration déconcentrée de l'État manque de rigueur. Je cite les secrétariats des préfectures qui acceptent d'enregistrer des dossiers de demande d'autorisation alors qu'ils sont incomplets. Je cite les directions départementales des territoires et de la mer (DDTM) qui, lors de la phase de l'instruction, ne vérifient pas si les projets de grandes surfaces sont conformes aux documents d'urbanisme des communes concernées, alors que ces documents sont tous facilement consultables sur Internet. Il m'est répondu que l'administration se base sur les déclarations et les dossiers des demandeurs et que, de toute façon, elle n'a pas le personnel suffisant pour vérifier leurs dires et leurs écrits. Là, j'avoue m'être beaucoup énervée et avoir tapé du poing sur la table. Dans ce décor feutré, j'ai hurlé : « Non ce n'est pas le personnel qualifié qui manque à l'administration, ce qui lui manque, c'est la consigne d'être rigoureux. »

Je dénonce ensuite *le retour systématique des pétitionnaires devant les commissions départementales d'aménagement commercial.* Peut-on accepter qu'un projet annulé par un tribunal administratif, une cour d'appel et le Conseil d'État puisse être quelques mois plus tard autorisé par une simple CDAC ? C'est inadmissible, et ça l'est encore plus quand le projet est devenu réalité et que le pétitionnaire vient alors « régulariser » une situation, violant les principes du droit. Car la commission, faut-il le rappeler, est là pour examiner des projets et non valider a posteriori des exploitations de surfaces de vente illégales !

Enfin je vide mon sac sur *les agents de la direction générale de la concurrence, la consommation et la répression des fraudes.* Je résume ce que j'ai détaillé dans le chapitre 14, « Ils doivent 418 milliards à l'État ». J'insiste sur le fait qu'actuellement ce service est à la fois « juge et partie » puisque ce sont les mêmes personnes qui doivent instruire les dossiers d'exploitation commerciale et contrôler les fraudes des grandes surfaces qu'elles ont autorisées. Je demande donc la création d'une brigade financière spécialisée dans le secteur de la grande distribution pour recenser et sanctionner les surfaces de vente illicites et poursuivre leurs gestionnaires.

Nous sommes également reçus à l'Assemblée nationale par le président de la commission des affaires économiques, François Brottes. Nous lui remettons un paquet de dossiers révélateurs de l'incapacité des diverses administrations concernées à lutter contre les fraudes et faire payer les contrevenants, puis nous lui demandons quelle action il compte mettre en place. Pour toute réponse, il nous confie qu'il lui semblerait immoral d'aller rechercher les infractions. Scandalisés, effondrés, nous avons, à la sortie de son bureau, rédigé une pétition qui circule encore sur Internet et qui sera adressée aux ministres du Budget et de la Justice d'ici à la fin 2015.

En juin 2013, Sylvia Pinel présente un plan d'action en 50 mesures qui deviendra la loi pour l'artisanat, le commerce et les très petites entreprises (ACTPE) entrée en vigueur le 18 juin 2014. La loi ACTPE (dite « loi Pinel ») poursuit trois objectifs : renforcer la compétitivité des entreprises de commerce ; permettre le développement équilibré de toutes les formes de commerce ; permettre à tous les commerçants de s'adapter à l'évolution du secteur.

C'est dans la deuxième partie de la loi qu'est abordée la réforme de l'urbanisme commercial. Nous ne sommes pas déçus.

La nouvelle loi, qui reprend dans son préambule l'esprit de la loi Royer que la LME avait mis aux oubliettes, précise que le gouvernement veille au développement équilibré des différentes formes de commerce en contribuant à la dynamisation du commerce de proximité. Elle exauce ainsi la majeure partie de nos revendications, particulièrement les plus importantes d'entre elles. C'est la première fois que le militantisme d'ETF est reconnu, c'est la première fois que les représentants des commerçants sont écoutés.

La loi ACTPE impose la concomitance des demandes – faites à l'identique – du permis de construire et de l'autorisation d'exploitation commerciale. Les pétitionnaires devant strictement respecter dans leur dossier de permis de construire les multiples prescriptions imposées par le Code de l'urbanisme ne pourront désormais plus prétendre les ignorer dans la préparation du dossier de CDAC. C'est en quelque sorte le retour du certificat d'urbanisme que la loi Raffarin avait banni en 1996.

Dans la foulée, la loi nous délivre enfin ce que nous attendions depuis la création de l'association en 1994, c'est-à-dire la possibilité d'attaquer devant le tribunal administratif les permis de construire liés à une autorisation d'exploitation commerciale.

La rigueur que nous demandions avec tant d'insistance nous est accordée avec cet article qui oblige les pétitionnaires à s'engager sur l'honneur sur l'exactitude des informations fournies. Si le dossier est incomplet, c'est au maire qu'il incombera de fournir les éléments manquants et dans un délai de seulement trois jours. Ce qui, à notre avis, est un gage d'exactitude et de moralité pour tous les dossiers à venir.

La nouvelle loi rend aux DDTM le pouvoir de vérifier que les projets commerciaux sont bien conformes aux règles d'urbanisme et d'aménagement du territoire. De même, elle donne une importance nouvelle à la CNAC qui passe de huit à 12 membres et qui peut désormais s'autosaisir sur tout projet supérieur à 20 000 m². Elle doit rendre public chaque année un rapport sur l'ensemble des équipements commerciaux sur le territoire français et l'outre-mer. Ce qui revient à dire que la loi, comme nous l'avions demandé, relance les ODEC, élément essentiel de la lutte contre les abus de position dominante. Dans ce cadre, nous obtenons également le maintien de la non-cessibilité et la non-transmissibilité des AEC alors que le ministère, nous l'avions découvert dans une première présentation de la loi, souhaitait libéraliser la procédure.

De même nous apprécions grandement l'article R 752-6 du Code de commerce qui est en quelque sorte la résurrection de l'arrêté A 752-1 que le Conseil d'État avait déclaré illégal par arrêt n° 337 887 du 30 janvier 2012[9]. Cet article oblige le demandeur à fournir des informations sur l'ensemble de son projet. Nous nous réjouissons de lire que le pétitionnaire doit préciser comment il compte respecter les dispositions du plan de prévention des risques, naturels et technologiques, et comment il contribuera à « la revitalisation du tissu commercial local » et à « la valorisation des producteurs locaux ».

La loi ACTPE inclut les « drives » dans la liste des établissements à autoriser. C'est bien, mais c'est un peu tardif, car la quasi-totalité des « drives » ont déjà été réalisés avant la promulgation de la loi.

La loi réduit la superficie des parcs de stationnement des grandes surfaces. Jusqu'alors les parkings pouvaient atteindre une fois et demie la surface de vente de l'établissement commercial, désormais ils ne pourront dépasser les trois quarts. Cette disposition qui devrait entraîner un regroupement des enseignes autour d'un seul parking a pour objectifs de soutenir le développement des transports collectifs, de limiter le recours à la voiture ainsi que de veiller au respect de l'obligation d'imperméabiliser les sols.

9. Précisons qu'un arrêté du 27 mars 2015 (*JO* n° 0082 du 8 avril 2015) a abrogé l'arrêté du 21 août 2009 (voir *supra* la note n° 8) devenu de toute façon inutile, outre sa censure par le Conseil d'État, avec la refonte de l'article R 752-6 du Code de commerce tel que réécrit par la loi Pinel.

Nous apprécions qu'en cas de fermeture du point de vente, la loi impose désormais au titulaire d'une AEC d'assurer le démantèlement et la remise en état du site dans un délai maximum de trois ans après la fermeture. C'est la première fois qu'une loi demande explicitement la démolition de locaux commerciaux non utilisés. C'est pour nous l'espoir que les nombreuses friches signalées par nos adhérents disparaîtront des entrées de villes qu'elles contribuent à défigurer.

Enfin, nous nous réjouissons que pour « préserver les emplois, les savoir-faire et les talents du commerce indépendant, le lien social au quotidien » l'État veuille mettre en place des mesures énergiques « pour aider les chefs d'entreprise à organiser la transmission de leur activité » et la reprise de leur entreprise.

Les dispositions nouvelles apportées par la loi ACTPE ont été saluées et appréciées par les représentants des commerçants indépendants, en revanche, ceux des centres commerciaux ont évoqué « une loi aux conséquences graves » comme « le fort accroissement du coût des procédures, l'allongement des délais, des recours plus complexes à gérer et une forte insécurité juridique ».

Certains articles de la loi vont toutefois dans le sens de la grande distribution. Par exemple, pour une extension d'une grande surface, il n'est plus obligatoire désormais de fournir une attestation de paiement de la taxe sur les surfaces commerciales (TASCOM). De ce fait, il n'est plus possible de vérifier si les taxes payées par les grandes surfaces correspondent bien aux superficies autorisées.

La loi supprime aussi l'obligation de fournir un historique des demandes faites auprès de la CDAC. Il sera donc impossible désormais de savoir l'évolution d'un projet de grande surface, les modifications apportées par le pétitionnaire, autant d'informations appréciées des défenseurs de l'environnement et des défenseurs des commerçants indépendants dans les dossiers litigieux.

Enfin, nous regrettons la disparition du délai d'un an à respecter entre deux demandes d'autorisation auprès de la CDAC. Cette modification de la loi accentue le déséquilibre entre les staffs puissants et juridiquement bien formés des grandes enseignes et les petites associations aux moyens humains et financiers limités.

Et maintenant

En septembre 2012, nous nous sommes mariés à la mairie de Marignane, ancien château d'Émilie de Covet de Marignane, comtesse de Mirabeau, très malheureuse épouse du célèbre révolutionnaire. L'élue de permanence n'avait pas pris le temps d'adapter son discours au couple présent devant elle. Elle a évoqué notre future famille et les devoirs que nous aurions envers nos enfants. L'assistance a souri, j'avais 64 ans, Claude 68.

Pourtant, ce n'était pas sans fondement. Par ce mariage d'automne, dans tous les sens du terme, nous souhaitions tous deux réunir nos familles et les apaiser. Nos quatre enfants ont douloureusement vécu nos faillites respectives, ils ont détesté l'épisode « caravane à Carry » et apprécient modérément la vie de bâton de chaise que depuis vingt ans nous menons pour aller d'un tribunal à un autre, d'un comité local d'ETF à un autre, porter la bonne parole et défendre les petits commerçants. Ils rêvent, j'en suis sure, de nous voir abandonner l'association pour une vie sereine, de tricot et de jardinage, où nous serions entièrement disponibles pour eux et leurs enfants.

Mais en sommes-nous capables ? J'en doute. Nous avons tellement combattu, tellement travaillé, notre vie est si intense, si dense, qu'il nous sera difficile d'en changer. Notre vie est une course contre la montre. Nous dormons peu, cinq à six heures de sommeil nous suffisent. Au petit déjeuner que nous prenons dans la cuisine pour aller au plus vite, nous lisons la presse locale à la recherche des articles qui sont consacrés à nos dossiers, mais pas seulement. Nous épluchons les annonces légales pour y débusquer un éventuel nouveau projet de grande surface.

Audiences des tribunaux, rendez-vous avec les avocats, interviews de journalistes, réunions avec les adhérents locaux d'ETF, nos journées sont bien remplies. Sans oublier les consultations médicales, de plus en plus nombreuses au fur et à mesure que nous prenons de l'âge. Claude se bat encore contre la maladie de Crohn qui s'est déclenchée lors de son expulsion du centre Carrefour, je dois surveiller mon cœur depuis l'infarctus qui m'a frappée en 2006.

Nous avons ces dernières années, appris à déléguer une partie de nos activités aux adhérents locaux d'ETF, nous ne sommes plus systématiquement présents lorsque les dossiers que nous suivons passent devant les tribunaux administratifs. En revanche, il ne se passe pas un mois sans que nous devions nous rendre à Paris, pour une audience au Conseil d'État, un passage en CNAC ou encore un rendez-vous avec des parlementaires ou un conseiller de cabinet ministériel.

Pendant de nombreuses années, nous ne nous sommes déplacés qu'en voiture, limitant ainsi au maximum les frais de déplacement supportés par l'association. Aujourd'hui, plus rapidement fatigués, nous apprécions le train à grande vitesse que nous prenons au petit matin à la gare d'Aix-TGV et qui nous ramène en Provence en fin de soirée.

Nos plannings quotidiens laissent peu de place à la distraction et à la futilité. Pas de magazines féminins ni de romans policiers ou autres best-sellers dans notre maison marignanaise. Chez nous comme chez tout le monde il y a les 15 tomes d'une encyclopédie que plus personne ne consulte mais que personne n'osera jamais jeter à la poubelle du recyclage. Nos étagères portent une série impressionnante d'ouvrages sur de Gaulle, une autre plus restreinte sur Cousteau, les « grands hommes » de Claude qui porte également une admiration sans bornes à Serge Gainsbourg. Sur les rayonnages mais aussi en vrac, sur le buffet, sur une petite table Louis quelque chose et même sur la table à repasser que j'utilise lorsque toutes les autres ont atteint leur taux d'occupation maximal s'entassent les livres et revues que nous avons achetés pour étayer et soutenir nos argumentaires : *La caste cannibale. Quand le capitalisme devient fou* de Sophie Coignard et Romain Gubert, *Les coulisses de la grande distribution* de Christian Jacquiau, *Leclerc : enquête sur un système* de Bertrand Gobin, *La Vérité sur Carrefour. L'épicier planétaire aux deux millions de clients par jour* de Sylvain Courage, *La mafia des tribunaux de commerce* d'Antoine Gaudino, *L'oligarchie ça suffit, vive la démocratie* d'Hervé Kempf, et tant d'autres…

Le soir, pas de série américaine ni de comédie à la française. Si nous allumons la télévision, c'est pour suivre les journaux télévisés et les émissions d'information, grands reportages et investigations qui apporteront un éclairage différent, des éléments nouveaux de compréhension aux dossiers qui nous hantent. Oui, qui nous hantent, le mot n'est pas trop fort.

Depuis nos expulsions, en 1991 pour moi, en 1992 pour Claude, chaque instant de nos vies est consacré à la mission que nous nous sommes fixée. Nous ne pensons qu'à ça, nous ne parlons que de ça. Sommes-nous « obsessionnels », « monomaniaques » ? Certains, qui ne nous aiment guère, entonnent volontiers la ritournelle.

Pourquoi ? Pourquoi faites-vous tout ça ? Quel sens cela a-t-il de lutter contre des projets qui de toute façon seront réalisés puisque les promoteurs, lorsque vous aurez gagné en appel puis au Conseil d'État, reviendront à la charge auprès de la commission départementale avec un projet à peine différent du premier ?

Ces questions, il ne se passe pas un jour sans que l'on ne nous les pose. Je devrais être blindée et pourtant à chaque fois que j'y réponds je suis bouleversée, j'ai le cœur qui bat, la voix hachée et les larmes qui me viennent aux yeux. Si je me suis battue, c'est d'abord pour prouver que ce qui nous est arrivé n'était pas de notre fait mais résultait du vampirisme de la grande distribution. Je pense à ces centaines de petits commerçants qui ont été comme nous spoliés et ruinés, qu'on a accompagnés dans les procédures et qu'on n'a pas réussi à sauver, et mon cœur se serre. C'est dans l'espoir toujours vivace de sauver les prochains que je poursuis le combat. Enfin, je me bats au quotidien pour dénoncer la tricherie de la grande distribution et des élus qui la soutiennent, qui manient le mensonge, falsifient les chiffres et méprisent les impératifs de sécurité et les règles de l'urbanisme pour arriver à leurs fins. Dernier exemple en date, le projet de La Londe-les-Maures, un centre commercial de 8 500 m² qui serait situé à deux pas des salins, c'est-à-dire en pleine zone littorale. Malgré tous ces interdits, malgré l'avis défavorable de la DDTM, les élus de la commission départementale ont tous voté pour ! Comment voulez-vous que je reste les bras croisés devant un tel scandale ? Nous avons attaqué l'autorisation devant la Commission nationale et nous attendons beaucoup de cette première procédure entrant dans le cadre de la nouvelle loi ACTPE.

Depuis 1994, nous avons bien bataillé. Nous avons mis fin aux ventes au déballage et moralisé les soldes saisonniers. Nous avons lutté contre une centaine de projets commerciaux, nous avons souvent gagné grâce aux associations de défense de l'environnement qui nous ont soutenus, mais nous ne pouvons rien faire contre l'obstination des enseignes qui font fi des décisions de justice et redéposent, avec l'assentiment des élus locaux, les dossiers que nous avons combattus. Nous avons participé à la conception de la loi ACTPE qui redonne l'espoir aux commerçants et qui a enfin réuni, ce sera notre plus grande satisfaction, ce que la loi Royer avait dissocié, le permis de construire et l'autorisation d'exploitation commerciale dont les dossiers de demande doivent être présentés en termes identiques par les pétitionnaires.

Nous avons certes beaucoup donné, à l'association, aux adhérents, mais nous avons aussi beaucoup reçu, notre vie s'est enrichie des milliers d'autres dont nous avons croisé la route. Nous avons beaucoup appris, nous nous sommes cultivés, ouverts sur le monde. Aujourd'hui, nous participons à la vie d'autres associations, comme Anticor, Vigicor, Étang nouveau, ainsi que le Collectif de défense des terres fertiles qui lutte contre l'imperméabilisation des terres agricoles, nous y rencontrons des gens passionnants, passionnés, qui nous apportent beaucoup.

Nous avons entamé la rédaction de cet ouvrage à l'été 2014. Pendant plus d'un an, j'ai pris le temps de me poser, de réfléchir au sens de mon engagement, au sens de ma vie. Ce que d'habitude je résume en déclarant que « tant qu'il y aura une injustice, je me lèverai pour la dénoncer et je me battrai pour y mettre fin ».

J'ai aussi réfléchi sur l'action de l'association, sa capacité d'adaptation aux besoins d'une société en perpétuelle évolution, économique et sociologique. Notre action est-elle toujours bien en phase avec les réalités vécues par nos adhérents et avec l'évolution du commerce français ? En clair, vingt ans après sa création, En Toute Franchise est-elle toujours légitime ?

Oui, sans hésitation. Oui, l'urbanisme commercial qui réglemente la création, l'extension et l'exploitation des grandes surfaces est encore le terrain de bataille où s'affrontent les seigneurs des grandes enseignes et la plèbe des petits commerçants. Oui, la grande distribution est encore et toujours à l'origine des maux qui frappent le commerce indépendant en particulier et une grande partie de la société française en général. Ce que les Français ont bien perçu d'ailleurs, puisque (selon une étude de l'Observatoire Société et Consommation

(ObSoCo) que *Le Monde* a présentée en juin 2013) deux sur trois estiment que « les hypermarchés ont leur part de responsabilité dans la crise économique et sociale que connaît la France ».

Sans le savoir, trois potentats africains, Sassou Nguesso du Congo, Bongo du Gabon, et Obiang Nguema Mbasogo de la Guinée équatoriale, auront fait beaucoup pour En Toute Franchise. En effet, le 9 novembre 2010 la Cour de cassation a déclaré recevable la plainte de l'association Transparency International concernant les conditions dans lesquelles ces personnages ont acquis en France un important patrimoine immobilier. C'était la première fois que la justice reconnaissait à une association le droit de porter plainte au pénal si les infractions dénoncées portent atteinte aux intérêts qu'elle défend. Depuis, toutes les associations en bénéficient. Un pas de géant dans l'histoire d'ETF qui désormais peut porter plainte directement auprès du procureur de la République sans avoir à passer par le préfet comme nous avons dû le faire pour les mètres carrés de surface de vente illicites.

Désormais, nous pourrons plus efficacement défendre les petits commerçants contre les abus de la grande distribution, le non-respect du Code de commerce et du Code de l'urbanisme.

Resterons-nous cantonnés dans le cadre strict de l'urbanisme commercial, comme le prévoient nos statuts depuis juin 2003 ? Ou nous faudra-t-il partir sur d'autres pistes, avec d'autres partenaires ? La question doit être posée. À nous d'y répondre et à ceux qui prendront notre relève. Il nous faudra bien un jour confier la responsabilité d'En Toute Franchise à de jeunes militants et passer à d'autres militantismes – ou nous mettre au jardinage comme le souhaiteraient nos enfants. Mais nous ne quitterons pas ETF avant d'avoir franchi un pas décisif dans la reconnaissance des torts faits aux petits commerçants au seul prétexte de la liberté d'entreprendre.

Ce livre qui arrive maintenant à sa fin et que j'ai attendu pendant des années, je voulais certes qu'il raconte notre histoire, nos faillites et nos expulsions, nos combats sur le terrain, dans les prétoires et les cabinets ministériels. Mais je voulais surtout qu'il fasse savoir au plus grand nombre la réalité vécue par les commerçants indépendants, submergés par les réseaux de franchise et les chaînes succursalistes mondialisées, écrasés par la concurrence souvent déloyale des grandes surfaces, réduits au silence par l'indifférence des pouvoirs publics et, hélas, des consommateurs. Je voulais que la « France d'en haut » en soit enfin consciente et qu'elle prenne les mesures qui ramènent l'équilibre entre les différentes formes de commerce, qu'elle apaise notre société.

Retenez bien ces chiffres. En 1950, pour 41 millions de Français, il y avait 800 000 commerçants de détail, tous, ou quasiment tous, indépendants. En 2014, pour 66 millions de Français c'est-à-dire 50 % de plus qu'en 1950, il n'y a plus que 509 000 détaillants. En quelque soixante ans, la France a perdu 300 000 « points de vente » alors que la froide logique des chiffres indique qu'elle aurait pu en gagner 800 000 !

Tandis qu'aux périphéries des villes prospéraient les centres commerciaux, les commerces de proximité ont disparu des zones rurales et des paysages de montagne, les boutiques des centres-villes ont baissé les rideaux de fer. Cette mutation s'est faite : au détriment des plus âgés de nos concitoyens, qui ont eu du mal à prendre leurs repères dans le nouveau paysage commercial ; au détriment des quartiers paupérisés dont les populations captives n'ont plus à leur disposition les commerces de bouche indispensables au quotidien ; mais, surtout, au détriment des commerçants eux-mêmes qui avaient investi dans leur outil de travail et qui, dans un grand nombre de cas (8 500 pour la seule année 2013), ont fait faillite ou n'ont pas réussi à revendre leurs fonds de commerce au moment du départ en retraite. Au tournant du XXIe siècle, ils ont découvert la précarité.

Car le couple de commerçants prospères qui roule en BMW, bronze à Saint-Trop' et skie à Megève appartient aux images du passé. Aujourd'hui, non seulement le commerçant n'est plus prospère mais son entreprise ne lui permet plus de faire vivre sa famille. Aujourd'hui, dans 90 % des cas, si monsieur est au magasin, c'est que madame travaille ailleurs, si possible dans la fonction publique (les conjoints gendarmes ou enseignants sont très prisés) avec un salaire et des horaires réguliers qui permettent de s'occuper des enfants, donner un coup de main au conjoint commerçant et mettre du beurre dans les épinards.

Au cours de la rédaction de cet ouvrage, j'ai pu mesurer à quel point notre profession est méconnue et mal aimée, j'en ai cherché et trouvé les raisons. Elles sont pour la plupart liées à l'histoire de notre pays et ne correspondent plus à la réalité des commerçants indépendants du XXIe siècle, les derniers à tisser à tout instant, dans les centres des villes, les quartiers excentrés, les zones rurales reculées, ce lien social si prisé et si fragilisé.

Avec ce livre j'ai voulu balayer les préjugés, raconter la vie du petit commerçant. Dans la majeure partie des cas, son histoire commence par l'apprentissage. Au centre de formation ou à l'école, il a acquis la technique, les gestes d'un métier et la gestion d'un fonds de commerce. Pour lui transmettre son savoir-faire, le maître d'apprentissage a mis à sa disposition son outil de travail, il a corrigé ses maladresses, repris ses ratés, il l'a aidé à forger son caractère, à entrer en relation avec la clientèle, à gagner son respect et à savoir la fidéliser.

Lorsque après quelques années de pratique le jeune commerçant s'endette pour s'installer, il a l'ambition de reproduire les gestes et les talents de celui qui a été son maître, et parfois d'aller au-delà. Il entre alors en concurrence avec ses pairs, le meilleur doit gagner, celui qui sait se remettre en question et donner la priorité à l'innovation. S'installer, c'est aussi prendre pied dans la société. Le commerçant est invité à participer à l'animation de son quartier, à la vie de sa ville, il va à son tour devenir employeur et maître d'apprentissage.

Les engagements financiers qu'il a contractés pour reprendre ou créer son outil de travail, son investissement dans le développement de son entreprise, la satisfaction de la clientèle et l'animation de sa cité, méritent le respect. Ce faisant, il participe à la redistribution des richesses par les loyers qu'il paie pour ses locaux, les salaires qu'il verse à ses employés et par sa propre consommation.

Je dresse du commerce un tableau idyllique ? Bien sûr, car depuis plusieurs dizaines d'années, l'intrusion de la grande distribution, sa croissance exponentielle et ses méthodes déloyales ont faussé le jeu de la concurrence et souvent dégradé l'image que le commerçant se fait de sa pratique, de sa mission, et de lui-même.

Le « toujours moins cher », martelé à longueur de journée et d'année par les agences de communication à coups d'affiches géantes, de *flyers* dans les boîtes aux lettres, de messages publicitaires dans les radios, sur les écrans de télés, d'ordinateurs et de téléphones, s'est imprimé dans les cerveaux des consommateurs.

Mais quel est le coût réel d'un prix bas, en termes de travail à temps partiel imposé, de bas salaires et de contrats précaires, de ruine des PME et PMI, de délocalisations et de chômage, donc au final, de baisse du niveau de vie ? En termes d'imperméabilisation des terres agricoles, de pollution des eaux et de l'air ?

Qui ose se poser ces questions iconoclastes en pénétrant dans les cathédrales de la consommation que sont les centres commerciaux ? Pas les consommateurs qui croient être les gagnants de l'opération, pas les pouvoirs publics qui ont ignoré les cris de désespoir des petits commerçants condamnés à la disparition, et pas même les élus qui ont laissé agir à leur guise les richissimes patrons de la grande distribution.

Pourquoi cette impunité ? Pourquoi les élites françaises sont-elles sourdes lorsqu'il s'agit de défendre le petit commerçant ? Pourquoi rien ne bouge lorsque nous dénonçons les multiples fraudes des grandes surfaces ?

Nous demandons qu'une enquête parlementaire soit missionnée sur le dysfonctionnement de la poursuite des fraudes de la grande distribution. Nous mettrons à la disposition des sénateurs et des députés les milliers de documents que nous avons amassés au fil des vingt années de fonctionnement d'En Toute Franchise et que nous avons triés et classés pour rédiger *Seule contre les géants.*

Tout espoir n'est pas perdu. Le commerce indépendant peut renaître de ses cendres. J'en veux pour preuve ce chiffre donné au printemps 2015 par le secrétariat d'État au commerce, à l'artisanat, à la consommation et à l'économie sociale et solidaire. Malgré toutes les facilités existantes en termes de commande et de livraison, 6,9 % seulement du chiffre d'affaires du commerce français se fait en ligne. Dans leur immense majorité, les consommateurs continuent à se déplacer, continuent à franchir la porte des boutiques, à demander conseil aux commerçants pour acheter ce dont ils ont besoin. Ou ce dont ils rêvent. Tout n'est pas perdu, le commerce indépendant peut reconquérir les parts de marché que la grande distribution lui a arrachées au cours de ces dernières décennies.

Et c'est au cœur des villes que doit débuter cette *reconquista.* Sylvia Pinel, la ministre de l'Artisanat, du Commerce et du Tourisme (jusqu'en mars 2014) nous avait assurés que la loi ACTPE répondrait à nos préoccupations sur la question des centres-villes. C'est presque vrai. Sa loi, et nous en sommes très satisfaits, renforce les périmètres de sauvegarde créés par la loi Dutreil, elle donne à la collectivité locale ou à l'opérateur qu'elle a désigné le droit d'acquérir des biens par voie d'expropriation ou de préemption, elle réforme les baux commerciaux et régule la hausse des loyers, enfin elle relance les plans FISAC.

Par son article 19, la loi institue des « contrats de revitalisation artisanale et commerciale ». Mis en place par l'État, les collectivités territoriales et les chambres consulaires, ils devront « favoriser la diversité, le développement et la modernisation des activités dans des périmètres caractérisés par une disparition progressive des activités commerciales ».

Cet article, comme le permet la Constitution, a été adopté en « procédure accélérée », c'est-à-dire, sans débat préalable. À ETF nous l'avons regretté, car nous aurions pu proposer aux parlementaires des modifications de ce texte. Concernant le contrat de revitalisation nous aurions par exemple aimé que les associations de commerçants participent à la concertation préalable. Nous savons d'expérience que les chambres consulaires ne se mobilisent guère pour la défense du commerce indépendant.

Nous aurions également aimé pouvoir profiter de cette occasion pour présenter la position originale d'ETF sur le sujet des centres-villes.

Primo, nous estimons nécessaire de rappeler que la disparition du commerce de proximité résulte de la position dominante de la grande distribution, et que toute action doit débuter par le rétablissement d'un équilibre entre les différentes formes de commerce.

Ensuite, il faut lancer une véritable réorganisation des centres-villes, créer des « îlots » regroupant des logements sociaux et des commerces de proximité fonctionnant si possible sur le schéma des circuits courts. Pour mettre fin à l'effet mortifère des rideaux baissés, nous demandons que dans les périmètres de sauvegarde et à leur proche périphérie, la loi autorise la transformation en logements sociaux des locaux commerciaux en surnombre. Les boutiques vides pourraient par exemple être réservées aux personnes à mobilité réduite. Enfin, nous demandons que pour la transformation de ces locaux soient utilisées les procédures de l'Agence nationale de rénovation urbaine (ANRU) qui ont fait leurs preuves dans les quartiers. Car si l'on veut rendre vie aux centres-villes, si l'on veut que leurs commerces et leurs artisans reprennent une activité, il faut en effet qu'une population nouvelle, d'origines sociales diverses, vienne ou revienne s'y installer. À population égale, nous en sommes persuadés, il n'y aura pas de relance.

En mars 2015, quelques semaines après le décret d'application de la loi ACTPE (décret n° 2015-165 du 12 février 2015), l'Association des maires de France, le ministère du Commerce et le Conseil du commerce de France (CDCF) ont publié un *Guide du commerce du centre-ville*. Son objectif, aider les élus locaux à diagnostiquer les maux dont souffrent leurs centres-villes, à évaluer la santé du commerce local, recenser les besoins des commerçants et de la population, et, à partir de ces données, déterminer une stratégie et un plan d'actions pour le centre-ville. Le guide recense et explique toutes les procédures d'aménagement du territoire utilisables et présente toutes les nouveautés législatives et réglementaires. Il puise largement dans la jeune loi ACTPE. Sera-ce suffisant pour sauver les centres-villes ?

En cet été 2015, il est bien sûr trop tôt pour répondre à cette question. Pourtant, nous osons avouer nos craintes. Pourquoi ? Parce que le CDCF, qui coédite ce guide, rassemble toutes les organisations institutionnelles du commerce français, y compris celles de la grande distribution et des grandes enseignes globalisées. Ce n'est un mystère pour personne que ces géants du commerce guignent nos cœurs de villes. Après avoir conquis la périphérie en ruinant les indépendants des centres anciens, la grande distribution a décidé d'investir les espaces abandonnés. Pour ce faire, elle a adopté des dénominations nouvelles et des formats nouveaux, plus petits. Dans les grandes métropoles, les épiceries de quartier ont toutes ou presque été remplacées par les supérettes de la grande distribution.

Si les pouvoirs publics ne font pas preuve de réactivité, si des opérations d'aménagement soucieux de l'intérêt général ne sont pas rapidement lancées, nos centres-villes seront « disneylandisés », transformés en gigantesques galeries marchandes à ciel ouvert proposant les mêmes marques, les mêmes vitrines avec les mêmes produits que l'on trouve d'un bout à l'autre de la planète Terre. Dans ce monde uniformisé, standardisé, où plus rien, si ce n'est – et encore – l'accent des chanteurs de rue, ne différenciera Florence de Bergen, Montpellier de Cracovie, les commerçants indépendants auront disparu, remplacés par un bataillon de vendeurs et de managers salariés… qui travailleront jour et nuit, sept jours sur sept, si les grandes enseignes l'exigent, et si les États-nations acceptent de réécrire les Codes du travail dans le sens où le demande le grand patronat.

Et après tout, pourquoi pas ? De nombreux commerçants mis en faillite se sont rabattus sur des emplois de salariés. Certains nous ont avoué y avoir découvert une joie de vivre nouvelle : ne plus travailler quinze heures par jour, rentrer à des heures normales à la maison, partager les tâches domestiques avec l'homme ou la femme de leur vie, et aider les enfants à faire leurs devoirs. Ceux-là repartiront-ils d'un pas léger dans la grande aventure du petit commerce ? Probablement pas.

Si aujourd'hui 17 % seulement des commerçants sont des indépendants isolés, non franchisés et non succursalistes, c'est que l'appât d'un gain devenu carrément incertain ne peut suffire à motiver une création ou une reprise de commerce. Être son propre patron, travailler à son rythme et à ses propres horaires, ne recevoir d'ordres de personne, aménager son magasin, décorer ses vitrines, selon sa personnalité et non pas selon le cahier des charges de l'enseigne, sont des raisons fréquemment évoquées par ceux qui ont osé s'y lancer. J'y ajouterais une recherche de qualité, une volonté d'originalité et de spécificité qui sont des arguments nouveaux, peut-être encore à la marge, mais que la société et tout particulièrement les pouvoirs publics responsables de l'aménagement du territoire ne doivent pas négliger.

Car être commerçant indépendant, nous l'avons vu, c'est refuser le système de l'enseigne internationale. C'est préférer les productions locales aux importations venues d'Asie du Sud-Est, de Chine ou d'Afrique. C'est donc donner la priorité aux circuits courts. Initiés par le monde agricole avec la vente à la ferme, les stands de producteurs sur les marchés puis les associations pour le maintien d'une agriculture paysanne (AMAP) les circuits courts se sont récemment étendus, (notamment grâce au e-commerce), aux conserves, aux produits laitiers, à la viande, aux confiseries et confitures mais aussi aux produits de l'artisanat, et bien des PME s'y intéressent, par exemple dans les domaines du textile et de l'équipement de la maison.

Reste à savoir si les consommateurs joueront le jeu et accepteront de modifier leur comportement. Il sera intéressant de suivre l'évolution de l'univers très particulier du prêt-à-porter, emblématique de la consommation actuelle.

Depuis la délocalisation de la production dans les pays à bas coûts salariaux, les enseignes globalisées ont convaincu les consommateurs de la nécessité de renouveler leur garde-robe plusieurs fois par saison. Toujours plus pour toujours moins cher. Dans ces conditions, il paraît utopique, surtout en période de crise économique, de les convaincre d'acheter rarement et à prix élevé. À moins qu'un vaste effort de communication par les pouvoirs publics sur la nécessaire relocalisation de l'industrie textile ne vienne soutenir cette petite révolution. Les communicants pourront à cette occasion utiliser les chiffres du chômage qui ont explosé depuis 2007 et auxquels la grande distribution n'est pas étrangère.

Il est couramment dit que deux emplois créés en grande surface c'est sept emplois supprimés à proximité, dans le petit commerce, chez les agriculteurs et dans les PME et PMI. La relocalisation soutenue par le commerce indépendant peut interrompre ce cercle vicieux, relancer la création d'emplois dans de nouvelles PME et PMI dont les débouchés seront pérennisés, et, bien sûr, dans les commerces concernés.

Recréer des richesses à partager, de l'emploi et donc des cotisations sociales, du lien social et intergénérationnel, c'est beaucoup, c'est énorme, mais les commerçants indépendants sont conscients des responsabilités qui pèsent sur leurs épaules et ils sont prêts à relever les défis que leur lancera la société.

Car, contrairement à ce que laissent croire les partisans de la grande distribution, les petits commerçants savent que la France ne retournera jamais à la situation d'avant l'arrivée des supermarchés et des hypermarchés.

Le retour à un bon vieux temps illusoire n'a jamais fait partie des objectifs d'ETF.

Ce que nous demandons, c'est, comme le prévoyait la loi Royer, que les pouvoirs publics rétablissent et maintiennent l'équilibre entre les différentes formes de commerce.

Il est temps de mettre fin aux privilèges dont bénéficient les grands patrons des grandes surfaces, il est temps de rétablir la justice et l'égalité, il est temps de remettre l'humain au cœur de notre économie. Il est temps de demander aux élus du peuple français d'accorder au dossier du commerce indépendant l'attention qu'il mérite.

Je demande aux députés et aux sénateurs, d'intervenir auprès de leurs présidents, pour que soit créée une commission parlementaire d'enquête sur :

1) les infractions aux lois régissant l'urbanisme commercial dont se sont rendues coupables les sociétés de la grande distribution, ainsi que l'absence de sanctions. Rappelons que pour les seuls dossiers suivis par ETF, nous sommes arrivés à la somme de 418 milliards d'euros d'amendes jamais infligées et donc jamais payées.

2) le coût réel du « toujours moins cher » en termes de délocalisation, désindustrialisation, chômage, emplois précaires, temps partiels imposés et baisse du niveau de vie, et son coût pour les finances publiques.

J'attends de cette enquête parlementaire qu'elle restaure l'État de droit. J'invite les parlementaires à joindre notre association. Amies lectrices, amis lecteurs, je vous remercie d'avoir consacré du temps pour prendre connaissance de notre histoire. De tout cœur j'espère que vous soutiendrez notre appel auprès des élus de la République pour que l'enquête que nous appelons de nos vœux devienne une réalité.

Remerciements

Des remerciements à Odile Favrolt, Yolande Mallegol, Florence Nives-Nivou, Jocelyne Roussel et Françoise Rousset, lectrices correctrices qui m'ont donné de leur temps et beaucoup d'attention. À Bruno Aubry et Pierre Daum, auteurs dont les conseils ont été précieux. Et à tous les miens qui ont fait preuve de patience et de compréhension pendant cette année passée avec Martine Donnette et les « géants ».

Colette Auger

Merci aux adhérents qui suivent la route d'En Toute Franchise depuis les premiers jours, aux avocats qui nous ont soutenus et conseillés, aux journalistes qui ont toujours été présents à nos côtés.

Je remercie les militants qui ont répondu à nos questions et à nos multiples sollicitations durant la rédaction de cet ouvrage, avec une mention spéciale à ceux de Castets, Nice, Orléans et Orthez. Merci à Louis Couasnon et François Fantauzzo, présidents pour les régions Île-de-France Centre et Provence-Alpes-Côte d'Azur du régime social des indépendants (RSI).

Merci aux miens pour l'infinie patience dont ils ont fait preuve pendant cette année de travail intense.

Martine Donnette

Annexes

Lois et ordonnances

1945. Loi du 8 juillet rendant obligatoire la publicité des prix par voie de marquage, étiquetage, affichage ou tout autre procédé approprié.

1953. Le décret-loi du 30 septembre réglemente les rapports entre bailleurs et locataires en ce qui concerne les baux commerciaux et conditionne le statut de commerçant à l'octroi d'un bail.

1966. Loi rendant l'assurance maladie obligatoire pour les non-salariés.

1967. Loi rendant obligatoire l'assurance vieillesse des non-salariés.

1969. La loi n° 69-1263 du 31 décembre institue dans son article 17 des comités départementaux d'urbanisme commercial chargés d'autoriser (ou de refuser) les surfaces de vente supérieures à 3 000 m² et qui se substituent aux comités consultatifs créés par une circulaire du 29 juillet 1969.

1970. Loi du 3 janvier portant création d'une contribution sociale de solidarité avec certaines catégories de travailleurs non-salariés.

1972. La loi du 13 juillet crée la taxe sur les surfaces commerciales instituant des mesures en faveur de certaines catégories de commerçants et artisans âgés.

1973. Le 27 décembre, la loi d'orientation du commerce et de l'artisanat, dite « loi Royer », fait entrer l'urbanisme commercial dans le Code de commerce et reprend les principes de la loi du 31 décembre 1969 en encadrant fortement la liberté d'établissement des grandes surfaces.

1986. Ordonnance du 1er décembre relative à la liberté des prix et de la concurrence.

1989. La loi relative au développement des entreprises commerciales et artisanales et à l'amélioration de leur environnement économique, juridique et social, dite loi Doubin, crée le document d'information précontractuelle et institue le Fonds d'intervention pour la sauvegarde de l'artisanat et du commerce (FISAC).

1990. Loi n° 90-1260 du 31 décembre 1990 dite « loi Doubin » qui a eu pour effet d'introduire dans le régime d'autorisation préalable des dispositions spécifiques relatives aux magasins constituant un même ensemble commercial, lesquelles ont mis fin à la pratique des lotissements commerciaux qui permettaient aux grandes surfaces de s'affranchir de la réglementation de l'urbanisme commercial.

1991. La loi du 25 juillet (art. 17) dispose que les ventes au détail de marchandises sous forme de soldes périodiques ou saisonniers ne peuvent avoir lieu plus de deux fois par an, chaque période ne pouvant excéder une durée de deux mois. Les dates en sont fixées par arrêté préfectoral.

1993. Loi du 22 janvier 1993 dite « loi Sapin » relative à la prévention de la corruption et à la transparence de la vie économique et des procédures publiques. Elle crée les observatoires départementaux de l'équipement commercial (ODEC) qui deviendront observatoires départementaux de l'aménagement commercial (ODAC) en 2008.

1996. La loi du 1er juillet réglemente les relations entre la grande distribution et ses fournisseurs. Son objectif avoué était de protéger le petit commerce et les fournisseurs en interdisant aux grandes surfaces de répercuter la totalité des ristournes et des rémunérations des prestations commerciales qu'ils recevaient de leurs fournisseurs dans les prix de vente aux consommateurs.

1996. Loi du 5 juillet relative au développement et à la promotion du commerce et de l'artisanat dite « loi Raffarin » : elle descend le seuil d'autorisation à 300 m² et supprime le certificat d'urbanisme du dossier de demande d'autorisation d'exploitation commerciale.

2000. La loi du 13 décembre 2000 relative à la solidarité et au renouvellement urbain, dite « loi SRU » ou « loi Gayssot » institue les plans locaux d'urbanisme, les schémas de cohérence territoriale (SCOT) et les zones d'aménagement commercial (ZAC).

2005. La loi du 2 août dite « loi Dutreil » institue un droit de préemption des baux commerciaux en faveur des municipalités dans les périmètres de sauvegarde.

2008. Le 4 août, loi de modernisation de l'économie (LME). Elle remonte le seuil d'autorisation à 1 000 m² et modifie les critères examinés par les commissions départementales en supprimant l'étude d'impact et toute référence à la densité commerciale. La circulaire du 26 août autorise l'extension de moins de 1 000 m^2 de surface de vente sans autorisation aux magasins uniques ou aux centres commerciaux ayant déjà atteint le seuil de 1 000 m^2.

2014. Le 14 juin, la loi en faveur de l'artisanat, le commerce et les très petites entreprises, dite « loi ACTPE » ou « loi Pinel », intègre l'autorisation d'exploitation commerciale et l'autorisation de construire : désormais, pour les projets de création ou d'extension d'équipement ou d'ensemble commercial le permis de construire vaudra autorisation d'exploiter dès lors qu'il aura été précédé de l'avis favorable de la commission, départementale ou nationale, d'aménagement commercial.

Glossaire

Un supermarché est un établissement de vente au détail en libre-service réalisant plus des deux tiers de son chiffre d'affaires en alimentation et dont la surface de vente est comprise entre 400 et 2 500 m².

Un hypermarché est un établissement de vente au détail en libre-service réalisant plus du tiers de son chiffre d'affaires en alimentation et dont la surface de vente est supérieure à 2 500 m².

Une supérette est un point de vente situé en zone urbaine, d'une surface de vente comprise entre 120 et 400 m² et dont l'assortiment est à dominante alimentaire.

Le commerce indépendant isolé désigne des commerçants qui ont préféré être totalement indépendants pour organiser leur activité. Ils ne s'appuient sur aucun réseau ni enseigne. En 2013, 17 % des commerçants sont des indépendants isolés.

La franchise est un mode de collaboration entre une entreprise propriétaire d'une marque ou d'une enseigne (le franchiseur) et un ou plusieurs commerçants indépendants (les franchisés). Le caractère normé de la franchise permet aux franchisés de démarrer une activité clé en main. En effet, le franchisé bénéficie, dès son démarrage, d'un ensemble d'éléments qu'il n'aura pas à créer (liste des produits, publicité, aménagement, fournisseurs, techniques de vente, etc.). Le franchiseur s'engage à fournir un savoir-faire « secret, substantiel et identifié » et une assistance continue à ses franchisés. En échange, il perçoit dans la plupart des cas un droit d'entrée et des redevances forfaitaires ou calculées sur le chiffre d'affaires. En 1991, 27 000 commerçants français étaient franchisés dans un des 550 réseaux répertoriés sur le territoire. En 2013, on dénombre 1 719 réseaux de franchise et 65 133 franchisés.

La succursale est un établissement commercial dépendant d'une maison mère et n'ayant pas à ce titre d'autonomie et d'existence juridique propre. La succursale a cependant une relative autonomie de gestion et est pourvue d'une direction qui lui est propre. Les opérations commerciales effectuées au sein d'une succursale le sont au nom de la maison mère. Des succursales peuvent être utilisées pour couvrir le territoire national ou pour s'implanter à l'étranger. Dans ce dernier cas, la succursale n'est pas une filiale. Une succursale est déclarée au registre du commerce de sa société mère.

La commission d'enquête parlementaire est une commission formée au sein de l'Assemblée nationale ou du Sénat. Elle suit souvent un problème grave et ayant eu une forte résonance dans l'opinion publique, tels que les pratiques des sectes, les impacts des essais nucléaires français en Polynésie, la canicule en 2003, ou sur l'affaire d'Outreau en 2005. La proposition de création doit définir précisément les faits, les services publics ou les entreprises nationales donnant lieu à enquête. Pour respecter la séparation des pouvoirs, aucune enquête ne peut être menée sur des faits faisant l'objet d'une procédure judiciaire en cours. Une commission d'enquête comprend des parlementaires de tous les groupes dans la limite de 30 députés et de 21 sénateurs et dure six mois au plus.

La spécificité des commissions d'enquête réside dans leurs pouvoirs particuliers : obligation de répondre à leurs convocations, auditions sous serment, pouvoirs de contrôle sur pièces et sur place des rapporteurs, possibilité de rendre publiques leurs auditions (retransmission télévisée). Le non-respect de ces obligations peut donner lieu à des poursuites pénales.

Le rapport de la commission est publié, sauf si l'Assemblée s'y oppose, et peut donner lieu à un débat dans l'hémicycle, sans vote. Il conduit souvent à des recommandations et, parfois, au dépôt d'une proposition de loi. Les suites données aux commissions d'enquête restent cependant politiquement soumises à l'accord du gouvernement et de sa majorité.

1950 – 2015 : LE COMMERCE EN QUELQUES CHIFFRES

Zoom sur les magasins d'alimentation en 1960

Les petits commerces représentent 80 % de part de marché.

25 000 sociétés à succursales.

10 500 coopératives de consommation.

800 grands magasins populaires.

30 supermarchés.

155 distributeurs Leclerc.

15 Saveco.

2 500 magasins en paracommercialisme (économats de grandes administrations, coopératives d'entreprise, groupements d'achat de comités d'entreprise vendant à leur personnel).

47 000 groupements d'achats.

33 000 en chaînes volontaires.

Commerce indépendant sédentaire : 186 300.

Commerce indépendant non sédentaire : 36 500.

1950 : La France compte 795 827 commerces, dont 375 850 dédiés à l'alimentation pour 41,4 millions d'habitants.

1959 : 1 663 magasins fonctionnent en libre-service, dont 81 supermarchés.

1966 : La France compte 302 600 petits commerces (de zéro à deux salariés) dont 200 300 dédiés à l'alimentaire pour 49 millions d'habitants.

1990 : La France compte 128 400 petits commerces indépendants dont 67 900 dans l'alimentaire pour 57,5 millions d'habitants.

1998 : La France compte 109 640 petits commerces dont 60 500 dans l'alimentaire pour 58,29 millions d'habitants.

	Hypermarchés	Supermarchés	GSS
1970	73	1 453	3 862
1980	408	3 710	5 888
1990	862	6 400	5 280
2000	1 186	8 389	7 059
2005	1 135	8 941	13 331

Source : INSEE.

2004 : Selon Dominique de Villepin, citant la DCCRF dans une réponse écrite à la députée Maryse Joissains-Masini, 9 % des surfaces de vente de la grande distribution seraient illicites.

Zoom sur le commerce en 2013

En 2013, le commerce français, c'est 1 411 milliards de chiffre d'affaires (hors TVA)

C'est 3 006 000 salariés et 389 100 petits patrons. 22 % de ces effectifs travaillent le dimanche.

C'est 730 000 entreprises, sur les 3 727 000 recensées en France (21,1 %), dont 507 900 pour le commerce de détail.

C'est 55 000 créations d'entreprises sur les 263 000 créées en France (20,9 %).

Le secteur de l'alimentation générale c'est 240 milliards dépensés dont 180,1 dans les seules grandes surfaces (75 %).

Les centres commerciaux en 2013

– 738 centres commerciaux.

– 15,4 millions de mètres carrés, représentant 15 % du commerce de détail.

– 118 milliards de chiffre d'affaires.

– 33 150 commerces.

– 420 000 emplois (15 000 nouveaux emplois créés en moyenne chaque année).

Source : Conseil national des centres commerciaux (CNCC).

Taille des entreprises et des magasins

– Dans le secteur alimentaire, 94 % des entreprises n'ont qu'un seul magasin (commerçants indépendants ou franchisés).

– Dans le secteur non alimentaire, l'entreprise a, en moyenne, 58 magasins.

– Dans le commerce de détail alimentaire et non alimentaire, les magasins de moins de 400 m² restent très majoritaires (respectivement 91 % et 88 % du parc).

Les magasins de plus de 2 500 m² sont pour l'essentiel des hypermarchés ou des magasins d'équipement du foyer.

En 2013, la grande distribution, c'est 1 981 hypermarchés, 6 664 supermarchés, 4 063 hard discounters et 268 multicommerces. C'est 46,94 millions de mètres carrés.

– Hypermarchés : 20,7 % du chiffre d'affaires global et 9,75 millions de mètres carrés..

– Grandes surfaces de bricolage : 16,3 % du chiffre d'affaires et 7,64 millions de mètres carrés.

– Supermarchés : 14,8 % et 6,97 millions de mètres carrés.

– Jardineries : 10,7 % et 5 millions de mètres carrés.

– Hard discount : 7,4 % et 3,47 millions de mètres carrés.

– Textile : 7,1 % et 3,3 millions de mètres carrés.

Les chiffres des commissions

Depuis la loi LME, le seuil de l'autorisation d'exploitation commerciale est fixé à 1 000 m². Depuis cette date, les commissions départementales chargées de délivrer les autorisations d'exploitation commerciale examinent environ 3 700 dossiers par an pour environ 4,7 millions de mètres carrés de surface de vente. Moins de 10 %

de ces demandes font l'objet d'un recours devant la Commission nationale. Au total, toutes commissions confondues, plus de 80 % des demandes sont autorisées.

Classement mondial des enseignes de la grande distribution

Leader mondial de la grande distribution, l'américain Walmart a réalisé en 2013 un chiffre d'affaires de 346,9 milliards d'euros. Trois enseignes se disputent le titre de numéro deux. L'anglais Tesco (74,8 milliards). L'américain Costco (73,2 milliards d'euros) et le français Carrefour (73 milliards). *(Source : cabinet de conseil Deloitte sur Internet.)*

Classement français de la grande distribution

1. **Leclerc :** 42 milliards d'euros de chiffre d'affaires, 642 magasins et 2,976 millions de mètres carrés de surface de vente.
2. **Intermarché :** 28,917 milliards d'euros, 1 813 magasins et 3,330 millions de mètres carrés.
3. **Carrefour hyper :** 23,092 milliards d'euros, 221 magasins et 2,080 millions de mètres carrés.
4. **Super U :** 17,472 milliards d'euros, 773 magasins et 1,793 million de mètres carrés.
5. **Auchan :** 16,802 milliards d'euros, 139 magasins et 1,334 million de mètres carrés.
6. **Carrefour Market** 15,213 milliards d'euros, 920 magasins et 1,774 million de mètres carrés.

7. **Lidl :** 8,530 milliards d'euros, 1 570 magasins et 1,112 million de mètres carrés.

8. **Cora :** 6,020 milliards d'euros, 58 magasins et 700 000 m^2.

9. **Géant Casino :** 5,964 milliards d'euros, 126 magasins et 924 000 m^2.

10. **Leroy Merlin :** 5,580 milliards d'euros, 124 magasins et 1,307 million de mètres carrés.

11. **Carrefour Proxi :** 4,906 milliards d'euros, 3 259 magasins et 825 000 m^2.

12. **Hyper U :** 4,416 milliards d'euros de chiffre d'affaires, 71 magasins et 394 000 mètres carrés de surface de vente.

Notons que si l'on cumule les chiffres d'affaires de Carrefour Hyper, Carrefour Market et Carrefour Proxi on arrive à un total de 43,211 milliards d'euros qui mettrait Carrefour à un milliard d'euros devant Leclerc. Hyper U et Super U totalisent 21,888 milliards, classant le groupe Système U juste derrière Intermarché.

(*Source : LSA, classement publié en 2014 à partir des chiffres d'affaires 2013.)*

Quand les réseaux prédominent

83 % du chiffre d'affaires du commerce français est réalisé par les réseaux. Dans le commerce de détail un millier de réseaux réalisent 84 % du chiffre d'affaires en 120 000 magasins. Les dix plus gros de ces réseaux accaparent 82 % du chiffre d'affaires, tandis que les dix plus petits réalisent 0,001 %.

Le commerce de détail en 2014

22 879 boucheries-charcuteries.
46 288 boulangeries.
27 062 épiceries.
2 866 poissonneries.
9 014 quincailleries.
13 489 magasins de meubles.
1 653 magasins de revêtements murs et sols.
4 476 grandes surfaces de bricolage.
13 570 magasins d'équipements du foyer.
8 682 magasins d'électroménager et hi-fi.
13 333 opticiens.
12 613 magasins de chaussures.
8 198 parfumeries.
8 814 horlogeries-bijouteries.
70 880 magasins de vêtements.
20 010 fleuristes.
81 365 salons de coiffure.
41 278 soins de beauté.
12 140 blanchisseries-teintureries.
13 495 magasins de sport.
17 582 librairies-papeteries.
1 516 magasins de surgelés.
9 504 stations-service.
73 981 garages.
6 302 ateliers de contrôle technique automobile.
6 495 agences de location de voitures
14 342 auto-écoles.
1 746 hypermarchés.
10 659 supermarchés.
5 506 supérettes.
(Source : site Internet ville data.)

Mètres carrés autorisés par les commissions départementales et la Commission nationale d'aménagement commercial

Les surfaces de moins de 1 000 m^2 et les surfaces illicites créées par la circulaire du 26 août 2008 ne sont pas recensées.

Mètres carrés autorisés depuis 1981	
1981	370 628
1982	468 391
1983	504 372
1984	546 817
1985	786 073
1986	627 785
1987	1 119 271
1988	1 383 803
1989	1 151 121
1990	1 702 598
1991	1 852 281
1992	1 994 000
1993	206 915
1994	969 834
1995	815 494
1996	576 661
1997	1 241 249
1998	1 854 183
1999	2 265 128
2000	2 820 987
2001	2 477 079

Table des matières

Annexes

Composition :
L'atelier des glyphes

Achevé d'imprimer en Lituanie
par Standartu Spaustuvé à Vilnius
en septembre 2015